Andrés Trapiello
Los confines

DESTINO

© Andrés Trapiello, 2009
© Ediciones Destino, S. A., 2010
   Avinguda Diagonal, 662, 6.ª planta. 08034 Barcelona (España)
   www.edestino.es

Diseño de la cubierta: Aristu & Co
Ilustración de la cubierta: © Bridgeman Art Library / Getty Images
Primera edición en Colección Booket: junio de 2010

Depósito legal: B. 19.114-2010
ISBN: 978-84-233-4208-2
Impresión y encuadernación: Novoprint, S. A.
Printed in Spain - Impreso en España

Imaginad una figura geométrica bastante com-
plicada, trazada con tiza sobre una gran pizarra.
Pues bien, voy a explicar esta figura geométrica;
pero para ello es condición indispensable que la
figura exista ya en la pizarra; no puedo tra-
zarla yo mismo. Eso es lo que hace tan difícil
escribir sobre el amor un libro que no sea una
novela.

STENDHAL

I

Uno

Cabe preguntarse qué buscan los lectores en crímenes, ruinas, catástrofes, negocios, idilios, coronaciones, éxodos, bodas, guerras y otros acontecimientos aparentemente ajenos a sus vidas. Pensemos en el lector común de novelas. ¿Qué relación tiene su vida con los entes de ficción?: la sospecha de que en ellos, por irreales que parezcan, se esconde una verdad que no podrían descubrir de otro modo.

Siempre pensé que Max habría preferido ser un ente de ficción, si de ese modo hubiese descubierto una verdad que en absoluto creía se encontraba en él. Pero ese camino no puede recorrerse más que en un sentido. Un ente de ficción puede llegar a ser alguien real; y los seres reales son desgraciados porque no pueden convertirse en entes de ficción y han de sobrellevar sus propias desdichas, a menudo incomportables.

Todo empezó en Constanza.

Max era entonces una persona seria e introspectiva, comunicativo para con los demás y retraído consigo mismo, aunque con una disposición inmejorable para la ironía y el humor inglés. O sea, cercano e insondable al mismo tiempo.

Tolstoi ha escrito que «todas las familias felices se parecen unas a otras, pero cada familia desdichada lo es a su manera». No lo sé. Los que viven en los suburbios de

Constanza confirmarían que sufren *las mismas* desdichas y de *la misma* manera, y además continuadamente. También le preguntaron a Tolstoi por qué razón sus novelas terminaban siempre mal, y respondió que con la felicidad no se podían escribir novelas. Esto quizá sea exacto, pero sin esperanza de felicidad no podríamos vivir y sin una cierta dicha tampoco pueden leerse novelas. Mientras somos felices, la realidad se diluye y todo a nuestro alrededor nos parece... engañoso y muy frágil.

Esto traía abatido a Max por aquellos días: se sentía bien, pero también atribulado por ello, no le parecía *justo* ser tan feliz y precisamente por aquella causa. Es decir, estaba siendo feliz a pesar de lo que él creía su *destino*, contra el que se había atrevido a rebelarse. ¿Y por qué razón? Su drama podía considerarse pueril, de tan ancestral: cuando más creía amar a su mujer, había aparecido... otra. Se había atrevido a pensar: «No más tragedia, nada está escrito».

Como tantos hombres en parecidas circunstancias, había tratado de olvidar lo sucedido. Se dijo un millón de veces que amaba a su mujer, y sin embargo cada día que pasaba se le hacía más difícil vivir con ella. Sus principios morales en la vida, netos y claros hasta ese momento, se desdibujaban cuando pensaba en términos amorosos. No sabía dónde estaba el bien y dónde el mal. «Probaré», se dijo, «que no hay ni mal ni bien en todo esto. Que la suma del mal y del bien es la inocencia».

Cinco meses después de lo ocurrido en Constanza la doctora María Jesús Heras, que tenía su consulta en un piso de la calle Moreto, le recomendó que pusiera por escrito todo lo ocurrido en aquella ciudad americana, tal y como había sucedido, insatisfecha de la marcha de las sesiones, y convencida de que esa terapia que le había dado buenos resultados con algunos pacientes sería también apropiada para él. Al parecer, cuando leen de su puño y letra los hechos de su vida, no sólo empiezan a reconocerlos, sino que les otorgan el estatuto de realidad, principal escollo con que tropieza nuestra mente. Max se resistió como pudo a la sugerencia de la doctora, y le replicó que no estaba dotado para la escritura. Le dijo que le costaba comunicarse hablando, cuánto más escribiendo. Hasta lo que no eran más que hechos, escritos por él le parecían sin vida, irreales y desvanecidos.

Dedicó no obstante varios días a meditar sobre ese asunto. La tarea de relatar por escrito «su caso» la encontraba escolar, propia de la adolescente que lleva uno de esos diarios defendidos con un candado de juguete. Y sin embargo, y puesto que imaginaba que el buen término de aquellas sesiones pasaba por el cumplimiento de todas y cada una de esas recomendaciones, una noche, en su casa, cuando Clodín y Antón dormían, y después de corroborar que también lo hacía Cathy, su mujer, encendió su portátil y escribió:

«I was waiting for Claudia at the hotel».

Escrito, el nombre de Claudia tuvo que resultarle extraño. Jamás me había llamado de esa manera. Mi nombre, escrito en su casa, despertó en él un sinfín de sentimientos contradictorios, según me confesó dos meses después. Como si, aprovechando que todos dormían, hubiera abierto la puerta del piso donde tenía a su familia y me hubiera dicho: «Pasa, Clau, nadie nos ve», le parecía que traicionaba con ello a seres a los que amaba y por los que sintió en ese mismo momento también una mezcla confusa de afecto y de impaciencia. No podía culparles de nada de lo que había sucedido. Si los hubiera encontrado culpables, le habría aliviado. Consideró este sentimiento no por irracional menos mezquino. Imaginó además que si su mujer y sus hijos desaparecieran súbitamente de su vida, acaso ésta resultara más fácil para todos. Se imaginó libre, y esa figuración trajo algo de fugaz sosiego a su espíritu. Se sintió aliviado con la suposición, y eso también le pareció monstruoso. ¿Tendría que confesar a la doctora todos esos sentimientos turbios y de origen desconocido para él, o habría de limitarse a relatar lo sucedido en Constanza? Ni siquiera me había puesto al corriente de esas visitas.

«*I was waiting for Claudia at the hotel.*»

En cierto modo me había estado esperando toda su vida sin saberlo. Aunque eso lo tenía claro… a medias. Por tal razón había acudido a la consulta de aquella doctora.

«… Esperando a Claudia…» Era una sola frase que expresaba con exactitud lo que aquella tarde de hacía cinco meses había sucedido, pero en absoluto permitía ir más lejos, esas palabras no expresaban toda la dicha que sintió entonces mientras nos esperaba. No encerraban la magia de aquella antigua ciudad colonial, la música de las charangas constanceras, el alcohólico perfume de flores de nombres exóticos nunca antes vistas por él y el de las frutas tropicales, el calor, aquella calima que parecía disolver la voluntad y amotinar los sentidos. «Esperando a Claudia.» Le pareció también el título de una novela, según me dijo, pero no sintió que su destino fuese yo ni que su historia fuese una novela. Además, el destino sólo se hace notar en las novelas malas. Quienes sufren, y él sufría a pesar de ser feliz, consideran que su vida es una novela, porque acaso siendo novela imaginan que les sucede a otro y que es otro, por tanto, quien sufre, y logran de ese modo sortear su desesperación. Max, sin embargo, sintió que no podía ser el novelista de su propia novela, como quería María Jesús Heras. Además, ¿para qué contarse una novela que él ya conocía de sobra, y que en todo caso tampoco había acabado de suceder? Máximo no leía novelas. Era un hombre práctico. Las únicas novelas que había leído en su vida, en Inglaterra, de Agatha Christie, no despertaron en él la costumbre de la lectura. Al contrario de lo que me sucedió a mí. Pero esto no viene al caso ahora.

«¿Se sentía bien entonces? ¿Sigue así? ¿Y cómo es que sintiéndose bien ha venido a verme? Sería usted el primero.» Desde ese momento María Jesús Heras lo trató de usted. Pasaba consulta con un collar de perlas, una blusa de seda color blanco roto y unos zapatos de ante negro, como si pensara incorporarse a un cóctel acabada la sesión con él.

Antes de responder, Max se distrajo mirando las perlas. Habrían podido ser de su madre. En una de las fotos que conservaba de ella se la veía con un collar parecido. Aseguraba que guardaba de su madre una imagen nítida, pero eso era muy improbable, porque su madre había muerto cuando él tenía seis años. Sin embargo defendía lo contrario: «Me acuerdo perfectamente de ella, de cómo era, de cómo me abrazaba». Yo se lo discutía: «Crees que recuerdas, pero lo más seguro es que lo que recuerdas es lo que has visto en las fotografías». ¿Tendría que ver aquella pérdida temprana con el modo en que Max se relacionaba con las mujeres? ¿Incluso con el hecho de que fuese fotógrafo? No lo he pensado nunca. Tal vez la doctora le aclarara esas cuestiones, y si tenía que ver el hecho de ser huérfano para relacionarse como lo hacía con las mujeres, aunque a él le importaba muy poco saber cómo y por qué se relacionaba con ellas como lo hacía. Únicamente le interesaba el *caso Claudia*, como lo llamó. Me reí al saber que yo había sido un caso. No le interesaban los análisis complejos de la conciencia. Se consideraba, hasta ese momento, una persona sana mentalmente. «Normal, doctora, soy normal», fue lo primero que dijo el primer día de las consultas, cuando ni siquiera le había contado nada de lo nuestro. Llegó a decirme que tampoco tenía pensado hacerlo. La doctora le respondió con una pregunta: «¿Qué sería para usted anormal?».

Máximo no respondió.

—¿Era feliz?

La doctora Heras repitió la pregunta. Max estaba a

punto de quedarse dormido. Echado en un diván tan cómodo, a veces le costaba mantenerse despierto.

—No. Yo creo que muy feliz —admitió al fin, con timidez y bajando la voz.

No respondió, como hubiera hecho cualquiera: «Sí, fui feliz». Muy típico en él. Empezó negando: «No», y acto seguido trató de relativizar una felicidad incuestionable como si se tratara de algo discrecional, seguramente porque le parecía inadecuado ser tan feliz y se culpaba por ello, como si no tuviese derecho precisamente a nombrar aquella felicidad, pensó en Cathy y en los niños y pensó en mí, y por eso dijo «yo creo», algo que equivalía a un «puedo estar equivocado», aun sabiendo que no lo estaba en absoluto. Y ojalá lo hubiese estado, desde su punto de vista entonces. Habría podido seguir con la vida que llevaba hasta ese momento. No era en absoluto mala. Tenía un buen trabajo, le gustaba su trabajo; tenía una gran familia, una mujer admirable, dos hijos sanos, felices. No tenían problemas de dinero, tampoco problemas de salud. Cathy le amaba, y él a Cathy, se llevaba aceptablemente bien con sus hermanos… Pero aquel día de cinco meses atrás se sintió más feliz que nunca sin familia, sin su mujer, sin sus hijos, al margen de su trabajo. ¿Cómo podía entenderse eso? Evitó igualmente poner un verbo en su frase, no dijo «era» o «fui» feliz, ni mucho menos «sigo siendo feliz» (la gente paga una abultada cantidad de dinero para que alguien escuche sus desdichas, no para lo contrario, y sobre todo para analizar esta clase de matices). Y eso fue lo que la doctora anotó con trazos tumultuosos en un elegante bloc, esa respuesta, y sin dejar de escribir ni levantar los ojos prosiguió el coloquio:

—¿Y no es feliz ahora?

Fue Cathy quien, viéndole más «raro» que de costumbre, buscó a aquella terapeuta y le sugirió que pidiera cita. Excepto Cathy nadie sabía que llevaba cuatro semanas visitándola. No decírmelo, más que una deslealtad hacia mí, le pareció una forma de fidelidad para con Cathy, cuando ya no le podía dar nada más. Quizá pensó que poner por escrito algunas de sus experiencias y sentimientos le ayudaría a distanciarse y empezaría a ver algo de luz. El vacío como atalaya para divisar su lado oscuro. Y la luz como materia.

«*I was waiting for Claudia at the hotel*.»

Quiso guardar esta frase y para ello tenía que dar un nombre al archivo. Temía quizá que aquellas pocas palabras que le habían costado media hora de cavilaciones pudieran borrarse de repente. Era necesario etiquetarlas. Se quedó en blanco frente a la pantalla. Tecleó «Claudia» en la reserva del archivo, pero se apresuró a borrar ese nombre con la precipitación de quien quiere hacer desaparecer las huellas de un crimen. Se acordó de Agatha Christie. Lo sustituyó por «Hechos». ¿Quién podía saber cuáles habían sido los hechos? ¿Quién sabe nada de los hechos? Es demasiado pronto para explicarlo, pero yo sé ya bien que los hechos son un aspecto secundario de la realidad. Y añadió: «Análisis». Envió ese documento nuevo a su correo electrónico del estudio y a continuación lo arrastró a la papelera de su ordenador, cursando la orden de vaciarla. Acto seguido eliminó también del buzón de su portátil las huellas de ese envío. La mecánica de hacer desaparecer aquellos rastros ya no le llenaba de congoja, como cuando, al principio de toda la historia, había de borrar de su móvil cualquier impronta de mis llamadas o de las suyas a mí, cosa que sucedió y seguía sucediendo varias veces por semana. Se había convertido en un experto en el arte del disimulo. Lo mismo que yo. Niguno de los dos sufríamos por ello; al contrario, sabíamos que evitábamos con tales precauciones la posibilidad de hacer más daño a otros. Daños a terceros.

Apagó su portátil. Pero los hechos no desaparecieron por ello. Los hechos, pensó, le tenían exactamente en el mismo lugar que hacía cinco meses. Todo es presente. «No tenemos otra cosa», le repetía yo. «No tenemos más que presente, amor mío», le repetía yo a diario, mientras Cathy insistía en todo lo contrario: que volviera el pasado, «que las cosas vuelvan a ser como antes».

Dos

Su trabajo en Constanza había tocado a su fin y tenía por delante, antes de volver a Madrid, tres días conmigo, y nos disponíamos a disfrutar de ellos.

En ese momento, un poco antes de lo que expresaba la primera frase que él escribiría cinco meses después, «*I was waiting for Claudia at the hotel*», estaba almorzando en un restaurante que había encontrado al azar, mientras erraba por el barrio de Quijano.

Claudia en Constanza… Le resultaba extraño. Y a mí. En Madrid, donde vivíamos, no nos habíamos visto más que un par de veces en los últimos cuatro meses, e íbamos a pasar juntos tres días en un rincón perdido de otro continente donde jamás habíamos estado antes, donde no era probable que volviésemos a coincidir nunca más.

En las ocho semanas que llevaba en Constanza, Max había recorrido buena parte de los restaurantes de la ciudad vieja, y muchos de los de la provincia de Santa Rosa. La vida de un ingeniero, incluso la de un ingeniero joven como él, es lastimosamente aburrida, sobre todo después del trabajo. El trabajo aún le da un poco de sentido a una existencia pautada en la rutina y la tenacidad. Los puentes no se caen, porque los ingenieros llevan una existencia tranquila y rutinaria. La menor alteración involuntaria en estos hábitos se sabe que repercute peligrosamente en los cálculos que han de hacer, y un solo decimal, fruto del descuido, del cansancio, de una desavenencia conyugal, de una noche de farra, tendría como resultado un desenlace funesto, haciendo que entrara en resonancia no sólo su vida sino la obra que tenga en ese momento entre las manos. En consecuencia, el ingeniero de caminos ha de llevar una vida sujeta a minuciosa mecánica. La de Max, desde mi punto de vista, lo estaba, y bastante. Pero si el ingeniero, después del trabajo, ni siquiera tiene una familia con la que pasar el resto del día, se convertirá en un ser digno de compasión, alguien que trata desesperadamente de aparentar que es un ser común, que trasnocha, bebe o se divierte como el resto de los mortales. Max tenía por fortuna su salvavidas, como lo llamaba. Era fotógrafo. Por esa razón le gustaba callejear, y meterse en restaurantes como aquél. Pero en según qué lugares tal cosa era una temeridad.

Una cláusula del contrato que le obligaron a firmar al llegar a Constanza especificaba que «cualquier eventualidad que se siga de rechazar los servicios de los empleados de Colsecurity que la empresa pone a disposición de sus ingenieros y ejecutivos, eximirá a ésta de toda responsabilidad civil y penal en los secuestros y los consiguientes rescates». Max hizo una interpretación osada de esa norma, y si durante los cinco días laborables no se despegaba de él un hombre que le asistía también como chófer, los fines de semana, cuando podía, burlaba su vigilancia, como esos jóvenes príncipes de *Las mil y una noches* que disfrutaban saltándose los muros de palacio para corretear de incógnito por las medinas y mercados. Todos le advirtieron en vano de ese peligro. También muy típico de alguien como él, pensaba que un cociente intelectual de 162 era una patente de corso.

Y como era de temer, acabó sucediendo.

Ni siquiera se había tomado la molestia de contárselo a la doctora. Si no tenía cosa mejor de que hablarle, ¿lo haría? Tampoco nos lo reveló a nadie, sino cuando le convino.

Doce días atrás Max había ido a Trago Alto, un poblado de chabolas engañosamente alegre porque entra el sol por sus cuatro costados y porque sus vecinos se pasean medio desnudos a todas horas o vestidos con trapos de una miseria tristemente folclórica. Al escolta de turno, un joven culturista, ingenuo y servicial, le había dicho esa mañana que no saldría del hotel, y le ordenó que se marchara. El escolta adivinó la argucia e inició una protesta con pesadumbre:

—Por favor, don Max, nos buscará un problema, y yo perderé mi empleo.

Pero fue inútil. Max imponía su rango, su gravedad, su estatura.

Trago Alto es un lugar, al pie de una colina, donde viven veinte mil constanceros entre chapas y tableros tiznados de yeso, apoyados unos en otros para no venirse al suelo. Sucios castillos de naipes que sirven indistintamente de habitáculos y negociejos inclasificables, entre los que pueden verse unos pocos talleres de reparaciones mecánicas y abarrotes inmundos, donde se amontonan hortalizas y frutas medio podridas y artículos fabricados en Taiwán. En una gran parte del poblado no hay agua corriente, salvo la que serpea en fétidos reguerillos por medio de las calles, ni tampoco alumbrado público, porque la compañía que lo gestionaba lo retiró ante los impagos municipales, ni comercios, porque no es un lugar para los negocios legales, ni iglesia, porque ya no queda un alma que pueda salvarse, ni estación de policía, porque son tantos los crímenes y delitos que allí se cometen que tendrían que llevarse presa a la mitad de su población como sospechosa. Sólo algunas tabernas sórdidas y rudimentarias, que se iluminan llegada la noche con voltajes hepáticos, recuerdan a sus vecinos las múltiples razones que tienen para intoxicarse a base de alcoholes ínfimos y drogas, prostituirse, delinquir.

El taxista que le llevó hasta Trago Alto le desaconsejó

vivamente que se bajara del coche: lo encontraba una temeridad con final previsible.

En cuanto Max se quedó solo, plantado en medio de las chabolas, reconoció su error.

Max mide uno noventa y es de complexión atlética. Lo digo de este modo como si lo tuviese delante todavía, como si aún siguiera a mi lado. De algún modo lo está. Ahora más que nunca. El poco pelo que no se había llevado una calvicie prematura era de color castaño, como sus ojos, y lo llevaba corto. No iba vestido de manera llamativa: una camisa blanca con las mangas recogidas hasta los codos, un pantalón vaquero y uno de esos chalecos de pescadores de trucha, cazadores y reporteros, con un sinfín de bolsillos donde guardaba toda clase de cosas. Cierto que el pantalón y el chaleco eran prendas ya gastadas y viejas, pero había algo en él que lo adscribía de manera inequívoca a la casta superior: quizá los zapatos que llevaba, recién lustrados en el hotel, le entusiasmaban los zapatos buenos que se hacía a medida en una zapatería de Chelsea, y desde luego su rostro. ¿Qué puedo decir yo sino que era muy guapo? La nariz recta, el arco de las cejas bien dibujado, la frente despejada y la boca un poco grande, muy sensual, como a mí me gustan. Igual que su voz. Es lo más bonito suyo. Cuando habla dan ganas de cerrar los ojos, para oírla mejor. Casi siempre estaba serio, y miraba por dentro las cosas y las personas, como se desentraña un problema de matemáticas. Esa mirada lo hacía seductor para muchas mujeres, aunque él fingía ignorarlo. O quizá lo ignoraba de verdad. Tenía el cuerpo de atleta, pero mostraba un completo desdén por sí mismo. No era en absoluto narcisista. Al contrario, por entonces era bastante desgarbado. Acaso era eso lo que resultaba tan subyugante. Al menos para mí. Yo le decía en broma que valdría para dirigir la familia de *El Padrino*, porque casi nunca expresaba sus sentimientos ni decía una palabra de más; tenía incluso el aspecto curtido de los que no le tienen miedo a nada ni a nadie, porque llegado el caso sabrán hacer uso de su inteligencia, incluso de su fuerza física. Entiendo que no quisiese ir a la consulta de María Jesús Heras: ¿a qué?

Por fuerza su presencia en Trago Alto no podía pasar inadvertida. Con discreción, para evitar conflictos, empezó a trabajar. Algunos lo observaron con curiosidad, otros escrutaban con codicia sus cámaras. No llevaba ni media hora caminando cuando se le acercaron dos hombres, uno de unos cincuenta años, con bigote lombriz, flaco y pálido, y otro joven y corpulento, de tez morena, los dos sin afeitar y con los pelos de la cabeza apegotados y grasientos. Pudo correr, pero no lo hizo. ¿Por qué? Y además, ¿hacia dónde? Estaba demasiado lejos de todas partes, sobre todo de la Justicia. Esperó a que llegaran hasta él. La pistola con la que le apuntó el viejo del bigotito tenía aspecto de herramienta más que de arma de fuego, como comprada en un desguace de fierros usados. El joven le agarró el codo, con determinación pero sin brusquedad, y le ordenaron subirse a la camioneta. Detrás de él, con el motor encendido, había emergido de alguna parte una pequeña y desvencijada Toyota color malva, llena de abolladuras y con la pintura saltada. Recordaba en algo a la pistola. Lo empujaron hacia los asientos traseros. Le pusieron unas esposas, cubrieron su cabeza con una bolsa de papel y lo obligaron a aplastarse contra el suelo. Nadie habló una palabra. Mientras permaneció en el coche, Max trató de analizar los hechos: si alguien había visto o no lo sucedido, si en ese caso habrían dado parte a la policía, si le buscarían… Pensaba en todo y en nada al mismo tiempo; pensó, en este orden, en sus hijos y en Cathy, desde luego no en mí. Así me lo aseguró, y yo le creí. No sintió tampoco remordimientos por haber ido a Trago Alto ni se compadeció de sí mismo. No era su estilo. No se apiadaba de él, en absoluto, pero eso a veces le hacía parecer inflexible con los demás. Permanecieron en la camioneta durante una hora, circulando por carreteras en no muy buen estado ni a demasiada velocidad. El calor era insoportable y se asfixiaba entre los pies malolientes de sus secuestradores. El tiempo pasó para él deprisa y despacio. Apagaron la música del coche y se detuvieron en algún lugar impreciso, en el que no se oía nada, y los secuestradores salieron. Les oyó hablar con otros hombres. No entendió lo que decían. Le pareció otra lengua. Regresaron al coche, y antes de cerrar la puerta, oyó que alguien le decía en tono admirativo, y rencoroso:

—Usted es un verraco.

Lo dejaron solo algunas horas más, tirado en el fondo del coche como un fardo. Intentó rescatar su móvil de uno de aquellos bolsillos diminutos, hasta darse por vencido. Le arrinconó el desánimo, pero no sintió miedo, o así lo recordó luego. Al fin lo sacaron de la camioneta. Le dolía todo el cuerpo. Se hallaban en medio del campo. Lo supo por el aire fresco y perfumado que se levanta de la tierra después de la lluvia, por el canto de lo que le parecieron ranas. Si había alguna carretera transitada, quedaba lejos. No oyó más ruido que ése, el de las ranas, el de las estrellas, el de su respiración dentro de la bolsa de papel. Al día siguiente era domingo. Seguramente, pensó, no le echarían de menos hasta el lunes, cuando faltara al trabajo.

Hasta que no entraron en aquella casa no le quitaron la bolsa de papel. No eran los mismos que lo habían secuestrado. Los nuevos llevaban el rostro cubierto con un pañuelo atado a la nuca, como los asaltabancos de las películas. Le cachearon y le requisaron las máquinas de fotos, la cartera. Registraron minuciosamente los bolsillos de su chaleco. Al descubrir el móvil se alarmaron. Uno de ellos hizo en él unas comprobaciones, y le preguntó si lo había usado. Max dijo sin jactancia pero sin vacilación: «Lo he intentado, pero no he podido». El que parecía viejo por las arrugas de la frente, impresionado por aquella voz grave, de bajo, que tantas veces le habían alabado, insistió:

—Valiente; ya lo creo.

El joven intentó arrancarle el reloj, y ordenó:

—También el reloj.

Máximo le mostró las esposas.

Se las abrieron. No se resistió a ninguno de aquellos decomisos ni preguntó nada ni quiso saber qué le ocurriría ni quiénes eran ni qué querían. Se limitó a pedirles un poco de agua. Su voz profunda hizo que pareciese una orden. Salió el joven y volvió con una botella de cristal con agua turbia y caliente y un paquete de galletas. Le señalaron para sus necesidades una lata de petróleo a la que habían arrancado el asa superior. En un rincón del habitáculo se desplegaban unos plásticos sucios en el suelo a modo de camastro. Lo dejaron solo, cerraron la puerta y apagaron desde fuera la luz.

Era una habitación de unos doce metros cuadrados con paredes de barro y sin ventilación. El aire abrasador e irrespirable le agotaba los pulmones.

Al quedarse solo pudo pensar. Sabían que iba a ir a ese barrio. Le estaban esperando. Alguien lo había delatado. Quizá lo siguieron desde el hotel. Su propio guardaespaldas. Le había dado el día libre. El taxista. Abrió el paquete de galletas. Las contó en la oscuridad. Le pareció que eso podría serle de alguna utilidad. Habían pasado doce horas. ¿O serían catorce? Era una persona animosa, pese a la máscara que a veces le hacía aparecer flemático. Llevaba todo el día en ayunas, y encontró el hecho de comer esas galletas a oscuras deprimente, como el olor a sudor que le subió de su propio cuerpo. Se tentó la camisa, los pantalones, pasó por ellos las manos de manera enérgica, como si se quitara de encima parásitos molestos. Se inquietó pensando que las paredes de adobe estarían infestadas de ellos. Recordó que alguien le había hablado hacía unos días de la leishmaniasis, provocada por inquietantes insectos que acaban produciendo bajo la piel, como la carcoma, cavernas ocultas e indoloras. Y no logró dormir.

Cuando los secuestradores volvieron estaba amaneciendo. Sólo entonces notó que se había quedado dormido. Unos minutos, acaso un cuarto de hora. Llevaban como la víspera el rostro cubierto con los pañuelos. Portaban sombreros estampados con camuflajes militares. Lo pasaron a otra habitación. A través de una ventana enrejada se veía un patinillo y una pared. Y un trozo de cielo, un trozo de noche que claudicaba ya, lechosa y sucia.

Le entregaron unas botas viejas, de las que usan en la guerrilla, y le ordenaron que se sacara los zapatos. Imaginó que iban a trasladarle, acaso a la selva. Cuando se hubo calzado, el cabecilla, que hablaba con voz de pasante, le dijo:

—Aquí tiene sus pertenencias. Lo vamos a soltar.

Max no dijo nada porque pensaba que las cosas no tienen por qué ser diferentes siempre de como se presentan, y tampoco le gustaba articular palabra si no tenía nada que decir.

Le devolvieron el reloj, las máquinas de fotos y la cartera, pero no el móvil. Max se puso el reloj y se colgó del cuello las máquinas de fotos. Lo hizo todo con movimientos pausados, sin dejar de mirar a los secuestradores ni despegar los labios. Tenía sueño. Hubiera querido dormir. No he visto a nadie que durmiera con tanto gusto las pocas horas que dormía y a nadie a quien le disgustara tanto que se lo estorbaran. Hubiese querido pensar que aquello era una pesadilla. De una manera automática, antes de guardarse la cartera, revisó su contenido. Le habían quitado los dólares y euros y las tarjetas de crédito. Le habían dejado un par de billetes mugrientos de veinte mil pesos.

—Tiene agallas, amigo.

Tampoco preguntó por sus zapatos.

—¿He de denunciar a la policía este secuestro?

La pregunta no pareció sorprenderles.

—Contamos con que lo hará. Pero no servirá de nada, y a usted lo marearán a preguntas. Por nuestra parte, tanto si lo denuncia como si no, lo dejaremos tranquilo. En marcha.

Antes de salir volvieron a colocarle la bolsa de papel en la cabeza. La misma bolsa maloliente. Pero un coche distinto. Lo metieron en el maletero. Detuvieron el coche sin apagar el motor, y le ayudaron a bajar. Llevaba todavía las manos atadas a la espalda.

Lo colocaron frente a un muro derruido. Una antigua alquería, quizá. Pensó: «Me han traído tan lejos para matarme». Lo desataron.

—Dentro de una hora, dos a lo más, pasará por aquí un bus que lo llevará de vuelta a Molí, y allí podrá tomar otro hasta Constanza. Adiós, amigo: es usted un joven valiente, y disculpe las molestias.

Max estrechó la mano de sus secuestradores. Más tarde pensó: «No debería haberlo hecho». Darles la mano. Pero ya estaba hecho.

Luego les gritó, cuando se alejaban:

—Si me preguntan, ¿quiénes digo que eran?

Pensó después que hubieran podido tomarlo por una insolencia, acaso por una guasa. No le respondieron. Tal vez ni siquiera le habían oído.

El coche desapareció. Corría algo de aire. El paisaje era la pura desolación, un terreno alto donde crecían, aquí y allá, entre las piedras, unas florecillas moradas y unos hierbajos secos. Y aquellos tapiales en ruinas. Se sentó en el suelo, cortó una de aquellas flores y se la llevó a la boca. Mordisqueó su tallo. Le supo amargo y tiró la flor al suelo. Le empezó a picar la lengua. Escupió. Al hacerlo se le despertó súbitamente el apetito. Sintió sed, mucha sed, y hambre. Supuso que aquél sería un día caluroso. País extraño en el que en un lapso de dos horas podía uno hallarse en el mar, en el altiplano, en la selva, en la sierra y en aquel páramo seco, áspero y mísero. Le pareció insólito que le hubiesen devuelto parte de sus pertenencias. Lo habría sentido por su reloj. En medio de recuerdos y noticias nebulosas, aquel Breguet era lo único real que conservaba de su padre. Debieron de encontrarlo demasiado viejo: su esfera, amarillenta, como quemada por la luz, le daba un aspecto poco atractivo. ¿Y la *mamiya*? Habrían podido venderla en el mercado negro y sacar un buen montón de dinero por ella. La examinó. Dio por hecho que se la robarían, pero ni siquiera le quitaron la tarjeta. Las pocas fotos que había tomado la víspera en Trago Alto le parecieron de una civilización remota, algo que había sucedido en su vida, pero hacía cientos de años: unos niños jugando en un albañal, una mujer encinta, sucia y hermosa, unos hombres en calzones, sentados en desvencijados cajones de madera bebiendo cerveza con el torso desnudo. En la pantalla apareció la última foto de todas, dos hombres, uno flaco y pálido con sombrerito de ala corta y los brazos caídos, con una pistola en la mano, pegada al muslo. El corazón empezó a latirle con fuerza, como si aquella información lo expusiera de nuevo a un peligro inminente. Miró instintivamente a su alrededor, por si alguien más hubiera podido verlo. No recordaba que su secuestrador llevara aquel sombrero tan gracioso. La sorpresa de encontrarse con esa fotografía le llenó de desasosiego. Le asaltó la tentación de borrarla. No alcanzó a comprender por qué le dejaron sus máquinas de fotos; se resistía a suponer en ellos un grado tan alto de descuido. Estaba convencido de que una cámara veía cosas evidentes y notorias que se escapan al ojo humano. «La realidad está llena de cosas que no existen», recordó haber leído en una entrevista de un periódico. Lo que significaba que la mayor parte de las cosas ni siquiera están en la realidad cuando se las mira. Tampoco es necesario marcharse de su lado para que desaparezcan. Desaparecen delante de nosotros, sin que lo percibamos.

Todo sucedió como le habían anunciado; pasó aquel coche de línea y finalmente llegó a Constanza sano y salvo. Al día siguiente, lunes, comunicó que había perdido su teléfono móvil y alguien de Altex se encargó de comprarle otro esa misma mañana. No dio parte a nadie del percance del secuestro, porque temió que convirtieran los días restantes en un tormento burocrático, echados a perder por los interrogatorios. ¿Qué habría ganado con ello? Llegaría la noticia a mí y a mis amigas, y con toda probabilidad suspenderíamos nuestro viaje a Constanza o nos impediría disfrutarlo como lo habíamos planeado.

Doce días después del secuestro Max volvió a Trago Alto. Si la primera vez había sido una temeridad, la segunda le pareció algo íntimamente necesario, una afirmación de su carácter frente a su destino. «Nada está escrito», debió de sentir en su fuero interno.

Una profesión como la de Max está cimentada precisamente tanto en conocimientos técnicos superiores y arduos, como en la forja del carácter, y no admite demasiadas temeridades. De un ingeniero de caminos se espera, además de que construya un puente eterno o un pantano de estructuras complejas, la fuerza de voluntad y la capacidad de análisis para que ningún problema quede sin resultado. Dicho en otras palabras: ingeniero civil sólo puede serlo quien en el dilema de escoger entre su vida y el trabajo, escoge éste, porque al tiempo que le han inculcado saberes específicos de suprema complejidad, se le paga tamaño sacrificio haciéndole creer que tal trabajo sólo él, o alguien de su misma casta, podrá resolverlo. Y en ese sentido Máximo Fernández-Leal consideró que su problema con Trago Alto y todo lo que allí le había sucedido no quedaría solventado satisfactoriamente hasta no terminar el trabajo que había ido a hacer. Sus fotografías. Por tanto, a él no le pareció una decisión temeraria, pues un ingeniero menos que nadie podría permitírsela.

Max creyó a los secuestradores. Cuando le aseguraron que no volverían a molestarle, dedujo que no sólo decían verdad, sino que de una u otra manera se encargarían de que nadie de ninguna otra banda o empresa revolucionaria lo molestara.

Fotografió el lugar exacto donde lo secuestraron. Una vieja se asomó a la puerta de una chabola, y se le quedó mirando. Se acercó a ella. Iba a preguntarle: ¿me vio usted el otro día, cuando estuve en este mismo sitio?, pero le mostró respetuoso la cámara de fotos, como quien trae una ofrenda:

—¿Me deja usted hacerle una foto?

La mujer, una vieja desdentada y con los ojos hundidos, le preguntó:

—¿Y no sería más bonito que retratara a las muchachas lindas?

Con la mano sarmentosa, deformada por la artrosis, la vieja ocultó sus encías sin dientes. El alegre brillo de sus ojos traspasaba aquel gesto de pudor. En medio de la miseria, la expresión de su alegría se constituyó como el mayor alegato contra el mal, otra rebelión contra el destino. «Nada está escrito», decían a su manera también aquellos ojos.

Nadie le molestó. No tuvo la menor sensación de peligro. Se le acercaron muchos curiosos que hablaron con él. Niños que le escoltaron. Él era su acontecimiento de ese día. Lo tocaban para saber si era real.

Después Max determinó volver caminando al centro de Constanza, pero se demoró callejeando por el barrio de Quijano, el peldaño que separaba aquel infierno de la civilización, y se metió en Margarita, el primer restaurante que encontró.

Tres

Se sentía bien. Había sido capaz de volver a Trago Alto y había salido de allí sin percance, su trabajo en la obra había acabado, había hecho algunas fotos, después de dos meses volvería a Madrid, y vería a Cathy y a sus hijos, y entretanto pasaría tres días en Constanza conmigo...

Estaba tan íntimamente contento que ni siquiera reparó en el restaurante. Era lo bastante joven y *british* como para que no le quitara el apetito una mala pitanza, como él las llamaba en traducción directa del inglés.

Se trataba de una casa de comidas familiar, con ocho o nueve mesas pequeñas, con manteles de papel a cuadros rojos y blancos. Habían pintado las paredes de un verde aguacate, y el zócalo, de un metro de alto, azul caribe. En las paredes no había ni un solo cuadro ni una estampa. Sí manchas de humedad, como mapas de vastas regiones inexploradas.

Al llegar, Max preguntó a la camarera si quedaba alguna mesa libre. La camarera era en realidad una niña de once o doce años, de pelo negro y ojos verdes. Pensó: qué guapa. La niña no entendió lo que le había preguntado: saltaba a la vista que la mitad de las mesas estaban vacías. Le dijo con desparpajo: «Mire, señor, hay muchas; escoja la mesa que quiera».

Max miró su reloj. Calculó las horas que faltaban para nuestra llegada.

Los compañeros de trabajo en las obras, oriundos de aquel lugar, pensaban que esa afición de Max por los establecimientos ínfimos no era sino una manifestación más del candor colonial que lleva a los extranjeros entusiastas de un país a encontrarlo idílico y característico. Le preguntaban, por ejemplo: «¿Qué tiene de bonito ese restorán lleno de mugre?». Respondía: «Si mi estómago ha sobrevivido diez años a Gran Bretaña, ¿qué puede temer ya en esta vida?».

Entraron un viejo y una joven. Max los registró en su retina. Para sus amigos fotógrafos era fotógrafo. Para sus compañeros ingenieros y demás empleados en las obras en las que trabajaba era ingeniero. A sus colegas ingenieros el que hiciera fotografías les parecía una excentricidad. Y la mayor parte de sus amigos fotógrafos se compadecían en secreto viéndole llevar la vida que llevaba.

Esperó a que aquella pareja tomara asiento. El fotógrafo es, sobre cualquier otra consideración, alguien paciente. Su paciencia es diferente a la del ingeniero civil, pero por alguna galería secreta ambas esperas están comunicadas.

El viejo y la joven hacían una pareja desigual. Dejaron sus bastones blancos junto a una silla. Uno se cayó al suelo. Se trataba de un hombre flaco y carbonizado y una mujer rolliza, mucho más alta que él y más enérgica, maquillada con fantasía. El viejo era la viva imagen de la decrepitud. Tenía una cabeza picuda con tres mechones largos de un pelo descolorido, que se había peinado de oreja a oreja, pegándoselos al cráneo para disimular su calvicie. Le parecieron dos personajes insignificantes. Las guedejas del hombre eran tres rayas pintadas en su calva con una brocha. Tomó una de las manos de su acompañante, y empezó a besuquearle las puntas, de uñas azules, cortas y puntiagudas como percebes. Los pechos de la mujer se anunciaban por la brecha profunda del escote abultados y próvidos. Él en cambio parecía un ser enfermo, torrefacto, un esqueleto. El contraste entre aquel viejo esmirriado y con los pelos pegados a la cabeza y la joven saludable de ojos de besugo resultaba grotesca, pero había algo bellísimo en la escena, porque donde quiera que se encuentre un poco de amor nadie puede decir que no esté sucediendo un acto sublime y misterioso de la comedia humana.

Max se llevó la cámara a la cara. Se oyó el clic inconfundible y rotundo. El enamorado volvió el rostro en un gesto nervioso hacia la mesa de Max, sin verlo. También ella miraba al vacío con aquellos ojos huevones. El viejo seguía con la mano de su amada entre las suyas, y Max disparó por segunda vez. Supo sin la menor duda que la buena, de las dos, era esa última foto. Se disculpó ante ellos. Les dijo: «Son ustedes afortunados. Se les ve enamorados». Le sonrieron sin verle, más tranquilos.

Al salir, Max cruzó un patinillo. Allí volvió a tropezarse a la niña. Llevaba una bandeja harto más grande que ella, con unos platos sucios, botellas vacías y dos o tres regojos.

—¿Me dejarás que te haga una foto?

—Me encantan las fotos —respondió, acordándose todavía de la propina generosa que aquel hombre con aspecto de rico le había dado—. Espere que deje el azafate, y ahora vuelvo.

—No, mejor así, como estás, con la bandeja.

—Pero tendré que quitarme los pelos de la cara, no puedo salir despeinada.

Llevaba el pelo negro recogido en una cola baja, de la que se habían soltado unos largos mechones. Rizó la boca con disgusto por no poder peinarse. Max lo aprovechó, e hizo la foto.

—¿Es que una chica tan guapa como tú no sabe sonreír? —le reprendió sin dejar de enfocarla.

Tenía prisa por acabar. Alguien podía interpretar mal que un extraño fotografiara a una niña. Cada día resultaba más difícil retratar a un pobre, a un niño, a una mujer, a un viejo, a un obrero, a un militar, a un mutilado, a una pareja de novios, a una prostituta, a dos enamorados, a un oficinista en un café. Todos sospechan de un fotógrafo, todos le creen un proxeneta, un traficante de realidad, un chantajista, un mixtificador, un mentiroso. Un delator: siempre hay alguien que no se encuentra en el lugar adecuado.

Las palabras de Max iluminaron el rostro de aquella chiquilla. Sin soltar la bandeja, trató de poner orden en su pelo soplando con energía hacia su frente, y miró con ese bendito descaro de los niños cuando sonríen. Max disparó por segunda vez. Supo también que de las dos la foto buena era la primera; en aquel disgusto pasajero de la niña estaba escrita la perdurable contrariedad que le esperaba en la vida. Acarició sus cabellos negros, puso sobre la bandeja otro billete de un dólar y retumbó, incontenible, el grito espontáneo de la muchacha:

—¡Gracias, don Amaro!

Max no alcanzó entonces a entender por qué le llamó de aquella manera. A punto de ganar la salida, oyó que la niña le llamaba:

—¡Eh!, espera. ¿Quieres acostarte conmigo? ¿Te lo enseño? ¿Quieres hacerme fotos desnuda? ¿Me das dinero?

Aún sostenía la bandeja. Se le quedó mirando, como si encontrara aquel súbito ofrecimiento un negocio rutinario. La naturalidad de aquella mirada envilecida le hizo un daño profundo y le devolvió, por un tenebroso pasadizo, a su propia infancia.

Cuatro

Se casaba Isabel Anzoátegui.

Las cuatro éramos amigas desde el colegio. Carmen, Beatriz, yo. Las amigas de la novia.

En Madrid había dejado a mi marido. También en Madrid se quedaba el de Beatriz. Carmen estaba separada hacía dos años. Viajábamos solas. El retraso del vuelo nos había hecho perder la conexión a Constanza. Llegábamos en avión de hélice, dando tumbos sobre una cordillera inacabable y una selva. También se había extraviado una de las maletas de Carmen. Por suerte no aquella donde iba el vestido que pensaba llevar en la boda. La habían localizado extraviada en Milán. Le aseguraron que podría llegar a Constanza para cuando ya se hubieran ido. «Quizá para cuando Isabel ya se haya divorciado.» Fue un comentario malvado, pero inofensivo, desgranado por el placer de provocarse la risa. Todo nos hacía gracia, incluso la pérdida de la maleta no nos quitó el buen humor. Al contrario, se diría que esas eventualidades lo acentuaron.

En el aeropuerto de Constanza nos esperaba un hombre solícito con un sombrero nuevo color papaya, de ala ancha y copa rígida. Le pesaban tanto los párpados que parecía fuese a quedarse dormido de pie.

El aeropuerto de Constanza es de juguete, con una sola pista llena de baches y una torre de control que semeja un palomar. Cuando llueve, como la tarde que llegamos, el agua forma charcos y la pista parece una vieja carretera abandonada.

Nos recibieron árboles portentosos, un calor infernal y ancianos que vestían pantalones blancos y guayaberas y se movían ceremoniosos con palaciega parsimonia. Y una negra adiposa y medio desnuda que, sentada con los muslos separados, las rodillas al aire, chanclas de dos tiras y abanicándose, custodiaba a la entrada del aeropuerto la exigua batea con una mercancía exótica de semillas y golosinas que ninguna de las tres logramos identificar. «Seguramente esta vieja venda también cocaína», observó Carmen al pasar a su lado. Y la crédula Beatriz volvió a intervenir: «Hija, Carmen, te ha oído».

El hombre del sombrero nos condujo hasta un todoterreno aparatoso, nuevo, alto y avasallador de cristales ahumados, y Carmen se sintió actriz de una película de Hollywood. Una de narcotraficantes.

—¿Te imaginas que esto fuera una película? —dijo recurriendo a una entonación novelera.

Se diría que los que sufren piensan en sí mismos como novela; los que quieren ser felices se imaginan película. Ni yo ni Beatriz supimos a qué se refería, pero lo atribuimos al esnobismo de Carmen, inofensivo, inconsecuente. Estábamos cansadas. Cansadas y no, esa mezcla desconcertante que producen los desfases horarios. Al hombre del sombrero le costaba andar, y al cargar con las maletas pareció que fuesen a rompérsele los riñones. Tenía unas manos artríticas, las uñas con forma y tamaño de cuchara, y nos sonreía de manera paternal. Sonreía por todo. Sus dientes eran grandes también, como teclas de piano, tan blancos que parecían postizos. Al vernos dijo:

—Mi abuelo, el papá de mi papá, era español, de Navia —y ya no volvió a despegar los labios.

De camino hacia el hotel, el mismo donde Max nos esperaba, Beatriz hablaba por su móvil, daba cuenta a Isabel del viaje, de nuestra llegada, del percance con la maleta de Carmen. Beatriz oyó que Isabel le decía a alguien que tenía al lado: «Han perdido la maleta de Carmen, y no le aseguran que llegue a tiempo». Beatriz aprovechó ese aparte para tapar su móvil y mover nerviosa los labios en un inaudible «Está él con ella». Beatriz conectó el altavoz, y las tres alcanzamos a oír que Isabel decía: «Flores, amor, eres maravilloso…». Encontramos en esa melosidad una cosa inaudita en Isabel, cursi y ridícula. El nombre de Flores estuvo a punto de hacernos reír. Sonó en ese momento el teléfono del coche, y mientras Isabel hablaba con Beatriz, oímos al conductor: «Dígame, don Amaro». Carmen y yo apenas podíamos contener la risa. Todo nos hacía una gracia loca. Flores ordenaba a su empleado que llevara a las invitadas a las Galerías Castellano, y a continuación se dirigió a nosotras. «Soy Flores. ¿Qué tal están?» Respondimos con azoramiento a un hombre al que no conocíamos. «Siento, Carmen, lo de su maleta. He dicho a Lino que les lleve a las Galerías Castellano. Les viene de camino. Mientras llegan ustedes, avisaré de su visita. Llévense lo que necesiten y no se preocupen de más. Nos veremos en la cena. Bienvenidas.»

Sabíamos poco de ese hombre. Hasta ese momento ni siquiera sabíamos que se llamara de las dos maneras, Flores y Amaro. Deduje que Flores le llamaban los amigos y él a sí mismo, como acabábamos de comprobar. Don Amaro, los subalternos y empleados. Tampoco yo, que de las tres era la que más íntima relación mantenía con Isabel, sabía gran cosa de él. ¿Por qué Isabel había contado tan poco de su novio? ¿Temía acaso que desaprobáramos la boda si llegáramos a conocerle antes? Era mucho mayor que mi marido, desde luego, pero en las cosas tocantes al amor, ¿quién es libre para elegir? Isabel me había dicho: «Es algo mayor que Agustín, pero te gustará, cuando le conozcas; no es lo que parece». ¿Qué parecerá?, pensé cuando me lo dijo: y también ¿qué significa ese «pero»? ¿Acaso estaba diciéndome que a ella no le gustaba Agustín? ¿Y algo mayor sólo…?

Flores doblaba en edad a Isabel. Ésta tenía treinta y cinco años, como todas nosotras, y él rondaba los setenta. La conocimos en el colegio cuando Carmen, Bea y yo ya éramos amigas. Al lado de Flores, Agustín era un joven. Ninguna de las tres nos hubiéramos atrevido a aventurar la edad exacta de aquel hombre. Isabel, al contrario que yo, no la había revelado. Tampoco si se trataba de un viudo o de un separado ni, si era esto último, de cuántas. Tenía de los matrimonios anteriores, e ignorábamos también si de la muerta o de la divorciada o divorciadas, hijos de la edad de la propia Isabel, que la habían acogido con hipocresía. Flores, después de conocer a Isabel, repetía una frase que encontraba original e ingeniosa: «Me ha llegado el *responso* del guerrero». Un tercio de las acciones de las Galerías Castellano, la cadena de grandes almacenes del país, eran suyas, y La Culebra, a quince kilómetros de Constanza, en cuya capilla se iba a celebrar la boda, pasaba por ser una de las fincas modelo nacionales de explotación ganadera; sus caballos de paso fino saltaban en las mejores hípicas del continente; uno de cada diez habitantes del país consumía carne, huevos o congelados de sus cebaderos, granjas y plantas frigoríficas, y veinte de cada cien caminaban sobre goma elaborada en factorías de la familia. Pero ninguna de nosotras sabía si Amaro Flores haría feliz a nuestra amiga. Ni siquiera sabíamos qué aspecto tenía.

Cuando llegamos a la puerta de las exclusivas Galerías Castellano nos estaba esperando una mujer de edad incierta, metida en un traje sastre azul con cartela y nombre incluido (Deisy Cepeda) prendida en el pecho. Era la amabilidad en persona, y por el disgusto que mostró, se hubiera creído que la maleta se la habían extraviado a ella.

Al encerrarnos en el angosto despacho al que nos condujo y en el que la encargada nos dejó con la ropa que en unos minutos habíamos acopiado como unas saqueadoras, volvió a darnos la risa floja.

—Isabel no ha encontrado un marido; es un filón —sentenció la agitada Carmen—. ¡Qué eficacia, qué recursos! Te paga el pasaje en preferente. Paga el hotel, y si te pierden una maleta, a la media hora te ha equipado. Ya no existen hombres así. Quiero otro igual para mí.

—De acuerdo, ¿pero te casarías tú con un viejo? —preguntó Beatriz, que enrojeció de pronto, al darse cuenta de que mi marido me sacaba quince años.

—¿Por qué no? Y además no es un viejo. Un hombre de setenta años hoy día no es un viejo. Si fuese guapo, a mí no me importaría acostarme con un viejo. Yo me acostaría con Paul Newman o Robert Redford.

Fui yo quien lo dije.

Beatriz y Carmen, quien trataba de dar salida a sus pies, metidos en el tubo de unos pantalones vaqueros, hicieron un aspaviento, como si el nombre de aquellos dos actores fuera una manera de hacer trampas.

—¡Todas nos acostaríamos con Paul Newman y con Robert Redford! —admitió Carmen—. Incluso con los dos a la vez. Bea se refería a un viejo corriente, a un albañil o a uno de esos que se ven en el Club de Campo, da lo mismo. A mí los viejos me dan asco, tiene que ser como acostarse con tu padre.

—Mi padre de joven era muy guapo...

Lo dije sin pensar. Mis amigas se escandalizaron. Bea me salió al paso:

—Por Dios, Clo, ¿es que siempre tienes que hacer broma de todo, incluso de eso? ¿Cómo puedes decir una cosa tan asquerosa?

—Lo digo *precisamente* por eso... Pero el tuyo, Bea, también me parece muy guapo, y te diré que siempre me ha mirado de una manera, no es por nada...

A veces digo cosas que debería callar, sobre todo algo como aquello, que había guardado en secreto tantos años.

—Eh, eh, eh, ¡para! —saltó Beatriz, que conocía de sobra mis provocaciones, en las que de una o de otra manera resultaba vencida...—. Deja a papá fuera de tus guarradas.

Se había enfadado.

—Lo siento, Bea; ya me conoces, era una broma.

Cuando teníamos catorce años, un verano, en casa de Bea, su padre aprovechó que su hija había salido un momento, y con el pretexto de la aguadilla mientras estábamos en la piscina, me besó en el cuello, me manoseó el pecho y me trabó las piernas por detrás con las suyas, y lo tuve un rato pegado a mi espalda, hasta que Bea apareció y logré soltarme. Jamás hablé de ello con nadie. Ni siquiera Carmen e Isabel lo supieron. Desde ese día evité quedarme con él a solas y no volví a mirarle a la cara.

—En todo caso —dijo Carmen sin dejar de probarse camisetas, blusas y pantalones— éste no es un viejo cualquiera, porque es rico. Y no es como la mayoría de los ricos que conocemos. Éste es rico de verdad. Y un rico, si quiere, puede llevar la vida de un joven. Un pobre, en cambio, aunque sea joven, parece que está condenado a llevar la vida de un viejo. Yo creo que no me casaría ni con un pobre sólo ni con un rico sólo. Lo mejor es casarse con un hombre joven y rico. Claro que el mío era rico y joven, y ya veis cómo me salió.

—¿No os parece extraño todo lo que nos está pasando? —les dije. Mi temperamento me lleva a estos cambios bruscos de humor. Quizá fue el recuerdo del padre de Bea—. Se casa Isabel y nosotras hemos venido desde el otro extremo del mundo. No tenemos nada que ver con todo esto, y es como si fuéramos a perderla para siempre.

—Hija —me interrumpió Beatriz—, ahora eres tú la que parece la agorera.

—Ni siquiera conocemos a su novio —continué diciendo—. Ella era lo que nos quedaba de juventud, ella ha sido la última en casarse, nos mantenía unidas, siempre la encontrábamos cuando la necesitábamos.

—Calla, por favor —me dijo Carmen—. Me vas a hacer llorar. Hablas de ella como si se hubiera muerto. O peor, como si fuésemos a morirnos nosotras. Hemos venido a una boda, no a un funeral.

—¿Ahora a quién vamos a llamar cuando nos haga falta? —pregunté más para mí que a ellas dos—. ¿Quién va a venir a consolarnos, quién nos dará los consejos tan buenos que nos daba? A mí me parecía que mientras ella siguiera soltera, nosotras lo éramos todavía un poco, y que las cosas a las que poco a poco hemos tenido que ir renunciando, quedaban en ella como en reserva, dándonos esperanzas. Que las ilusiones que hemos ido perdiendo, ella las conservaba intactas. A veces echo de menos aquellos tiempos, cuando éramos niñas, y los de después, cuando teníamos veinte años.

—No sé por qué dices eso. Si lo dijera yo, pase; pero a ti no te va mal, ¿o sí?

Carmen aprovechaba cualquier oportunidad para saber algo más de mí. Se quejaba siempre de que de todas yo era la más reservada. No contaba nunca nada de mi vida íntima. Mi marido era muy diferente a mí. Por esa razón pensaban que tarde o temprano nuestra pareja se rompería.

Ninguna de las tres nos reíamos ya. El cansancio del viaje había acabado por manifestarse. Todo lo hacíamos ralentizado. Carmen vio que aquél era un momento propicio para que yo, con la guardia baja, contara más cosas, y me preguntó abiertamente:

—¿Estás bien con Agustín?

—¿Por qué no habría de estarlo? —respondí—. Es una buena persona…

—Eso es lo que se dice del que ya no estamos enamoradas… —interpretó Carmen.

—Estar o no bien con alguien no tiene nada que ver para ser o no feliz. Siempre hay algo en el fondo de cada una que no es ni bueno ni malo, ni mejor ni peor, que nos llena de dudas y nos vuelve imprevisibles. Así que puede una decir que es feliz, pero sabe que tal cosa no ocurre ni todos los minutos del día ni todos los días del mes ni todos los meses del año. Yo he sido feliz en momentos en los que no tenía ninguna razón para serlo, y al revés, muy desdichada, cuando todo parecía irme bien. En las parejas hay momentos. A veces siento nostalgia de los años en que todavía estábamos solteras. Isabel era la última. Y quién sabe si será la más feliz de nosotras, viniéndose aquí. Ésta sí que es una vida completamente nueva. Ya estaba hecha a España. Se va con un hombre que tiene setenta años, si no más, y que parece que se ha enamorado de ella como un muchacho. Cuando ella tenga cuarenta y cinco, él será un anciano. Si tiene hijos con él, e Isabel va a querer tenerlos porque se ha pasado la vida suspirando por ellos, cuando sea madre, a su padre los hijos le parecerán nietos, más pequeños que sus verdaderos nietos…

Beatriz y Carmen, que me conocían bien, guardaron silencio. Comprendieron que quizá no hablaba tanto de Isabel como de mí misma, pues si alguna de las cuatro había querido tener hijos siempre había sido yo, acaso por mi propio pasado. Quizá mi pasado me había hecho decidirme también por la especialidad de pediatría. De todos modos tampoco podía tenerlos, y llevaba seis meses metida en un proceso de adopción que no parecía resolverse. Y sí, Carmen y Beatriz tuvieron por primera vez la sospecha de que las cosas entre Agustín y yo no marchaban bien.

—En todo caso, un niño tiene derecho a un padre, no a un abuelo —dije, no sé por qué. Quién era yo para juzgar eso.

—De acuerdo —admitió Carmen, que comprobaba

con una violenta torsión, a falta de espejo, cómo le sentaban los pantalones a su trasero—, conforme, sí, para entonces ese don Flores o don Amaro o como le llamen será un viejo, pero a Isabel que le quiten lo bailado. Se han pasado nueve meses viajando. París, Venecia, Nueva York… Lleva una vida de millonaria. ¿Cuándo alguna de nosotras ha vivido en una villa de la Toscana con un parque de dos hectáreas? Será viejo, pero Isabel nos ha dicho que es un hombre cultísimo y refinado que sabe muy bien la clase de vida que quiere llevar: tranquila y movida al mismo tiempo. Habría podido ser peor, y que hubiese sido un millonario que la hubiese obligado a vivir en Miami o en este pueblo comiendo todo el día churrasco y oliendo a semen de tigre. Ojalá a mí me hubiera salido un marido como ése. No tendría tiempo más que para hacer y deshacer maletas, ¿y así quién puede deprimirse? Todo el día de aquí para allá. ¿Y que me las pierden? Don Flores lo arregla todo. Yo, chicas, tengo alma de aventurera. No me importaría ni siquiera tragarme todas las óperas que va a tener que soportar Isabel ni los libros que va a tener que leerse cuando ya no tengan nada que decirse. La vida pasaría por delante de mí como cuando vas montada en un tiovivo, sin parar. Cuando el tiovivo se detiene, la vida empieza a darte vueltas alrededor, y te marea. Mientras gira, la vida se multiplica por infinito, y parece que gira contigo. El día que mi ex y yo nos bajamos del tiovivo, me fijé en su cara, y me dije: dios mío, qué feo eres. Pero ¿qué hago hablando de él aquí, cuando tengo por delante los seis días más tórridos de mi vida? ¿Vosotras creéis que en la cena pondrán cocaína en cuencos de plata, junto al caviar? Yo, desde luego, no me voy de aquí sin catarla. Sería como irte de la feria de Sevilla sin haber probado la manzanilla.

Mientras se afanaba en las probaturas, Carmen lanzó un deseo, se diría que derivado de la manera en que los pantalones se habían ceñido a sus caderas y sus muslos:

—Pues yo os digo otra cosa. Si me sale un ligue, no pienso desaprovecharlo. Yo he venido a esta boda a montarme en un tiovivo. Los de aquí, tengo entendido, dan vueltas y suben y bajan más deprisa que los de allá —y al decirlo buscó su bolso y extrajo de él un monedero del que rescató a su vez dos pequeños envoltorios que nos entregó a Beatriz y a mí.

Entre protestas y fingiéndonos ofendidas, Beatriz y yo rechazamos el ofrecimiento.

—Si se entera Carlos, te despelleja viva. Menuda amiga —dijo Beatriz.

—¿Y cómo se enterará Carlos? —contraatacó Carmen—. Sois unas puritanas. Si no se tiene una aventura en este pueblo del trópico y en el bodorrio al que vamos a ir, ¿dónde la tendremos? Beatriz, a Carlos te aseguro que no le importará. Él haría lo mismo aquí, no te quepa la menor duda. Y tú, Claudia, no te hagas la monja. Nunca se sabe. Estamos en el otro extremo del mundo, hace treinta grados día y noche, la humedad en el ambiente es del noventa y nueve por ciento, dentro de un rato empezaremos con los daiquiris y probablemente dentro de ocho horas estemos en brazos de unos tíos cachas que nos van a llevar en un todoterreno dando tumbos a un cafetal. Ésta es una tierra de fuego. Sólo quiero que os acordéis de mí cuando más necesitéis estos globitos en medio de una pasión tempestuosa… Cuando estéis debajo de noventa kilos de cafetero volcánico, elevaréis un pensamiento de gratitud hasta vuestra amiga y diréis mentalmente: «Gracias, Carmen, qué sabia fuiste, cuánta razón tenías»…

Guardándonos aquel inocente envoltorio, Beatriz y yo no estábamos dándole la razón a Carmen, sino sólo aceptando divertidas su invitación a entrar en el club de las aventureras, que ella quería presidir.

Cuando salimos de las Galerías Castellano la luz azulada de los lampiones pugnaba con los ecos dorados del crepúsculo por hacerse con el campo de justas. Tánatos y Eros. Ya en el coche, Carmen destapó el frasco de perfume que la encargada, por orden de Flores, nos había regalado, se lo llevó a la nariz y simuló un aparatoso desvanecimiento.

—Os lo he dicho: una tierra volcánica; hasta los perfumes los hacen aquí con semen de tigre.

—Por favor, Carmen, el perfume es francés —observó Beatriz—. Y es uno, por cierto, que me regaló Carlos una vez.

Bajé el cristal de la ventanilla, y el aire acondicionado del coche retrocedió ante la bocanada de calor húmedo y denso que paseó su lengua pegajosa por nuestra cara.

El ambiente era sofocante. Constanza estaba muy animada. La ciudad de calles y manzanas en perfecta cuadrícula dieciochesca, la del cogollo apretado de viejos palacios del XVII abandonados por los criollos al indigente indigenismo, la ciudad de los conventos de piedra con sus balcones enrejados y sus miradores de madera negra convertidos en modestos y compartimentados zocos, la de las majestuosas plazas en cuyos almeces, dragos y magnolios descomunales se acopiaban las flores como aves del paraíso, aquella en la que miles de personas caminaban por un tiempo que parecía remotísimo, pasaba ahora ante ellas como una estampa antigua de colores lavados, olores penetrantes y danzones que erizaban los sentidos con melodías afrodisíacas.

—Qué olor tan extraño también el de la calle —dije—. Es como si hubieran mezclado algas, canela y barbacoas.

—Os lo he dicho: churrasco y semen de tigre, aquí todo lo hacen con eso —insistió Carmen—. Tengo la impresión de que en este pueblo van a sucederme cosas memorables —y dicho eso, sumó su cuerpo a un ritmo oído al pasar, sacudiendo los hombros y agitando su melena negra como una bacante.

El hombre del sombrero, respetuoso pero alarmado, no apartaba sus ojos del espejo retrovisor, como si temiera que fuésemos a destrozarle aquel coche cuyas tapicerías todavía olían a nuevo.

Por aquí y por allá corrían niños con el pelo engominado y calcetines blancos, y algunos músicos erráticos, tocados con gorras de plato, como sudorosos generales, arrastraban bombardinos colosales, trompetas relucientes y troceados clarinetes. Las músicas pachangueras, llegadas de no se sabía dónde, se mezclaban con las megafonías de tómbolas y otras atracciones, músicas que olían a fritangas, a parrilladas, a cerveza podrida, a semen de tigre.

El último tramo del trayecto, hasta llegar al hotel, por un dédalo de calles inextricable, resultó penoso. Lino nos confirmó que se celebraban las fiestas de Nuestra Señora de las Nieves, la extravagante patrona de una Constanza en la que jamás había visto nadie nevar, excepto, según se contaba, en 1514, el año en que llegaron los fundadores dando origen a la leyenda y la consiguiente advocación. Estábamos en un país en el que las mujeres salen volando y los muertos regresan para conversar con sus parientes. ¿Cómo no creer que las orquídeas fueran tropicales parientes también de las edelweis alpinas?

Cinco

Max llevaba cinco horas esperándonos. Había pasado cuatro mirando la pantalla de su portátil, trabajando precisamente en las dos fotos tiradas esa mañana, la de los enamorados ciegos y la de la niña de los ojos verdes. Había hablado también con su mujer. El deseo de verla y saber que apenas faltaban tres días para reunirse con ella, después de ocho semanas de ausencia, hacían sin duda aún más deliciosa y placentera la espera.

En absoluto le importaba reconocer que la felicidad estaba hecha de cosas tan elementales: aquel momento, haber hablado con Cathy, el gintónic, su ordenador, nuestra llegada, la perspectiva de tres días dedicados enteramente a la fotografía (sólo una razón tan poderosa como ésa le podía retener tres días más en Constanza)…

El trabajo de la fotografía para Max era tanto o más serio que el de ingeniero, aunque no obtuviera de ello ningún beneficio material. Esto no lo convertía, ni mucho menos, en un fotógrafo improvisado. Al igual que para aquellos que como él acometían obras dificultosas y lentas («no se mueven montañas en una hora», les repetía su profesor de hidráulica), también la de la perseverancia es la principal virtud del fotógrafo, que sabe esperar «el momento decisivo», ese que apenas dura un instante y que sin embargo acaba convirtiéndose en un destello perdurable, como una montaña de firme luz, condensando en él toda una larga vida, una época, una ciudad, un país, la humanidad entera. La vida de un fotógrafo es la concienzuda y lenta sucesión de años, de países, de ambientes, para llegar justo al momento más fugaz, ni un segundo antes ni un segundo después son «el momento decisivo», y se resume en la suma de unos átomos de tiempo que, mirados unos al lado de otros completan en un trozo de papel el latido de la configuración crucial de la verdad que el fotógrafo ha perseguido sin saberlo tantos años: su autorretrato. Y el pasado. La suma de ambas cosas. No hay foto que no destile su melancolía: «La fotografía siempre es pasado. En una foto nunca somos como somos, somos como éramos», decía el australiano Ham, y Max añadía: «Y como seremos para siempre». Max sabía que cada una de aquellas fotografías era uno de los poros de su piel. Un día, sumadas, darían la verdadera imagen de su rostro y ese rostro sería la auténtica imagen del mundo, y en presencia de esa armonía, él se olvidaría de su propio rostro. Y volvería a ser nadie. El niño que fue. Para empezar de nuevo, esta vez bien.

Si tuviera que elegir entre su trabajo de ingeniero y el de fotógrafo no sabría por cuál decidirse. Cathy, que era al fin y al cabo quien padecía la vocación fotográfica de su marido, porque le robaba un tiempo precioso que habría podido dedicarle a ella y a su familia, secundaba esa vocación, y a menudo, sabiendo que nada podía hacerle más feliz a él, le animaba a salir a hacer fotos. Fue ella quien le persuadió para que se quedase tres días más en Constanza. «No estarás solo», le había dicho, «podrás estar con las chicas. Pero pórtate bien».

Y no es que Cathy no temiera las infidelidades de su marido (después de ocho semanas en un país del trópico ¿quién no estaría inquieta?). Se había habituado a sus viajes tanto como a admitir que Max era alguien que objetivamente atraía las miradas de otras mujeres, jóvenes o maduras, alguien a quien hacía atractivo, sobre todo, aquella voz nocturna y envolvente. Pero lo conocía bien, y confiaba en él. Lo cierto es que el «peligro» provenía de Carmen, y lo sabíamos Beatriz y yo, y desde luego la propia Carmen. Y, claro, Cathy. Todos menos Max.

Para ser una persona tranquila, Max se impacientó bastante con nuestro retraso. Más que con el retraso, con la falta de puntualidad, de seriedad. Se levantó de la mesa y estiró las piernas caminando por la habitación, mientras aspó los brazos, tensándolos. Se asomó al balcón por si sorprendía nuestra llegada. La animación de las fiestas constanceras llegaba hasta allí, uno de los rincones más sosegados de la ciudad. Cuando se cansó de mirar, volvió a sentarse frente a su pequeño ordenador. En la pantalla estaba la fotografía de la anciana de Trago Alto.

Sentía una irresistible atracción por la gente desdichada, extraña en alguien como él, que pertenecía al mundo de los afortunados; por los pobres; por quienes no habían conocido otra tierra que aquella en la que habían nacido y en la que seguramente morirían sin salir de la misma chabola. Descubría en la pobreza y en el dolor algo que le acercaba al origen del mundo. Había algo de sí mismo que le hacía sentir que pertenecía a esos arrabales de pobreza, desasistimiento y desesperación, más que al suyo de privilegios y seguridades garantizadas. Había descubierto algo que le empujaba hacia el infortunio, la tristeza, la soledad, la tragedia, no tanto para comprender, como para compartir, ya que desde que era niño tales sufrimientos no le eran en absoluto ajenos.

Descolgó el teléfono y pidió que le subieran su segundo gintónic. En ese instante desde luego que era una persona feliz, todo lo feliz que alguien como él podría pensar que se pudiese ser, aunque no tanto como iba a serlo sólo treinta y seis horas después. Por eso cuando, pasados cinco meses, la terapeuta le preguntó si había sido feliz «después de aquello», comprendió que la palabra felicidad quería decir bien poco.

Y por supuesto que estaba deseando que llegáramos, poder hablar con alguien, reírse, divertirse un poco después del trabajo duro realizado en el puente de La Quebrada, que había unido la provincia de Santa Rosa y la propia Constanza con las nuevas prospecciones de Petroansa, cerca ya de la pequeña ciudad de Ñata, puente en el que estaban interesados todos, la petrolera, la gente a la que se le ahorraban tres cuartos de hora de carreteras endiabladas, y la propia guerrilla, cuyos achiques y operaciones militares se verían igualmente favorecidos. Y esto último, necesitarlo activo para que terminara las mejoras cuanto antes, pudo decidir su liberación, según llegó a creer el propio Max, y, quizá, la casualidad de que el mismo sábado en que fue secuestrado, la televisión estatal emitiera un extenso reportaje sobre aquel puente calificado por todo el mundo como una de las más hermosas obras de ingeniería del país y de su joven y brillante ingeniero Fernández-Leal, y le hicieron una entrevista que duró lo menos diez minutos. «No creo que les interese secuestrar a los que facilitan su movilidad; al contrario, son los primeros interesados en que las obras terminen cuanto antes», le había dicho el propio Max al jefe de seguridad cuando éste trató de redoblar sus escoltas, y se había confirmado como exacto.

En vista de que no aparecíamos, Max decidió echarse a la calle. De alguna parte le llegaba una melodía bullanguera como llegan de pronto las fragancias remotas, que flotan irreales como ese visillo de tul hinchado por un soplo de brisa. Estaba deseando seguir con las fotos. Telefoneó a la lavandería del hotel interesado por sus camisas, dejó dos dólares encima de la cama como propina, y cuando estaba debajo de la ducha, llamaron a la puerta. La diligencia y barroquismo del personal subalterno en atenderle hacían recordar modales de la época colonial. Acudió a abrir, enrollada a la cintura una toalla blanca.

—¡Sorpresa!

Nuestro coro de voces agudas le hizo retroceder.

Carmen con una rodilla en tierra y los brazos abiertos, Beatriz adelantando el pecho y con las manos hacia atrás y yo, de perfil, hundiendo la barbilla en el escote, fingimos uno de esos conjuntos de música ligera posando para la carátula del disco.

Carmen lanzó, incorporándose, tres rugidos. De tigresa. Y lo enredó en sus brazos como una boa.

—No le hagas caso, Max —intervine yo, apartándola suave pero enérgica de aquel abrazo—. Viene así desde Madrid. Nos ha dado el viaje.

—Os lo decía —advirtió Carmen—. Nunca se sabe dónde van a ser necesarios los regalitos que os acabo de hacer.

—Eh, tú, Lauren Bacall —la atajé—, le estás poniendo colorado. No hagas caso, Max, ya la conoces.

Mientras Max acabó de vestirse en el cuarto de baño, Carmen y Beatriz saquearon su minibar, yo me adueñé del gintónic que Max estaba bebiendo, y atropellándonos unas a otras contamos lo de los almacenes, causa de la demora, y que pasarían a recogernos de allí a un rato para llevarnos a cenar a casa del novio de Isabel. Naturalmente ésta había extendido la invitación a Max.

Max, sin embargo, había reservado esa tarde para mí y para mis amigas, había pensado llevarnos luego a cenar, y no contaba ni mucho menos con acabar el día entre desconocidos, en una finca a quince kilómetros de Constanza.

Disimuló su disgusto, pero yo le conocía bien para saber que aquellas improvisaciones le irritaban. ¿Era consecuencia de su educación británica? ¿Del rigor inherente a su profesión de ingeniero?

Según lo previsto, el señor Lino pasó por el hotel y nos recogió. Acudíamos a la cita risueñas, y después de nuestros baños, como recién nacidas de la espuma del mar.

Max bajó a despedirnos. En un aparte yo me puse a su lado y ronroneé como una gata, buscando su indulgencia.

—Lo entiendo perfectamente —aprobó Max—. Tenemos por delante dos días.

Seis

Cuando se vio solo, Max telefoneó a dos de sus aparejadores en Altex, dos jóvenes constanceros. Después de la
cena, acabaron los tres en un bailadero de la avenida An-
dina donde se congregaban unos cientos de personas. El
vino y el aguardiente parecían haberle puesto alas a Max,
más que plomo en los pies, a juzgar por la velocidad con
que fluían sus pensamientos por su cabeza y sus palabras,
él, el Silencioso. La ciudad en fiestas, como un caleidos-
copio, seguía girando a esas horas de la noche sobre sí
misma, y sus gentes, luces y charangas se rompían en mil
pedazos siempre armónicos. Contagiados por el ambiente, la pequeña comitiva de Max y sus amigos se dejaba llevar y traer por los fluidos y neones de la noche.

Los dos aparejadores estaban sorprendidos por la
transformación de su jefe, a quien siempre habían visto
acorazado en la respetabilidad de su trabajo y en la discreta parquedad de sus palabras. Max, consciente del
efecto que causaba en ellos, les hacía creer, por acrecentar
su regocijo, que estaba más bebido de lo que en realidad
estaba, como demostraba el hecho de que, de todos modos, lo bebido no le había impedido hacer algunas fotos
nocturnas en el trayecto del restorán al bailadero.

El volumen de la música allí dentro acababa convir-
tiéndola en un amasijo de ruidos estridentes y aplastan-
tes. En el centro de la sala se levantaba un amplio escena-

rio circular donde los clientes se exhibían a su sabor bailando y alimentando su epilepsia. De no haber sido por aquella circunstancia, el tenerlos a la altura de los ojos, Max nunca habría descubierto los zapatos que le quitaron los secuestradores de Trago Alto ni identificado al que se los quitó, cubierto en todo momento por el pañuelo forajido. Sus cordones, su encerado y sus pliegues eran tan inconfundibles como exótico era sorprenderlos en aquel hombre de baja estatura a quien a todas luces le venían demasiado grandes.

Esperó a que bajase de la pista. Vio que se reunía con algunos secuaces y dos o tres mujeres, apoltronados todos en un sofá galáctico de escay. Y la ebriedad que aceleraba sus pensamientos pareció también arrastrarle a donde aquel hombre se encontraba platicando.

—Hola.

El joven lo reconoció, y miró nervioso alrededor, no se sabía si porque esperaba ayuda o, al contrario, por recelar de un peligro inminente y concreto.

—Hola —repitió Max, y con la punta del pie rozó uno de aquellos zapatos que le habían gustado tanto al secuestrador como para robárselos.

Éste preguntó de manera inamistosa y con patente desconfianza quién era. Uno de los que estaban a su lado también quiso saberlo.

—No le conozco.

—Sólo quiero que me devuelvas mis zapatos —dijo Max.

Los amigos del secuestrador le tomaron por uno de los gringos de la petrolera, que empapados en alcohol buscaban pendencias los sábados por la noche.

Alguien empujó a Max por la espalda. Parecía estar incubándose por momentos una de esas reyertas de final impredecible. En ese momento salió de alguna parte el hombre del bigote gusano, el que llevaba en la foto el sombrerito de ala corta y la pistola vieja pegada al muslo. Se acercó a su cómplice y desgranó en su oreja unas palabras. El joven se soltó de mala gana los zapatos y los empujó hacia Max. Una de las amigas, al verle sin zapatos, rompió a reír, creyéndolo quizá una locura de borrachos. El despojado le levantó la mano y la muchacha comprendió que no era cosa de broma. Max se agachó, pescó los zapatos metiendo dos dedos en los talones, y los alzó como peces colgados de una lercha.

El del bigotito se acercó y le dijo:

—Tiene usted agallas, pero no tiente la suerte. Lárguese.

Max sostuvo el trofeo en alto, alejándolo de sí, como una mercancía putrefacta, y entonces cambió de parecer. Se acercó al hombre a quien acababa de arrebatárselos, y los depositó en el suelo, a su lado, con verdadero mimo:

—Cuídalos. Son unos Lobb.

—Señor, váyase —repitió el del bigotito.

Ya en la calle, Max improvisó para sus amigos el cuento de que aquellos zapatos le habían desaparecido hacía quince días, cuando los dejó en la puerta de su habitación para que se los lustraran.

—Ha sido una temeridad. Podrías habernos metido en un lío.

—Tenéis razón —se disculpó sin pesadumbre—. No soy ningún valiente y no sé por qué lo he hecho. He bebido más de la cuenta. Unos zapatos no valen eso. Ni siquiera unos Lobb. Pero ahora me encuentro bien —y de nuevo notó el influjo de los astros constanzanos que hacía que todo le impulsara hacia lo alto. En ese momento habría podido descender a los infiernos silbando sin temor, garantizándose la vuelta.

Siete

«I was waiting for Claudia at the hotel.»

A los pocos días de empezar su escrito, Max tomó la determinación de llegar media hora antes a la oficina, un lugar más seguro y tranquilo para hacerlo que su casa, donde el temor de ser descubierto por Cathy le tenía en un continuo sobresalto, aunque menor en todo caso que el que le producía redactarlo a unos pasos de donde trabajaba Agustín.

El informe avanzaba con una desesperante lentitud: aún le quedaba por referir el secuestro, del que ya había hablado a Cathy, pero no a mí, el conato de altercado en la discoteca, el estado eufórico al que le había conducido haber llegado al final de su estancia en Constanza y los satisfactorios resultados de su trabajo en La Quebrada, las fructíferas incursiones fotográficas en Trago Alto, mi llegada… «La hermosa Claudia, la hermosa Helena…» Viniendo de él, que no solía explayarse, lo agradecí, aunque a ninguna mujer le gusta desatar la guerra de Troya.

Y sin embargo Max no sabía aún cómo abordar el hecho propiamente, qué palabras había de emplear para hablar de aquel amor.

Habituado a los cálculos minuciosos, supo que tardaría años en concluir su escrito, sintió que necesitaba otra vida para relatar todo lo vivido, convencido además de que cuanto le había sucedido tenía inequívocamente que ver con su propia y triste niñez, y que no podía omitirlo. Y esto le deprimió más aún. Yo no sabía que estaba redactando ese informe, pero barruntaba su abatimiento.

Max había comprobado que la gente que iba conociendo, profesores, compañeros de colegio o de trabajo, amigas o amigos a los que alguna vez había hablado algo de su pasado, en cuanto tenían noticias de su tragedia familiar, tendían a creer que lo comprendían todo de él, su carácter retraído y orgulloso, su propensión a la melancolía y la reserva, su imperturbabilidad emocional, incluso su afición a la fotografía, que tomaban por una de esas rarezas en las que se refugian los misántropos, una especie de coleccionismo de imágenes, como otros pueden coleccionar sellos, búhos de porcelana, cajitas de rapé, mariposas... Y aunque él mismo creía que existía una relación íntima entre el adulto que era y lo que había sido de niño, en absoluto solía compartir las conclusiones a las que creían llegar los demás. Por esa razón desde hacía muchos años, acaso desde que lo enviaron a estudiar con diez a Clarendon Hills, hablaba muy raramente de su pasado, sabiendo no obstante que la noticia de aquella tragedia le precedía o iba tras él y se transmitía de sigilosa manera a su alrededor, casi siempre a sus espaldas. Había llegado incluso a ser un experto en descubrir, sólo por cómo le miraban, si la conocían o no.

«Antes que el hecho, debería relatar el pasado que me ha conformado de esta manera y no de otra, el contexto, las circunstancias», se dijo, «aquel estado eufórico en que me dejó el secuestro y lo sucedido a los quince días en el bailadero, la felicidad que sentía por que todo hubiese resultado tan bien, el trabajo, mis fotos, la ilusión de volver a ver a Cathy, estar allí con Claudia después de tanto tiempo...».

Quizá pudiera explicarle la terapeuta por qué podían suceder esas cosas. Si me lo hubiese preguntado a mí, se lo habría explicado sin el menor problema. No era sólo el pasajero remordimiento del adúltero. Durante semanas creyó que se trataba de la culpa. No una culpa moral sino civil, si acaso se puede hablar de este modo: se sentía culpable por el daño que podía ocasionar, a Cathy, a los niños, a mí, a Agustín, quizá a sí mismo.

«Cuando Claudia llegó, no vi en ella nada especial, nada que no hubiera visto antes mil veces. Para mí no era más que Claudia.» También yo podía afirmarlo a la inversa: para mí Max no era más que Max.

Quien apenas empleaba unos pocos minutos en resolver complejísimas ecuaciones matemáticas, se atollaba durante horas en frases de una simplicidad presintáctica. Al acabar de escribir esas dos líneas, oyó que entraban en el estudio los primeros empleados, entre ellos Agustín, que le saludó efusivamente, como cada mañana, con una de esas frases jocosas que en otro tiempo él, y yo misma, encontrábamos simpáticas y que ahora nos irritaban lo indecible.

Agustín era un hombre activo, con dotes de empresario, resolutivo y elástico. Los negocios se le daban bien sin que se le viera esforzarse demasiado, alguien que dejaba en manos de su mujer la elección de sus corbatas y en manos de sus secretarias la elección de los regalos que le hacía a su mujer. Era lo contrario de Max: hablaba mucho y le gustaba hacer tema de conversación de todo lo que le concernía: dolencias, viajes, comidas, amigos… Lo que no hubiese dado él por haber tenido la experiencia de un secuestro. Habría llamado personalmente a todos los periódicos.

Max le devolvió el saludo al tiempo que guardaba el documento, minimizado y disimulado entre otros archivos de su ordenador. Jamás pensó que escribir de algo que le había sucedido a él resultara tan expuesto, y eso que ni siquiera había llegado al núcleo del asunto. Iba a tener razón la doctora Heras: nombrar las cosas es hacerlas reales. Y Max sabía que la realidad es siempre peligrosa. Por esa razón las fotos casi siempre salen mal, solía decirme. ¿Porque aquello no fue un sueño? ¿O sí? Cuánto hubiese dado en un primer momento por que lo hubiese sido. Yo no. ¿Y en ese momento? ¿Se habría resignado a que sólo hubiese sido un sueño?

Pese a haberse acostado tarde, después de que sus amigos los aparejadores le dejaran en la puerta del hotel, Max se levantó temprano. Le gustaba madrugar.

La ciudad, tras una larga noche de fiesta, estaba vacía, sepultada en papeles pringosos, botellas rotas, restos orgánicos, montones de frutas descompuestas, vasos de papel y una extensa alfombra de objetos que nadie a esas horas se había molestado aún en retirar. Vio seis o siete perros callejeros, sin collar, en manada, con el hocico sucio, levantando de la basura olores detonantes. Sacó la foto de uno de los perrillos, de cabeza gorda y rabón, montando a una perra mucho más corpulenta que él, junto a un hombre joven de facciones embrutecidas que dormía en el suelo. Fotografió también a un mendigo andrajoso con los pies descalzos llenos de costras, que dormía sentado con los párpados a medio cerrar, apoyando la espalda en una pared y con un brazo sobre sus hatos de pordiosero; parecía un monarca ebrio. Sacó otra foto a un coche viejo, un modelo antediluviano, con las cuatro ruedas pinchadas, y a una mujer que caminaba perezosamente, y a un anciano asomado a una ventana mirando nada, cubierto el torso esquelético por una camiseta gris de tirantes llena de agujeros y que le venía grande, y a un policía que acudía a su trabajo con el uniforme impoluto, pimpante, recién afeitado, peinado con brillantina, montado en una vieja bicicleta que conducía con una sola mano porque en la otra llevaba lo que parecía la tartera con el almuerzo.

Encontró bellísima la ciudad a aquella hora temprana, dorándose con las primeras luces del día. «En ese momento era más feliz que nunca, yo no necesitaba a Claudia, ni siquiera a Cathy, me atrevería a decir, porque estaba en uno de esos raros momentos en los que una persona se suma a la vida, y hasta la persona misma desaparece entre las cosas que ve, y eso le produce una dicha indescriptible», le dijo a la doctora.

A mediodía volvió Max al hotel para interesarse por nosotras. Desveladas por el *jet lag*, llevábamos dos horas en manos de la peluquera, en la habitación de Carmen.

Se encontró entornada la puerta de la habitación:

—El florido pensil —ironizó Max.

Fue otra de las atenciones de Isabel, quien supuso que íbamos a necesitar los cuidados de una esteticista. Nos envió la suya, en labores de ambulancia, una negra de mediana edad, de brazos cortos y macizos y uñas largas y cuadradas pintadas de color nata. El cuadro de aquellas mujeres medio desnudas, que charlaban y reían al unísono, le resultó perturbador. Eso me lo confesó el propio Max, la mañana que siguió a los hechos, en realidad la mañana en que los hechos todavía eran hechos. Ya entonces se veía que trataba de encontrar si no una explicación, al menos una justificación. ¿Haber descubierto nuestro serrallo debería considerarse una eximente o, por el contrario, fue un estimulante? Max dijo que ésta era una dicotomía falsa y supuso que fueron ambas cosas, y así lo anotó cuando pudo en su informe.

Cuando terminamos pedimos a Max que nos enseñara la ciudad, almorzar cualquier cosa ligera y hacer tiempo hasta las seis, hora en que de nuevo el señor Lino, el viejo del sombrero color papaya, pasaría a recogernos.

Le transmití entonces el recado de Isabel: no le perdonaría que estando en Constanza no fuese a su boda.

De todas mis amigas Isabel era la única a la que Max apenas había tratado. Llegó a estudiar a España cuando él ya vivía fuera. A todas las demás «se las sabía» desde que éramos niñas, de Isabel decía: tiene sangre de india, tan misteriosa siempre. Sin duda a Flores le atrajo de ella no tanto que fuese compatriota suya, ni siquiera el que fuese de una de las familias más acaudaladas del país, sino la misteriosa impronta indígena que enaltecía su juventud, lo que hacía que pareciese una princesa inca.

—Si he ido a tantas bodas de desconocidos, ¿cómo no voy a ir a la de tu amiga la princesa? —me dijo, refiriéndose a los años en que fotografió por gusto decenas de bodas a las que se sumaba como intruso.

—Pero por favor, ni una sola foto —le advertí—. Por una vez no te parapetes detrás de la máquina de fotos. Es como si no tuvieras vida propia.

—Me parece que no ha pasado el tiempo, y que acabamos de salir del colegio. Me siento —dijo de pronto Max— un pequeño sultán. Todo el mundo se nos queda mirando.

Nos atrajo a Carmen y a mí y caminó abrazando nuestros hombros, aunque yo noté que el hombro que en realidad estrechaba era el del Carmen y no el mío, y lo noté en que Carmen conquistó de inmediato la cintura de Max, y deslizó por ella su brazo, como un pulpo. La gente se nos quedaba mirando, suponiendo que fuésemos acaso actores de cine. Por lo mismo que decía antes: nos veían felices.

Carmen aspiró largamente el aire de la calle y suspiró.

—Ese olor que tanto te gusta sólo es de guayabas podridas —le aclaró Max, señalando un montón putrefacto de basura donde había habido un puesto callejero de frutas.

—¿El tuyo también? —le pregunté sin que tampoco me fuese nada en ello, dejándome caer por el tobogán de la conversación, quizá sólo por llamar su atención frente a Carmen.

—El mío es de frasco —reconoció Max, y deshizo su abrazo, dejando bien claro que no tenía la costumbre de vacilar a las mujeres, y menos aún a nosotras, con esos coqueteos. Toqueteos. Ni siquiera a mí.

Muchos, al sorprender nuestra comitiva, se volvían sin recatarse, dándonos tratamiento no de turistas (demasiado arregladas nosotras y demasiado bien vestidos todos), sino de criaturas superiores, tanto que al pasar junto a los puestos de flores de la plaza de la Catedral, una de las vendedoras, una anciana, se adelantó, obedeciendo a un extraño impulso, y puso en la mano de cada una de nosotras una orquídea casi de miniatura, cada una de un color, y se negó a que se las pagáramos. Aunque no lo dijera, yo creo que era un tributo a la belleza y a la juventud, dicho con la mayor modestia. Cada una de un color diferente, una roja, otra amarilla y otra blanca, que hasta en eso acertó aquella mujer. Carmen se llevó su flor roja a la nariz, y a continuación se la clavó en el pico del escote, un poco decepcionada de que no oliera; yo deslicé la mía, blanca, detrás de la oreja, y Beatriz siguió con la suya, amarilla, en la mano, sin decidirse qué hacer ni dónde prendérsela.

Sólo por el destino que cada una de nosotras dio a su flor, se habrían podido acreditar nuestros temperamentos: Carmen, impetuosa y voltaria, temperamental y vacilante, como el relámpago, y un poco ingenua; Bea, pacífica, porosa y adaptable como una esponja, y yo… creo que el principal rasgo de mi carácter ha sido siempre la tenacidad y que soy insumergible, como los balandros. Siempre me han gustado los balandros. Quizá por la fascinación que he sentido por los naufragios. Nunca he dejado de ser indulgente con ninguno de éstos, y aquella flor blanca en mi pelo seguro que me daba un aire marino, como el viento que hincha las velas de un barco.

—Las tres parecéis frutos de un paraíso perdido.

—Eso está mal dicho, Max —le corregí—, los frutos irresistibles son inalcanzables, y todos los paraísos están perdidos…

Max se me quedó mirando, y me hizo sentir un poco tonta con lo que dije, porque si alguien era inteligente de los cuatro ése era él:

—No entiendo lo que dices.

Siempre me molestó que Max me corrigiera de aquella manera, y no pude evitar responderle, como un resorte, a la defensiva, y un poco a ciegas, sin saber, ahora sí, muy bien qué estaba diciendo:

—Espero que lo entiendas algún día.

Pero no se rompió el buen ambiente que teníamos.

Volvimos al hotel, nos pusimos nuestros vestidos nuevos y nos encontramos con casi una hora por delante sin saber qué hacer. La esperanza de recobrar ese paraíso, el deseo de retenerlo unos instantes más, movió a Max a querer hacernos unas fotografías a Beatriz, a Carmen y a mí antes de partir hacia La Culebra. Cosa inaudita, porque, como él decía, «no es mi especialidad retratar a niñas pijas».

Ocho

Beatriz llevaba un vestido de seda color cremoso que insinuaba sin reservas unos pechos sazonados en la maternidad, y una pamela azul pizarra de ala ancha y alabeada, fina y rígida como una oblea, caía sobre sus ojos. Tenía el encanto de esas frutas que se muestran en cestitas pequeñas debajo de un celofán.

El traje de raso negro, ceñido, corto y escotado sofisticaba de tal modo a Carmen, que distrajo por un momento a los recepcionistas del hotel; una gran rosa de terciopelo le acentuaba orgullosa el talle. Los zapatos de un audaz color azul turquesa, a juego con la rosa, no hacían sino poner de manifiesto el carácter expuesto, temperamental y vanguardista de su dueña.

Yo llevaba una falda negra y de considerable vuelo, hecha de una tela con mucha caída que me marcaba las caderas, y una blusa de seda, color humo, sujeta a los hombros por dos tiras. Habría cabido, como el humo, en un puño, lo mismo que en el otro habría podido caber toda mi lencería.

Max me «vio» en ese momento, esa tarde, en el jardín del hotel.

Creo que se sintió íntimamente orgulloso de mí por primera vez en la vida, le parecía que algo de mí, lo guapa que pudiera verme o lo que fuese, le pertenecía, parte de una herencia común, quizá, un *pro indiviso*, como si dijéramos. La realidad, solía decir a menudo, sólo le pertenece a quien sabe verla. Hablaba poco, pero siempre en frases de ese tipo, un poco inapelables, pero netas. Hasta que no me tuvo en el visor, me confesó luego, no me «vio». Yo también solía decirle: «Max, para ti es como si la vida no pasara si no es a través del visor de tu máquina de fotos. Lo que tú ves por él siempre le está sucediendo a otro, a miles de kilómetros de allí, incluso en otro tiempo. Lo que tú ves, o ha sucedido hace mucho o espera a suceder en el futuro, cuando alguien vuelva a ver tus fotografías».

Max hizo los retratos de Carmen y de Beatriz. Mientras, un hombre vestido de blanco ordenaba las tumbonas junto a la piscina. Olía a la hierba recién cortada.

Únicamente cuando me tuvo delante, noté que vacilaba. Dio dos pasos hacia mí, y luego volvió a alejarse. Se acercó de nuevo y empezó a caminar alrededor, como si buscara un punto de mira. Me dijo: «Nunca te había visto tan guapa». Se avergonzó de sus palabras, no tanto por la indiscreción de decirlas delante de mis amigas, como por parecerle demasiado serias y al mismo tiempo tan inexpresivas y corrientes. Me había recogido el pelo y tenía el cuello al descubierto. Para mí es lo más bonito que tengo, con la sonrisa. En cambio la gente me ha ponderado siempre los ojos y las pestañas, porque las encuentra espesas y onduladas, y los ojos, que a diferencia de los de Max, un poco mortecinos, son negros y alegres. O lo eran. A Max, en cambio, lo que más le gustaba eran mis dientes (decía bromeando que eran un puente perfecto), y mi sonrisa también. Algún tiempo después me dijo: «Tienes los dientes más bonitos del mundo, tan blancos y simétricos, son irresistibles. Enseñándolos conseguirás siempre lo que quieras y de quien quieras». Así que cuando yo le sonreí en aquel momento, mientras me fotografiaba, no lo hice porque quisiera conquistarle, sino porque adiviné sus pensamientos. Supe lo que le estaba sucediendo. Pero no quise saberlo. O hice como que no lo sabía.

Estaba atardeciendo. El crepúsculo del trópico se precipitaba con tinturas dramáticas, azules, moradas, amarillas.

Max encuadró de modo que sólo se me viera la cabeza, el cuello y los hombros desnudos. Del peinado, un moño alto, caían a uno y otro lado de mi cara dos bucles con descuido bastante sofisticado, improvisación de la peluquera. Uno de esos peinados que gusta más a los demás que a una misma.

La fotografía no es un arte completo porque no puede recoger todo lo que queda fuera del encuadre, ni los sonidos, ni los sutiles olores, nada de aquello que hace que las cosas en un instante cristalicen de ese modo. Para que la fotografía que me hizo hubiese sido perfecta, hubieran tenido que aparecer en ella aquellos cielos de los que yo recibía la luz pero que quedaban a la espalda de Max, el olor del césped recién segado, el olor del agua de la piscina, la temperatura clemente y la brisa ligera que aterciopelaba los hombros y las desnudas espaldas de aquellas mujeres jóvenes, recién salidas del baño; y en la foto deberían haber salido igualmente Carmen y Beatriz.

—Clo, estás guapísima —dijo con un hilo de voz Bea, y Carmen, en un eco inaudible, sin traficar con él, repitió:

—Dios mío, qué guapa eres, Clody.

Los de Carmen y Beatriz no fueron tampoco los cumplidos de dos buenas amigas. No fueron palabras banales para adornar una conversación mundana. Fue algo dicho… muy en serio también, aunque me esté mal el decirlo. Parecía el reconocimiento de una superioridad sin sombra de jerarquías, como la aceptación de una verdad de la que obtenían la mayor recompensa y el mayor goce. Tuvieran o no ellas razón. No entro en eso. Lo constato porque así lo percibió también Max en ese momento. Hablo ahora en su nombre.

Agradecí aquellas palabras con una reverencia teatral que trataba de parecer ridícula, y me salí de aquella solemnidad por la gatera del humor: «No me toméis el pelo, por favor», les dije; y añadí: «Max, termina de una vez», porque vi, porque supe lo que Max estaba viendo, noté sobre mí la mirada no de un hombre al que conocía de siempre, sino la de alguien que se me estaba revelando por primera vez. Y me gustaba. Era la primera vez que Max me consideraba algo. Naturaleza pura, estado de naturaleza.

Acababa de aparecer algo secreto entre los dos. Por primera vez en nuestras vidas. Ni siquiera lo supimos entonces. Aunque lo intuimos cada cual a su manera y de un modo oscuro. Y por esa razón sólo Max alcanzó a entender lo que dije. Aquella mirada de Max había logrado asustarme de una forma tan íntima, que ni Carmen ni Beatriz pudieron captar el matiz que llegaba con mis palabras:

—¡Qué lástima que no esté aquí Cathy!

Ése fue el instante crucial. Cathy. Creo que Max lo entendió perfectamente.

Max acababa de apretar el disparador. La foto había sido hecha, y la magia del momento acabó de deshacerse con la llegada de Lino y nuestra partida hacia La Culebra.

Nueve

Cuando llegamos a La Culebra, a quince kilómetros de Constanza (en el campo, y no «en la selva», como enfatizaba Carmen), los más de doscientos invitados paseaban por los jardines o esperaban sentados en la casa, una hacienda del siglo XVII que tenía de fastuoso caserón lo que de unidad de explotación agropecuaria, con las cuadras, picaderos y casitas de los empleados y braceros alrededor.

«Es más, mucho más de lo que esta mañana me habíais contado», dijo Max. Los árboles eran en efecto gigantescos, tan altos como los de cualquier jardín botánico, almeces, flamboyanes, ficus y dragos, palmeras de todas clases, con troncos tan rectos y firmes como las columnas del Partenón. En muchos de estos troncos crecían las orquídeas, de otros colgaban largas barbas de helechos, líquenes y lianas. Frente a la casa había una gran explanada de césped cortado con esmero y una balaustrada de la que nacían grandes cráteras y copias de estatuas clásicas, cubiertas de musgo y comidas algunas por el mal de la piedra.

Ninguno de nosotros cuatro conocía a ninguno de los presentes. Admiramos lo que no habíamos podido ver la víspera, el orquidario, los cortiles enmarcados por pilares y arcadas, la pajarera gigante en forma de pagoda, y dentro de la casa los salones de la planta baja con muebles que pertenecían a la familia desde hacía seis generaciones, así como la fabulosa colección de pinturas que iban de Frans Post a Modigliani, y que ya la víspera había admirado toda una tasadora profesional como Carmen. La casa estaba cuajada de festones, guirnaldas y ramos de flores blancas, y todas las puertas que comunicaban los jardines y los salones abiertas de par en par.

Entre la abigarrada y elegante muchedumbre de invitados, hormigueaba un discreto enjambre de camareros uniformados con chaquetillas negras y pantalones rayados en negro y gris y doncellas con delantales blancos almidonados y el pelo recogido en largas y espesas trenzas, personajes que parecían salidos todos ellos de alguno de los cuadros de Figari que colgaban de las encaladas y altas paredes de la casa…

Nuestra presencia, me refiero a la de nosotras tres, en medio de aquella concurrencia, llamó bastante la atención.

Carmen, comprobando la edad media de los invitados, en su mayor parte gentes achacosas o desportilladas, coetáneas del novio, admitió que sus propósitos empezaban a resquebrajarse con las dudas.

—Me parece a mí —reconoció— que esta noche si no me lleva Max a los cafetales, me quedo sin conocerlos.

Max, al margen de aquella alusión, quiso saber de qué hablaba su amiga.

—Lo que quiere decir Carmen, Max —expliqué— es que has de andarte con cuidado con ella esta noche, pero ni se os ocurra, porque seré yo quien se lo cuente a Cathy.

Fue la segunda vez que mencioné a Cathy esa noche. Empezaba a usar su nombre como un exorcismo o, cuando menos, pobre Cathy, como un talismán contra los malos pasos.

—¿Por qué has tenido que pronunciar ese nombre? —protestó Carmen con un aspaviento, y añadió en un inglés afectado de niña pija el verso de *Romeo y Julieta*: «Qué siniestra corneja».

—No, «qué inoportuna alondra» —le dije—. Soy yo la que te canta las verdades.

—Confiésalo, Carmen —intervino Beatriz—. Dile a Max quién le enviaba aquellas cartas apasionadas a Londres cuando estábamos en cuarto.

Lo inesperado de aquel giro en la conversación nos sorprendió a los cuatro. Nos dirigíamos como el resto de los invitados hacia la pradera donde tendría lugar la ceremonia por un ancho camino entre los árboles. Los había de todas clases, de tierras templadas y calientes, mezclados. Los magnolios, los chicalás de flores amarillas y las taguas hacían de frontera de las considerables extensiones de praderas, rapadas como el grin de un campo de golf. De noche su aspecto, iluminado por algunas farolas, era espectral. Y abundaban también, diseminados por la finca, los alhelíes, los caballeros de la noche y los totumos, que evaporaban sus perfumes alcohólicos y tórridos. Impasibles, pastaban por allí cerca una docena de vacas y tres o cuatro magníficos caballos indiferentes al gentío engalanado. El cielo, cubierto y apelmazado, aumentaba la sensación de sofoco. A esa hora se habían retirado los pájaros a los árboles y sólo se oían unos fúnebres y confusos ululatos.

Fingió Carmen una furia momentánea contra Bea por traicionar un secreto tan antiguo, y declinó su nombre vivamente, «Bea, *you are a bitch*, Bea, Bia, *bitch*», pero acabó admitiendo que sí, que fue ella quien le escribía aquellas cartas con versos copiados de todos los poetas de la humanidad en los que aparecieran las palabras amor y enamorado, pasión y apasionado, encendido, fuego, pechos, cuerpo, cabellos, sueño, corazón dulce, tierno, íntimo, abrazos, besos, «inoportuna alondra…».

—¿Y cómo es que yo no supe nunca nada? —preguntó Max.

—Ah —suspiró Carmen con enigmática fatalidad—. *Because, I'm an unfettered, impulsive heart, but…*

Aquellas palabras hicieron sonreír a Max. Le habían transportado sin duda a los días lejanos de Clarendon Hills. Se acercó a Carmen y depositó en su frente un casto beso.

—Mal intento, Carmen —le dije—. Max es como muchos: cuando oyen la palabra corazón salen corriendo.

—No es verdad —protestó Max—. Cuanto sucede, ya sucedió. Cuanto sucedió, volverá a suceder.

—¡Ah! —salté yo, tomando venganza—. Ahora el que habla claro eres tú.

Max se encogió de hombros. Habíamos llegado a la explanada, donde estaban dispuestas las sillas de tijera. El exotismo y la elegancia consistían en que muchos de los chaqués que se vieron esa noche eran de color marfil, gris perla, vainilla… Entre las mujeres fueron abundantes los sombreros y pamelas, singulares interpretaciones del trópico de algún sombrerero de Miami.

Nos dio la bienvenida a modo de anfitriona la madre de Isabel, a la que conocíamos desde niñas, y un chico joven, que no supimos quién era, pero se desentendieron de nosotros porque tenían que saludar a mucha gente.

Se celebró la ceremonia en una ermita de estilo español, que tenía un poco de todo, de venta y de oratorio barroco, con su reja gaditana y sus geranios, sus columnas salomónicas y su tejadillo voladizo.

Mi silla estaba junto a un parterre. Me incliné y corté de él una diminuta flor roja, y la enhebré en el ojal de la chaqueta de Max. Y añadí: «*My unfettered, impulsive heart*, es como una legión de honor, *mon chevalier: Ni vous sans moi ni moi sans vous*». Acompañé estas palabras de un beso. Max, desprevenido, no movió a tiempo su cabeza, y mi boca se posó muy cerca de sus labios. Rozó su comisura. Aquel beso levantó en algún lugar profundo de mí un extraño sentimiento, tan grato como inquietante, y lo mismo pude percibir en Max. Como hechizados. La flor brilló toda la noche en su pecho como una luciérnaga de la pasión.

Beatriz celebró con palmas aquel «ni vos sin mí, ni yo sin vos» que menudeaba en los libros que todas leímos en la adolescencia, y de los que, dijo, no se acordaba desde hacía veinte años. La alegría de Beatriz contagió también a Carmen, a la que el recuerdo entusiasmó. Incluso Max aseguró recordarlo.

—¿Cómo? —protestó Carmen, que no parecía dispuesta a admitirlo en aquel restringido club de los recuerdos—. Tú estabas en Inglaterra, sin responder a mis cartas. No creo que hicieras mucho caso de los amores de Angélica.

—Te equivocas. Los leí un verano en los ejemplares de mi hermana.

El recuerdo ruborizó la calva de Max, que se puso en pie como el resto de los invitados. Empezaba la ceremonia. Junto a la ermita habían instalado una gran pantalla de leds casi tan grande como la propia ermita, en la que aparecieron Isabel y Flores.

El bochorno fue en aumento. «El calor. Aquel calor. ¿Hubiera sucedido todo sin aquel bochorno opresivo?»

Al finalizar la misa y antes de reunirse con sus invitados, el novio tomó a la novia y su beso llenó la pantalla como al final de una película. Se ve que nadie quería ser novela esa noche.

El novio se acercó a continuación al micrófono:

—Soy un hombre feliz. Me llevo la novia más guapa…, la mejor…

Y añadió a ésa algunas frases más del repertorio de los recién casados y que se oyen en las bodas. Los espontáneos gritaron de entusiasmo, otros, teniendo en cuenta la edad del novio, sonrieron con malicia, y todos aplaudieron. El novio pasó el micrófono a la novia. Isabel se ruborizó. Carraspeó. Se vio que buscaba desesperadamente algo para salir del paso, una frase, una ocurrencia. Se volvió hacia Flores y dijo:

—*Ni vous sans moi ni moi sans vous* —sonrió, bajó los ojos como pidiendo perdón de que no se le hubiese ocurrido otra cosa, y dejó el micrófono en su astil.

Los invitados, desconcertados, se preguntaban qué había dicho. Yo proclamé entusiasmada:

—¡Soy adivina! Os juro que no lo había hablado con Isabel.

Era cierto. Pero así ocurren las cosas. La corriente infinita que fluye entre las mentes.

El cuarteto que tocó durante la misa fue sustituido por músicos de camisas floreadas. Los invitados ya no conversaban, se gritaban excitados por la sed, el calor y la perspectiva de una noche de farra. No se sabía por qué no había llovido ya, como todas las noches. El final de la ceremonia lanzó a los invitados a una extraña y frenética mezcla, como si todos se buscaran entre todos, y a voces. Nosotras tres y Max acabamos separándonos, llevados y traídos por las turbulencias sociales. Sobre Beatriz, Carmen y yo misma cayó un variopinto enjambre de moscones de todas las edades. Max se quedó solo. Estaba acostumbrado. Había algo en él que lo mantenía a salvo del grupo, quizá la tristeza de su mirada, aquella calva que en alguien tan joven dejaba traslucir demasiadas complicaciones acaso. El fotógrafo es alguien que siempre está solo: mientras la vida pasa, él espera, mientras todos se divierten, él observa detrás de su cámara, cuando sufren, puede seguir adelante. Y ve lo que nadie ve, y ve para que nadie olvide, y ambas cosas le mantienen atento y orgulloso, el mejor antídoto contra la vanidad.

Sacó la pequeña cámara digital que se había echado al bolsillo a escondidas contra mi deseo. Le había hecho prometer que la dejaría en el hotel, porque conocía su carácter retraído. Bastaba que tuviera una cámara en las manos para que no hiciera nada por pasarlo bien. Max se animó a sacarla al ver que muchos durante la ceremonia hacían fotografías con sus teléfonos móviles o cámaras parecidas a la suya. «Estos tiempos nos han hecho fotógrafos a todos», bromeó. Cuando hay un fotógrafo en escena, lo importante está siempre frente a él. Él no es más que un hombre paciente que aguarda como un cazador. Eso los vuelve a los fotógrafos, si no se dan en ellos patologías egóticas, unos seres discretos, silenciosos y humildes. Por eso no suelen ser vanidosos. Al contrario que los ingenieros, por lo general tan fatuos, pocos comprendían que Max quisiera ser además fotógrafo, como nadie hubiera entendido que un gran chef se ofreciera además para lavar los platos.

Se encendieron antorchas y candelabros. Un ejército de camareros con guantes blancos se infiltró entre los convidados. Observó que todos ellos eran negros o mulatos, sin excepción. Era algo ciertamente manifiesto, pero le incomodó el alcance moral que podía tener un hecho como éste. Los grandes problemas requieren lecturas evidentes. La fotografía desde sus inicios está unida a una verdad, que muestra o denuncia. Pese a no ser un hombre demasiado leído, Max tenía como muchos fotógrafos un instinto especial que parecía imantar las frases valiosas que pasaban a su lado, lo mismo que su cámara de fotos parecía atraer, de todos los instantes de la larga secuencia de la vida, sólo el decisivo. «El arte vale más que la verdad.» No había leído a Nietzsche, me consta, ni sabía que esta frase era suya, pero sabía que la fotografía vale más que la verdad, no porque la niega, sino porque la supera. La fotografía venía a ser para él una verdad y media. Aquellos camareros, aquellas camareras, todos jóvenes, todos ellos notas de un mismo acorde negro, zambos, jabados, luangos. Seguramente no se habría dado cuenta de no haberlos tenido encuadrados en su visor. Exótico. El exotismo suele ser la cara folclórica de la miseria, y su anestesia. La fotografía hace exótico incluso lo que es cotidiano. Lo exótico de unos es lo cotidiano de otros, por lo mismo que las puertas del cielo que a algunos se les abren por sus obras de caridad, a otros estas mismas obras les encierran en un infierno.

Con el paso de las horas el calor cedió y la noche acabó siendo primaveral. El olor de la hierba y el de los establos y cuadras, el de las flores y el de la freza, nos había acogido a todos, hospitalario, pero en cuanto te alejabas un poco de la música, sentías otra hospitalidad universal, el aliento de la noche, el misterioso canto de los pájaros nocturnos, el tintineo de las estrellas en lo alto.

Vi a Max pasear solo por la casa. La mayor parte de la gente estaba en los jardines, pero allí dentro, sentados en los cómodos butacones, pasaban la velada algunas viejas damas y sus acompañantes.

Deambulando por los patios y salones, se tropezó con la muchacha del restaurante a la que había fotografiado la víspera. La llamó, pero no le oyó, y vio cómo se alejaba. Parecía perdida, pero tampoco se hubiese dicho que hacía nada. Como una de las bailarinas de Degas, de las que por cierto había un ejemplar en La Culebra, caminaba muy derecha con la cabeza levantada, los hombros arqueándole el pecho y las manos a la espalda.

En ese momento Max oyó que me acercaba por detrás y le decía:

—Max, mira esa niña. Qué lástima que te dejaras la máquina de fotos.

No era ningún secreto que yo fuese sensible a la belleza de los niños, parecía descubrirlos en todas partes.

—Sí —admitió Max, pero no confesó que la había visto la víspera, ni que en su mano, disimulada, llevara una pequeña máquina de fotos. Ni yo se la vi entonces, porque de haberlo descubierto, le habría reñido y a continuación le habría rogado que la retratase.

Se acercaron a nosotros en ese momento Isabel y Flores, que venían cumplimentando a los invitados.

Isabel saludaba a unos y a otros. Es una mujer delgada y alta, con ademanes nerviosos y quebradizos. Iba peinada y maquillada con esmero y llevaba un traje sencillo color espuma que le hacía parecer una mujer muy bella no siéndolo. Flores permanecía todo el tiempo a su lado. Era un hombre corpulento, con el pelo corto y duro y teñido de negro, y una cara ancha de tez oscura, toda ella erosionada con cráteres profundos, que parecían cicatrices de una perdigonada. Tenía el aspecto de un viejo búfalo. Sus ojos eran pequeños, negros y sagaces, pero al mirar carecían, a mi modo de ver, de un fondo compasivo.

Les presenté a Max. Flores le felicitó por el puente de La Quebrada, que como todos los constanzanos, conocía bien. De hecho muchos se le habían acercado ya para felicitarle. A mí me enorgullecía oír esos elogios. A diferencia de Max, yo siempre me había sentido orgullosa de él. «Si un día te cansas y quieres venir a este país, háblame; lo que no hubiera dado yo por haber tenido jóvenes como tú trabajando conmigo», le dijo Flores.

Tal como llegaron, Isabel y Flores, igual que una pareja de mariposas, fueron a posarse en otro grupo de gente que esperaba poder abrazarles y dar la enhorabuena.

Los músicos atacaban con brío vallenatos, cumbias, habaneras, boleros caribeños, impetuosos y melifluos al mismo tiempo, que la mayor parte de los presentes conocía de memoria y coreaba sin rebozo, espoleados ya a esas alturas por el alcohol, gritando con frenesí.

Carmen y yo fuimos las primeras en saltar a la pista de baile, sin haber elegido ni siquiera quien nos acompañara. Nos siguió Bea, que se puso a nuestro lado. Su timidez, no obstante, desapareció bien pronto. Los efectos de los daiquiris y mojitos habían causado en ella estragos tan palpables como beneficiosos, y la convirtieron en una criatura luminosa. Carmen, sin dejar de moverse, se le acercó por detrás y se permitió recordarle el regalo que nos había hecho en los almacenes. La carcajada teatral e infantil con que le respondió Beatriz, llamó la atención de un hombre que la tomó del talle, sin pedirle permiso, y se la llevó en volandas. Quedaron tras ella por toda estela los calados encajes de su perfume y el eco de su risa, sin tiempo para recordar su defensa de la familia y su amor por Carlos.

Cuando me cansé de bailar sola, busqué a Max y lo empujé a la pista de baile.

—Déjate llevar. Voy a hacer de ti otra persona. Te voy a devolver a Cathy que no te va a conocer.

Fue la tercera vez que me salió el nombre de Cathy aquella noche. En esta ocasión de forma involuntaria. Debería haber advertido el peligro.

No muy lejos de donde bailábamos, Carmen jugaba al ratón y al gato con tres galanes que rugían a su alrededor, y Beatriz se entregaba al baile de una manera concienzuda, científica, asediada por aquel joven cuyo interés por la música era a todas luces muy inferior al que parecía sentir por el escote de su pareja.

Max quiso sentarse en cuanto terminó aquella pieza. Ni le gustaba la música ni apreciaba el baile. Tenía ese defecto. Al rato dos desconocidos, socios de Flores, se empeñaron en hablarle de la carretera y de otras obras imprescindibles para el mejoramiento de las comunicaciones locales. Fui a buscarle otra copa. Max, distraído, vio bailar a Carmen. Vio a Beatriz besándose apasionadamente con su pareja y poco después la vio alejarse en compañía de aquel joven en la oscuridad del jardín, y se sonrió.

—¿Qué miras?

Se lo pregunté yo.

Max dijo:

—Nada.

—¿Aquélla no es Bea?

Me había parecido ella. Pero a Max no le gustaba hablar por hablar y me devolvió la pregunta, pese a saber perfectamente que se trataba de Bea.

—¿Quién?

Dos de los hombres con los que había bailado se acercaron y me llevaron de nuevo con ellos. Max me dijo:

—Si me entra sueño, me retiro.

—No cambiarás —le dije alegremente, sabiendo que cumpliría su palabra.

Permaneció un rato más sentado allí, oyendo a quienes seguían hablándole de obras civiles y viéndonos bailar a Carmen y a mí. A la cofradía de nuestros cortejadores y adoradores se sumó uno, sin duda bebido, que al bailar levantaba los brazos por encima de la cabeza, como un banderillero. Saludó de lejos a los dos desconocidos que estaban con él, y éstos le devolvieron el saludo. Le informaron: era el hijo de Flores, el mismo que nos había dado la bienvenida con la madre de Isabel. Yo entonces no lo sabía, me lo dijo poco después. Max pensó que había llegado el momento de retirarse, y pretextando buscar una copa, desapareció. Un taxi, pedido por teléfono, le dejó en el hotel a las tres de la mañana. A las tres y cuarto cayó profundamente dormido.

Diez

Media hora después, y en los abisales estadios del reposo, Max se despertó al oír que golpeaban la puerta de su habitación, al tiempo que sonaba su móvil. Redoble de ansiedad y alarma. En la mente adormilada de Max se amontonaron algunos presagios funestos: pensó en sus hijos, en Cathy, en alguna mala nueva ocurrida en España, en un catastrófico accidente en las obras de Tupane.

Se encontró conmigo. Llevaba una botella de champán en una mano, el bolso en la otra y el móvil atrapado entre el hombro y mi oreja. Iba descalza y con muecas más o menos exageradas reclamé a un tiempo el silencio que no traía conmigo y la discreción que tampoco se desprendía del hecho de irrumpir a las cuatro menos cuarto en el sueño de quien dormía.

—Por favor, Clau, estaba dormido —protestó Max malhumorado—. Me has asustado.

—Max, Max —le dije apagando la voz cuanto me fue posible y sin lograr transmitir el patetismo que buscaba—, vengo huyendo.

Era patente que encontraba la huida excitante y novelesca. Cuando me di cuenta de que tenía delante al mismo con el que hablaba por el móvil, colgué. A continuación empujé a Max hacia dentro, y cerré la puerta como si temiera que alguien me descubriera allí.

—Claudia, has bebido, y yo estaba dormido —protestó con patente incongruencia. No recordaba Max haberme visto nunca en aquel estado de embriaguez, me respondió.

—Me ha traído uno que quiere a toda costa acostarse conmigo. Me ha acompañado hasta aquí y lleva un rato pesadísimo queriendo entrar en mi habitación desde el jardín.

—Llama a los de la recepción, que lo echen. O acuéstate con él. No haberlo traído.

—No puedo. Es uno de los hijos de Flores. Es muy simpático. ¿Te importa que me quede a dormir contigo?

—¿Y tus sandalias? —me preguntó.

Me dio la risa loca no el haberlas perdido, sino constatar de ese modo objetivo el grado de mi borrachera.

Max alcanzó a comprender mi nirvana al calibrar la nula importancia que le daba a esa pérdida.

—Me hacían un daño horrible.

—¿Y Carmen y Beatriz? ¿No te han podido defender? —quiso saber Max

—¡Carmen, Bea! —exclamé, con la nostálgica entonación de quien cantara las nieves de antaño—. Dios sabe dónde estarán a estas horas. Seguramente en los cafetales.

—¿Qué cafetales?

Encerrada en el cuarto de baño, ni siquiera oí aquella pregunta que respondí con otra. ¿No podrías prestarme una camisa para dormir?

Max se desprendió como un autómata de la chaqueta de su pijama, la dejó colgada en el picaporte del baño y se volvió a su cama. Le llegaba mi voz con esa locuacidad incontenible fruto de la combinación de la placidez y un champán francés. Rendido por la hora y una jornada extenuante, Max había empezado a dormirse. El glugluteo trenzado del cuarto de baño junto a mi cháchara le deslizaron suavemente por la pendiente del sueño. Al rato me acerqué a la cama, desplacé suavemente a Max hacia un lado con la determinación de quien quiere tomar posesión de su parte del territorio, y cerré los ojos.

—¿Qué haces? Vete a la otra cama —me ordenó Max.

Yo, como si aquella orden no fuese conmigo, busqué una postura que me convino.

—Tú duérmete —le atajé con esa autoridad con la que suelen investirse los borrachos.

Al susurrar esta frase, adopté un tono infantil de indefensión, mientras mi mano buscaba el interruptor de la luz.

—Vete a tu cama. Así no dormiremos ninguno de los dos —Max empleó un tono didáctico y condescendiente, pero comprendió resignado que una tonta porfía sobre el particular acabaría por desvelarlo, y al final se desentendió.

—Haz lo que quieras.

Once

Decía Hölderlin que los dioses son afortunados porque no tienen destino, ya que viven en la perfecta inocencia, el estado de los sin culpa. De no haber sido inocentes, no es imaginable que yo me hubiera deslizado junto a Max ni que Max me hubiese aceptado a su lado aquella noche. A él le oí decir antes de caer profundamente dormido: «Clau, si vas a quedarte, no digas nada, por favor». Y yo le respondí que «cuando he bebido necesito dormirme hablando, si no me da vueltas la cabeza». Acabábamos de iniciar un camino sin retorno. Pero puesto que no éramos inmortales, tuvimos que hacerlo desde el sueño, el único estadio que anula la culpa. Cuando ésta emergiera, si lográbamos deshacernos de ella, tal vez nos librara un día de nuestro destino, o quizá nos entregara a él, en caso contrario.

Al día siguiente Max recorrió su culpa, reconociéndola paso por paso, como quien rodea una pirámide sin lograr nunca ver a la vez sus cuatro lados.

«Si yo no hubiera tenido que venir a Constanza a trabajar. Si Isabel no hubiese conocido nunca a Flores. Si tú no hubieses sido amiga de Isabel. Si no se hubiera casado en La Culebra. Si La Culebra no hubiese estado tan cerca de Constanza. Si tú no hubieses venido a Constanza. Si Constanza no hubiese estado tan lejos de Madrid, si no hubiese estado en el trópico, si esa noche no hubiese habido luna llena, si hubiese llovido como tendría que haber llovido para arrastrar toda la electricidad que flotaba en el ambiente. Si el perfume de las flores y de las frutas tropicales, insistente y dulzón, no fuese en el trópico tan persuasivo como la melodía de un bolero. Si la música. Si los colores de las cosas. Si la distancia. Si la juventud de la gente que camina medio desnuda por la calle. Si la piel de los cuerpos no estuviera bañada en permanente sudor. Si después de ocho semanas la imagen de Cathy no se hubiera desdibujado como acaba todo por desdibujarse en la memoria. Si no te hubiera fotografiado en la piscina. Si no hubieses sonreído de aquella manera ni tus dientes me hubiesen guiñado el ojo mientras te hacía la foto. Si no hubieses tenido los hombros desnudos. Si no me hubieras dado a entender que me habías entendido cuando estaba haciéndote las fotos. Si tus pestañas hubiesen permanecido quietas un segundo. Si tu cuello no fuese tan largo y tu nuca tan suave… Si tu sonrisa. Si no hubiese caído en un estado de euforia, por haber terminado mi trabajo en Constanza, por haberme librado de un secuestro, por haber encontrado mis Lobb»… En ese momento no tenía la menor idea de a qué secuestro se refería ni qué quería decir con lo de los Lobb, pero no le di ninguna importancia y le dejé seguir… «Porque habías venido, porque al fin iba a marcharme. Si no te hubiese visto tan deseada y deseable… Si no hubiese sido testigo de cómo te deseaban todos.»

Desde que él se interesaba por esas cosas, según me dijo, me recordaba llevando siempre alrededor una serie de gentes que parecían perder la cabeza por mí. Exageraba, pero qué podemos hacer contra los celos y las exageraciones, si acaso no son la misma cosa. Nunca he buscado gustar a nadie. Si han quedado prendidos o prendados de alguna cualidad mía, ha sido sin que yo diera pie a ello. Eso puedo garantizarlo.

«Si el hijo de Flores no te hubiese seguido. Si hubieses dormido en tu habitación. Si yo no hubiese bebido (aunque Max fuese consciente de que no había bebido tanto como para no saber que aquello estaba ocurriendo). Si tú no hubieras bebido. Si no te hubiera dado la chaqueta de mi pijama, quedándome medio desnudo, y te hubiese dado una camisa como me pedías, o mejor aún uno de los pijamas limpios que estaban en el armario. Si no hubiese caído en el sueño más profundo. Si no hubiésemos sentido nuestros brazos, si nuestras piernas no se hubieran trenzado…»

No fueron mis abrazos los que le despertaron, sino los suyos propios. Yo me había dado la vuelta y pasó de dejarse abrazar por mí a abrazarme él. A Max le intrigó el perfume que tenía mi pelo, distinto del de Cathy. Seguía dormido. Eso me dijo. Creía que seguía dormido y que aquel perfume era el perfume de los sueños. A menudo tenía sueños, más aún, soñaba sueños en los que estaba durmiendo, y veía cómo ese que dormía soñaba a su vez con otro sueño. Y él era el dueño de los sueños, en sueños. Sueños como matrioskas. Supo en sueños, con esa certeza que sólo en sueños se apodera de nosotros, que nada de lo que ocurre en ellos tiene demasiada importancia. Todos somos inocentes mientras duran, y a veces todos somos indecentes en ellos, criminales, lascivos, farsantes, mezquinos o cobardes sin que importe nada ni a nadie. En algún momento despertaría. Max me acarició y yo le acaricié en sueños y en sueños sellamos una alianza.

—En mi caso fue diferente —le dije—. Había bebido muchísimo. Ni siquiera sabía dónde estaba ni con quién. Sólo sabía que me encontraba en un lugar en el que quería estar. Porque me encontraba segura, a gusto, ni siquiera desnuda, sino con un pijama. Y quería dormir. Sólo quería dormir. Noté que alguien me estaba acariciando. No sabía quién era, pero aquello me pareció bien, me gustaba, desde luego. Quien me acariciaba de aquel modo sabía cómo hacerlo. Dulce y salado, caliente y frío, delicado y tosco, tímido y sin vergüenza. No sé si sabía mucho de mujeres, pero era evidente que sabía mucho de mí. Yo sabía que no era un sueño, porque nunca sueño. Tú soñarás, pero yo no he soñado en mi vida. De pronto noté que alguien, desde mi espalda, me acariciaba la cintura y me besaba la nuca, y me volví. Para mí hacer el amor tiene que ver con el ballet. Unas veces me llevan, y otras llevo yo. Para mí no era un sueño, porque estaba aún más abajo del sueño, y no podía haber ninguna culpa. Y eso era aún más agradable. No pensaba en mi marido, no pensaba en nada, ni siquiera en el hombre que me estaba acariciando. Pensaba sólo en mí. Ni siquiera quería hacer el amor. No lo había querido en toda la noche. Carmen, sin embargo, no buscaba esa noche otra cosa. Bea quizá no lo buscara, pero se dejó llevar. Yo estaba bien como estaba, no necesitaba más. Aquellos besos en la nuca me llevaron más lejos todavía en la región del sueño. Sentí que caía hacia la altura, flotando.

Siguieron las palabras inaudibles de los sueños, inarticulados y sordos gemidos, desordenados pensamientos traducidos en remotos, desvanecidos, voluptuosos giros que obedecían a secretas leyes. Al fin nuestros labios se encontraron.

Sintió Max mis labios húmedos sobre los suyos. Notó dentro mi lengua. Noté su lengua dentro. Lenta, sabia, persuasiva. Buscamos apagar un fuego abrasador que ninguno de los dos sabía cómo había empezado ni por dónde.

Hubo incluso aquella noche un momento irrisorio. Toda tragedia arrastra consigo la sombra de una comedia, y aquello pudo ser cómico: busqué a tientas en mi bolso, dejado sobre la mesilla, el regalo de Carmen. A un preservativo le será siempre difícil estar a la altura de las circunstancias, entrar en escena con la majestad de los actores clásicos.

Ambos reconoceríamos luego que aquél fue un momento crucial, el último punto del camino en el que acaso hubiéramos podido volver atrás. ¿Por qué buscar un preservativo cuando los médicos me habían dicho que no los necesitaba? Creo que quise sentirme una mujer completa, o que lo sintiera Max, y el preservativo me ponía a la altura de todas aquellas mujeres que los necesitan. ¿Qué se le pasó a Max por la cabeza mientras me veía buscando en la oscuridad lo que todavía no sabía que buscaba? Desde luego para entonces ya no estábamos tan dormidos como fingíamos estarlo.

—Yo pensé —dijo Max a la mañana siguiente—: «Esto sucede sin estar sucediendo».

—Y yo pensé —le dije—: «Lo que está sucediendo, nunca habrá sucedido».

Nos quedamos rendidos uno junto al otro, jadeantes, como si nunca antes hubiéramos amado o sido amados de aquel modo. Fue lo más increíble que me ha sucedido nunca, parecía que me iba a destruir, porque era imposible aquel grado de placer, sin que se nos parase el corazón. Todo lo que diga es poco. Fue como ir al extremo del universo y regresar en un solo segundo, y así durante media hora, yendo y viniendo. Parecíamos electrizados en cada poro de la piel. Cada caricia suya era como si pasara ante mí toda la creación, y le fuese dando nombre a cada cosa. Los nombres que tenían antes no servían. Brazos, labios, pelo, piernas, sexos, todo se llamaba de otro modo, árbol, agua, viento, playa, fuga, y al revés, cada cosa sólo podía llamarse labios, piernas, pechos, sexos…

El sueño nos venció de nuevo.

Hacia las once de la mañana el sol empujaba con su hombro para entrar en la habitación. Lo impedían unas cortinas verdes que impregnaron el ambiente de una convincente atmósfera tropical. Me desperté antes que Max. Ni siquiera necesité abrir los ojos; me acerqué aún más a él. No quería desperdiciar ni un solo átomo de aquel momento que adivinaba muy corto.

Si la primera vez había sucedido como un sueño, urgido y sonámbulo, esa segunda resultó algo tan diferente para ambos como insospechado. Era patente que no estábamos en un sueño profundo. Fue… increíble. No han salido de la fragua palabras que sirvieran para describir lo que estábamos viviendo ni metales lo bastante nobles para darle forma. Lo hicimos con los ojos abiertos, a la luz del día. Asombrados, como dos niños que no saben todavía lo lejos que podrán llegar en su aventura. Cada abrazo fue un Misisipí, cada beso un Amazonas, y las caricias, un mapa del tesoro que esperaba.

Cuando dejamos atrás aquellos bajíos peligrosos, que habría dicho Stevenson, permanecimos un buen rato tumbados de espaldas, hasta que nuestros agitados pechos se sosegaron. Sobre nosotros giraban las aspas de un gran ventilador, metáfora de la vida: el vértigo de las acciones humanas o la suspensión del tiempo acababan de nuevo dando vueltas, con su pautado, inexorable ritmo, como las constelaciones. Ya digo, un viaje al último rincón del universo y allí, dando la vuelta por detrás de la última estrella, de regreso a este mundo, y así cien veces.

Me levanté por agua. Me cubrí con la nube en la que estaba, la bata que acababan de hacerme a medida mientras dormía. Hasta ese momento no habíamos intercambiado una palabra. Y no porque yo no hubiese querido. Me gusta hablar, tanto como poco a Max. No dije nada, esperando que fuese él el que lo hiciese. Era el mayor. Sólo sabíamos que acabábamos de probar el fruto bien dulce del Árbol de la Ciencia.

Cuando volví con un vaso en cada mano, miré fijamente a mi amante. Nos lo dijimos todo en una sola mirada.

No pude contener una carcajada.

—Afrodita, la que ama la risa —dijo Max de lo más serio.

Era una de esas frases que se aprenden en el bachillerato y que permanecen enterradas durante años, sin ni siquiera saber que existen y cuyo significado profundo sólo se manifiesta muchos años después.

Me senté en la cama a su lado. Me lo quedé mirando, y mi voz se tambaleó. Olíamos a erizos de mar y un poco a apoteosis. Estos cambios bruscos de humor míos siempre me han desconcertado. Dejé los vasos sobre la mesilla, me tendí desnuda sobre él y le besé en los labios.

—Te quiero, Max. Con toda mi alma.

Y como no quise quedarme a la zaga de su Afrodita, añadí las palabras que Andrómaca le dijo a Héctor:

—Ahora eres mi padre y mi madre y mi hermano también y mi flamante esposo.

Yo misma me asusté de mis palabras. A él no le gustaron. No dijo nada, y disimuló. Lo conocía bien.

Ante su silencio, me puse a resguardo:

—Max, tengo hambre. Pide, por favor, dos desayunos.

—De acuerdo, pero cuando los traigan, ¿querrás esperar en el cuarto de baño?

—Desde luego, Max. No estoy loca.

Fue todo lo que dijo, aunque no me molestó, porque Max solía hablar también con sus silencios, y yo sabía perfectamente lo que significaba aquel silencio suyo.

Desayunamos desnudos sobre la cama, y conversamos animadamente de todo menos de aquello que había sucedido. El silencioso lenguaje de la noche había dado lugar al parloteo del mediodía. Nos resultaba fácil hablar, nos reconocíamos en las palabras y pensamientos del otro. Nos entendíamos. Nos pareció que habíamos recorrido en unas horas el camino que otros acaso no puedan recorrer en toda una vida. A mí se me ocurrió entonces algo descabellado:

—Hazme una foto desnuda.

Max se negó en redondo.

—¿Y por qué no?

Nos amamos por tercera vez, y esa tercera vez también fue diferente. Nueva. Irrepetible. Se diría que obedecíamos a una fuerza superior que nos impedía deshacer nuestros abrazos, salir de aquella cama, ducharnos, vestirnos y pisar la calle.

Cuando al fin nos decidimos a reanudar nuestra vida, y Max estaba en la ducha, le pregunté. Sabía que le resultaría más sencillo responderme si tenía entre los dos una mampara y no me veía.

—Max, ¿tú qué crees? ¿Cómo se contabilizará esto nuestro?

—¿A qué te refieres?

—¿El pecado que estamos cometiendo contabiliza desde que se acuesta uno en la cama y se levanta, o por separado, por unidades? Quiero decir, ¿hemos cometido un pecado solo, o tres, uno por vez? Seguramente en los pecados se dan agravantes, como sucede en los crímenes. Aunque lo probable es que, como también ocurre en el Derecho, el acto más grave anula otros de rango inferior, y que tú y yo seamos hermanos no será desde luego una eximente. Claro que el que seamos además huérfanos desde niños se consideraría una atenuante, ¿no te parece?

—No es cosa de broma lo que ha sucedido, Clau —farfulló Max desde el fondo del cuarto de baño.

—No lo es, para mí no. Siempre he sabido que esto sucedería. Lo que me extraña es que hayamos tardado tanto.

No se habían buscado en nosotros dos mitades. También podíamos decir que nos reconocimos con un escalofrío, en una totalidad inesperada. Y así fuimos hermanos, pero en el albor del mundo, antes de que el incesto se convirtiera en un tabú y un gran pecado.

Fue entonces cuando Max recordó que aquello «sucedía sin estar sucediendo», cuando yo admití que, al menos la primera vez, lo que estaba sucediendo, «nunca habrá sucedido».

—Pero ahora, Max, no estoy segura de que ello tenga que ser así. Me alegro de que haya sucedido —le dije desde los tiempos más remotos que cabe imaginar.

—Y yo —secundó Max con cierto fatalismo.

—Aún me da vueltas la cabeza —seguí diciendo—. Querría que estos momentos no se acabaran nunca. Me pasaría el resto de mi vida abrazada a ti. Esperando la aurora como todos los enamorados, oyendo despertar al mundo. Me da miedo salir. Siento que tengo que contarte tantas cosas. Quiero saberlo todo de ti. Nunca hemos pasado juntos más de unas semanas cada año, y eso sólo cuando éramos niños. Eres mi Ricardo Corazón de León. Te tenía al lado, y no me daba cuenta. Lo que ha sucedido hoy es la alegría en estado puro. Es como si papá y mamá hubieran vuelto con nosotros. Tú eres los dos para mí. Me siento inocente de todo, y limpia, no me ha costado nada amarte, porque te he querido desde el principio de los tiempos. Me asusta dejar esta habitación y que desaparezca todo lo que ha sucedido. He encontrado lo mejor de ti, y lo mejor de mí. Sé que te haría el hombre más feliz de la tierra. Pero no sé cómo podré amarte fuera de aquí, fuera de ese cuarto, de esta ciudad. Te he sentido mi amante, mi hermano, mi hijo, mi novio, mi marido, mi padre, mi amigo, mi amiga. Aquí todo ha sido fácil. Pero temo la despedida. Se me parte el corazón. No encuentro fuerzas para salir de aquí.

Max había dejado la ducha y empezaba a vestirse.

Metida en la bañera, le apremié.

—Dime algo.

—El dolor hace elocuentes a los hombres —ironizó Max con una frase que me había oído alguna vez a mí—. Y yo soy feliz. Me cuesta hablar. Tú eres médica, y la mitad de lo que curas lo curas hablando. Yo escogí una profesión en la que no hace falta hablar, y otra, en la que tampoco. A mí no se me romperá el corazón, porque ya lo tengo roto. Esto ha sucedido, pero tú sabes que no será posible que vuelva a suceder. En otra época, en otro lugar, tal vez, lejos de todo…

—¿Más lejos de lo que estamos? Esto son los confines

del mundo, Max. Y detrás del confín ya no hay confín. ¿Vamos a pasarnos el resto de nuestras vidas huyendo de nosotros mismos, como hemos hecho hasta ahora? Te deseo como nunca he deseado a nadie, y ése es también otro confín. No hay nada más allá del deseo. Me has dado tanta fuerza que me sucede lo que a Antígona: por ti, por esto que ha sucedido, estoy dispuesta a sostener metales al rojo vivo con las manos.

Max entró en el baño, se inclinó sobre mí y me besó en los labios.

—¿Ya nunca más volveremos a estar como ahora? —le pregunté, no tanto a mi amante, como a un hermano mayor en quien parecía encarnarse toda la autoridad.

Me entraron ganas de llorar, y no lo hice porque a Max siempre le han irritado mis lágrimas.

—Nunca, Clau.

Ese día almorzamos con Carmen y Bea en el hotel. Rodeaba a nuestro grupo una atmósfera de desánimo, que atribuyeron ellas al cansancio y a la despedida, y nosotros a nuestro secreto. Por la noche, acompañamos a Max al aeropuerto. En el trayecto Carmen me preguntó:

—Por cierto, cuando volví anoche, me dijeron que acababas de llegar. Te llamé a la habitación, pero no estabas… Necesitaba que me prestaras el pequeño regalo que te había hecho.

—Tuve que refugiarme en la de Max. El hijo de Flores estaba empeñado en asaltarla desde el jardín…

—Ah —asintió Carmen decepcionada y acaso un poco resentida con Max, y añadió—: Bueno, ya me lo devolverás luego. Y por lo demás, un gran plan.

—No lo sabes tú bien —le dije con toda la intención.

Aquella frivolidad le arrancó a Max una mirada con la que quiso fulminarme. Acogí su reprobación con un no menos discreto abaniqueo de pestañas. Era un modo de decirle: «Si me has hecho feliz, ya no te temo; y si te he hecho feliz, ya te conozco».

II

Uno

Treinta y cuatro años después las radios todavía programan las canciones de Virginia, al igual que las de Nino Bravo o las de Cecilia, hermanados los tres por unas muertes prematuras y trágicas, la primera de las cuales fue precisamente la de Virginia. Una de las películas de Virginia, nombre artístico de María José Aguado, se emitía por televisión la noche que Max llegó de Constanza.

Max jamás había visto ninguna de aquellas películas. En primer lugar porque se pasó la niñez y la juventud fuera de España; luego, por desinterés. Yo en cambio las había visto todas, algunas dos veces. Me fascinaban tanto como me desagradaban. Ese hecho, el que siguieran emitiéndose, era a la vez común y extraordinario, y Max no acababa de acostumbrarse a él. Como tampoco al hecho de que nuestro padre hubiese encontrado la muerte cuando estaba con una mujer cuya relación con él nos resultaba todavía, treinta y cuatro años después, tan lacerante. A los tres años de que muriera nuestro padre murió mamá.

La desaparición de Virginia estremeció al país. Sucede con la muerte de toda persona célebre, pero más aún si es joven y hermosa y con un gran porvenir por delante.

Pese a la opacidad informativa del momento, los periódicos y la televisión difundieron, con una serie de hipérboles y escamoteos, que la actriz no conducía el coche en el que perdió la vida, volviendo de Aranjuez, sino «alguien en estado de embriaguez». Lo demás fue cuestión de tiempo, y en los días sucesivos fueron sabiéndose el nombre del conductor, Manuel Fernández-Leal, los de sus socios, el de su viuda, la vida de todos ellos…

María Vollaro, mi madre, asistió al entierro de mi padre rodeada en esas primeras horas de toda clase de monumentales y escandalosas hipótesis propias de una novela radiofónica. Para ella fue doblemente doloroso, porque estaba enamorada de su marido y habría puesto la mano en el fuego para testificar que mi padre lo estaba de ella. De modo que ante las insinuaciones de los periódicos y revistas, siguió afirmando, con una fe inconmovible, que nada de todo cuanto se venía diciendo entonces era verdad. También esta certidumbre explícita de mi madre nos llegó a Max y a mí años más tarde, al igual que las hipótesis. Y treinta y cuatro años después la muerte de nuestro padre seguía siendo un misterio para nosotros, aunque habíamos sacado de este hecho y de otros derivados directamente de él conclusiones distintas. Yo no recordaba nada de ninguno de los dos, ni de mi padre ni de mi madre, pero Max aseguraba conservar, contra mi opinión, porque me negaba a creer que nadie después de tanto tiempo pudiese recordar lo que él decía que recordaba, no imágenes de fotografías, ni siquiera las de aquellas viejas películas de dieciséis milímetros que tardaron en mostrarnos muchos años y en las que se veía a nuestra madre en bañador, junto a mi padre, a Max con tres años y a mí de meses, no estas imágenes, que fueron las que yo aseguraba que mi hermano «recordaba», sino otras más reales, según él sólo suyas, más valiosas que las fotografías y películas que conservábamos, aunque fueran apenas dos fogonazos, mamá dándole un beso de buenas noches y rozándole con un collar de perlas las mejillas que le ardían por la fiebre, perlas que recordaba heladas, y otro día en que él corría, no sabía adónde, cuándo ni por qué, y se abrazaba a sus piernas. Sostenía incluso que cuando sucedió uno de estos hechos yo ni siquiera había nacido, por lo cual me decía muy serio que no podía rebatirle.

Basta haber hablado alguna vez con un huérfano que ha sido adoptado para descubrir en él tarde o temprano un sentimiento inclasificable, de perplejidad y desarraigo: todo huérfano adoptado encierra en algún rincón de sí mismo la certidumbre de que esa mujer a la que no ha conocido, es decir, su madre biológica, de haberlo conocido y tratado, le habría amado y habría impedido por todos los medios esa violenta separación que les ha vuelto a los dos, madre e hijo, unos seres extraños que han de mirarse con recelo y desconfianza si por una casualidad la vida vuelve a juntarlos después. Lo que el huérfano desarrolla es un sentimiento de adoración: cree que de haber vivido, su padre o su madre o ambos le habrían defendido de todos aquellos sinsabores y contratiempos que la vida le tenía reservados, sin referirnos a otras cuestiones afectivas, convencido el huérfano de que si su padre hubiera sido el mar abierto y la promesa de libertad, su madre, por otro lado, hubiese sido el puerto abrigado y perfecto que no tuvo en los graves avatares de la lucha por la vida, sin pensar que la mayor parte de los que hayan podido gozar de sus padres respectivos no han tenido tampoco ni el abrigo de un puerto ni la libertad del mar. El huérfano tiene la convicción de que su vida habría sido muy diferente de haber contado con la tutela, el consejo y la protección de unos padres; que una gran parte de los que tienen padres raramente hayan disfrutado de la tutela, el consejo y el apoyo de los suyos, lo encuentra inconcebible. Lo mismo cabe decir de mí con respecto a papá y a mamá.

Lo sucedido en Constanza me devolvió a una realidad inimaginable antes. Supe que aquellos padres a los que no había conocido, de los que no recordaba nada, que no eran para mí más que trozos emulsionados de papel o unas películas viejas, habían vuelto al fin para quedarse a nuestro lado. Mi hermano Max era la encarnación de ambos. Y no sólo porque se les pareciera mucho (era en realidad una suma física de ellos, pues tenía en ese momento menos años aún de los que tenía nuestro padre al morir), no sólo por el parecido, sino por encontrar en él todas aquellas virtudes que en mi imaginación les atribuía a ellos. El rocoso temperamento de mi padre, su misma seriedad. Qué diferente Max de Agustín, tan desustanciado casi siempre. Y también las virtudes que atribuía a mi madre: la dulzura, la compasión, cierta tendencia a la melancolía que despertaba en mí instintos maternales.

En cuanto llegué a Madrid, telefoneé a Max. No lo encontré en casa. Hablé con Cathy.

«Max ha venido… distinto», me dijo, «está más callado que nunca, que ya es decir. Apenas ha contado nada».

Conseguí al fin dar con él. Lo encontré extraño, nervioso, evasivo. Ninguno de los dos mencionó lo sucedido. Después de unos minutos le arranqué la promesa de que nos veíamos. En casa de Nani. Sugirió él el sitio. Supuse que mi hermano no quería encontrarse conmigo a solas. ¿Pero por qué en casa de Nani, adonde él no solía ir?

Una vez por semana, a veces dos, más de lo que solían hacer nuestros hermanos, sus verdaderos hijos, iba yo a visitar a Nani. Se suponía que era uno de mis deberes no tanto de hija como de médico.

Vivía en la misma casa en la que había vivido siempre. Me la encontré sentada en su sillón preferido, en un cuarto en el que entraba algo de sol durante las horas de la tarde. Se oía a esa hora una parva de gorriones que parecían amenizar las angostas galerías de una enfermedad que hacía tres años la había arrancado de este mundo llevándola al limbo.

Me senté a su lado mientras despojaba a la caja de trufas de su ruidoso envoltorio. Antes de visitarla, solía pasarme por alguna de las pastelerías donde ella había despertado de niña su golosería, y la mía, cincuenta años después, y le llevaba algún dulce. Hacía una tarde soleada después de semanas de lluvia. Joaquina, que empezaba a precisar tantos cuidados como Nani, se quedó para ponerme al corriente de la evolución de la enfermedad de su señora, un rosario de pequeñas naderías presentadas como cataclismos.

Sonó el timbre. El corazón me dio un vuelco, y me puse de pie. Debió iluminárseme la cara. No pude contenerme y dije: «Max». Habría corrido a abrirle yo misma, pero fue Joaquina quien lo hizo. Oí sus pasos renqueantes por el largo pasillo. «Qué lenta», pensé. Oí el gemido de los cerrojos, como si estuvieran abriendo las puertas del paraíso después de mucho tiempo, y la voz de una mujer que no reconocí.

Concha Moret venía a visitar a mi madre. Nani no era mi madre, pero no conocía a otra, y de todos modos ése es el nombre que le di siempre y el que le daré mientras viva. Mi sorpresa al ver aparecer a aquella estantigua fue grande, porque me constaba que a Nani nunca le había despertado demasiadas simpatías. Parecía resurgir de una remota glaciación, enterrada en un abrigo de pieles del que apenas asomaba su cabeza jibarizada, arrugada como una pasa y maquillada hasta la exageración.

Recordé con cuánta indignación había vivido Concha la enfermedad de Baldomero, su marido. Le parecía una injusticia grandísima, y sobre todo una contrariedad que de todos modos no le hizo cambiar ninguno de sus hábitos, como el de pasar las tardes en casa de su amiga Marga Asensio, con mi madre y otras amigas, jugando al *bridge,* mientras una monja de las Siervas se quedaba cuidando de su marido.

Empezó Concha a desgranar su cháchara. Nani, a

quien aquella visita no había alterado lo más mínimo su impávido semblante de alabastro, la oía como yo, sin prestarle atención. Yo sólo estaba pendiente de que apareciera Max.

Concha había enviudado hacía ya quince años de Baldomero Ordóñez, otro de los socios de mi padre y de Alfredo, el marido de Nani, a quien yo di desde que tuve uso de razón el nombre de papi, para distinguirlo de papá, mi verdadero padre, como llamé a Nani mami por la misma razón, para distinguirla de mamá.

—… ¿Qué tal Agustín?

Esta pregunta inesperada resultó ser como un escollo con que se hubiese tropezado el torrencial parloteo de aquella mujer que ni siquiera dejó que le respondiese, porque añadió a continuación sin que se pudiese adivinar qué asociación de ideas la había llevado de uno al otro extremo de su frase:

—Hija, si quieres que te diga la verdad, yo no sentí la muerte de Baldomero. Tuve siete hijos con él y ni siquiera me dio un orgasmo.

Más que resentimiento, había en aquella confesión como un aire de triunfo. ¿Dónde hubiera encontrado ella un argumento mejor para proclamar el desprecio y la aversión que había llegado a cobrar por los varones, en general, y por su marido en particular? ¿No se mereció éste el abandono de sus últimos meses de enfermedad?

—Y te diré, hija, incluso más —añadió—. Quien estuvo liado con Virginia no fue tu padre, sino mi marido, y el que tenía que haber estado en aquel coche tenía que haber sido él, y no tu padre.

Fue una revelación a la que, pese a su importancia, apenas presté atención. Miré disimuladamente el reloj. Max se estaba retrasando. Temía que no apareciera. ¿Qué me importaba a mí Virginia? Sólo quería verle; a ser posible abrazarlo, besarlo. Había estado separada de él una semana, y no pasó un solo minuto sin que pudiera quitármelo de la cabeza. Si cerraba los ojos, al ir a dormir, se me presentaba como en Constanza, desnudo, a mi lado.

—¿Tú conociste a Virginia? ¡Cómo ibas a conocerla! ¿Pero sabes quién era, no?

Estaba distraída y negué con la cabeza al tiempo que miraba mi reloj.

—¿Qué prisa tienes?

Cuando mi padre se mató tenía treinta y ocho años, María Vollaro, mi madre, veinticuatro, trece menos que los que tengo yo ahora, y Max tres, y yo ocho meses. Nuestros nombres, Max y Claudia, los escogió personalmente mi madre. Fue un modo de no romper con sus raíces italianas, según nos contó Nani. Mientras mi madre vivió, Max y yo vivimos con ella; cuando murió, se levantó la casa de Hermanos Bécquer donde había vivido la familia, y Alfredo y su mujer Ignacia, Nani, nos llevaron a vivir con ellos. En esa fecha Alfredo Luque tenía cincuenta y cinco años y Nani Escudero cincuenta, y cinco hijos, todos varones. Cuando Max y yo llegamos a casa de los Luque sus dos hijos mayores, Alfredo y Rafael, habían terminado sus carreras, y vivían uno en Bilbao y otro en Londres. Al instalarse Max en Clarendon Hills, Rafa vivía todavía en Hampstead, pero Max no recordaba que le hubiese visitado nunca en el colegio. Estando ya mi madre gravemente enferma, Nani, que siempre había querido tener una niña, planteó la cuestión a su marido: «Sabes la ilusión que siempre me hizo tener una niña. He hablado con María, y lo tenemos todo pensado».

El cáncer de mi madre fue más deprisa de lo que los médicos habían pronosticado, y la quimioterapia, todavía en pañales, no dio el resultado esperable. Nani se había portado con mi madre desde el principio, desde que se casó con Manolo, mi padre, como una madre más que como una amiga. Por edad podía haberlo sido. La ayudó en su boda, a poner su casa, en los asuntos prácticos. Mi padre se casó con ella cuando apenas llevaban saliendo tres meses. Fue un amor a primera vista, apasionado y sorprendente, entre alguien que empezaba a tener fama de solterón, y una muchacha de cara aniñada. Había venido a España a estudiar, huyendo de su familia, y conoció a mi padre, que le sacaba doce años, en una entrevista de trabajo. Estuvieron casados seis. Cuando ocurrió el accidente, Nani jamás dudó de la inocencia de mi padre, y así se lo dijo siempre a una pobre chica que muchas noches se despertaba llorando, y que le repetía una y otra vez: «Nani, me dejaría morir, si no fuese por mis hijos». Algunas de estas cosas las sé por la propia Nani, otras me las fue contando Joaquina, otras mis hermanos o los amigos de mis padres, a lo largo de estos años. La memoria se diría que está depositada en muchas gentes. Como oí una vez a no sé quién: «Todo lo sabemos entre todos».

Durante unos meses, no hubo semana que las revistas del corazón no mencionaran algo de la misteriosa vida sentimental de aquella Virginia. Y como ocurre a menudo, su muerte dejó tantos cabos sueltos, que muchos periodistas encontraron un grandísimo placer en unirlos, conscientes de una regla de oro del periodismo: las conjeturas disparatadas acaban siendo encontradas razonables, si no puede probarse su falsedad.

Y en aquellas circunstancias se le diagnosticó a mi madre un cáncer de útero. Pocos dudaron de que era consecuencia del estado anímico que atravesaba.

Mi madre habló con Nani. Había rumiado concienzudamente su plan. Lo expuso con una entereza incomprensible en una chica de veintiséis años.

—Todo lo que tenemos es esta casa, lo que haya en los bancos y las acciones que Manolo tuviese, los dos coches y la casa de la playa. Esto será para los niños. Necesitarán de alguien que lo administre. Si os nombro tutores de los niños, aunque quede luego a expensas del consejo de familia que nombre el juez, cuando yo haya muerto, Alfredo y tú tendréis plena potestad para administrar sus bienes y decidir su educación. Prométeme que los niños ni vuelven a Italia ni se quedan con mi suegra. Prométeme también que no los separarán. Si por la razón que sea, vuelven a Italia, prométeme que os ocuparéis vosotros de administrar el dinero que les quede.

Ese mismo día, por la noche, Nani trasladó las proposiciones de su amiga María a Alfredo.

Alfredo era un hombre extraño, indiferente a la educación o las preocupaciones de sus propios hijos y mucho más, desde luego, a las de los demás, absorbido por el trabajo, lo único que en verdad le interesaba: las fusiones, las sociedades, la bolsa y hablar con otros como él interesados a su vez en las fusiones, las sociedades, la bolsa… Sólo eso le animaba un poco. Y así hasta que se murió. Sólo le gustaba el dinero. Los pocos momentos de expansión que podía arrebatarle a sus ocupaciones no siempre se los entregaba a Nani o a sus hijos, y desde luego tampoco a Max o a mí. Con todo yo le tuve siempre mucho cariño. Decía que los raros momentos de expansión ni siquiera se los entregaba a las esporádicas aventuras que tenía de vez en cuando, casi siempre con chicas encontradas en los locales de Capitán Haya, donde iba con sus socios, abogados y clientes a rubricar sus conciertos…, sino al golf, donde seguían todos ellos hablando de fusiones, sociedades, bolsas o de las chicas de Capitán Haya.

Alfredo recibió con desagrado la proposición de Nani, porque no formaba parte de ninguno de aquellos dos mundos que eran para él toda la vida: sus negocios y sus aventuras.

Viendo que pasaban los días y la enfermedad de mi madre se agravaba, Nani le dio un ultimátum: «Si tú no quieres la custodia de los niños, yo los adoptaré por mi cuenta. O contigo o sola. María lo aprueba».

Alfredo, que temía una separación que planeaba sobre su matrimonio desde hacía años, cedió cuando Nani le aseguró que sus cinco hijos la secundaban. Pero como era alguien incapaz de dejar de hacer negocios incluso con los moribundos, aseguró a su mujer que la única manera de constituir un fondo que garantizara nuestro sustento y educación hasta nuestra mayoría de edad, era comprar la parte de mi padre en la Sociedad, a lo que tendría que avenirse mi madre.

El precio lo puso naturalmente Alfredo, concertado con Baldomero.

Mi madre podía ser joven, pero era inteligente, y se percató de la astucia y la codicia de los socios de su marido: «De acuerdo», acabó resignándose. «Mis hijos no serán ricos, pero tendrán a cambio una buena madre.»

Entre Rodrigo Alés, notario de mi padre, el despacho de abogados de Martínez de la Rosa, Alfredo, Baldomero y la sociedad de éstos y Nani, ultimaron el acuerdo. «Llegamos a aquella casa», solía decir Max, «con un completísimo manual de instrucciones».

Tres años después Alfredo y Nani, incumpliendo una de las promesas que ésta le había hecho a nuestra madre, enviaron a Max a Clarendon Hills. Al mismo tiempo lo arreglaron todo, por empeño de Nani, para pasar de tutores a padres adoptivos. Resultaba penoso convivir con un niño difícil a quien la muerte de sus padres había complicado el carácter. La muerte de mamá convirtió a Max en alguien que se resistía a obedecer, en especial si la orden procedía de Alfredo. Max en aquel tiempo era para todos un germen continuo de conflictos.

—Virginia… ¡Cómo no ibas a saber quién era! —repitió Concha, y en ese momento se giró indecisa. Parecía descartar así la presencia de algún intruso.

—Todo fue idea de Baldo y de aquí… —sacudió la cabeza en dirección a Nani, refiriéndose a Alfredo, sin atreverse a nombrarlo—. El de… —y volvió a sacudir la permanente de color caoba en dirección a la anciana que la miraba con una expresión invariable y seráfica— por lo menos era más cuidadoso o más listo en los líos de faldas que se traían. Yo creo que la pobre —y esta vez la señaló con un movimiento de cejas— jamás se enteró de nada. Eso, hija, yo creo que en el fondo es mejor. A mí dame un «ojos que no ven» mejor que un «a mí no me la pegan», porque al final te la dan con queso siempre y acabas enterándote, eso sí, la última, lo que además te hace quedar como una tonta. Y con quien se enredó esa Virginia fue con mi marido, no con tu padre. No me digas quién les pidió el dinero para hacer la película, pero a los dos meses Baldo se lió con ella. Baldo quería llevar aquel negocio del cine a su manera y discutió con tu padre. Ni Alfredo ni Baldo sabían una palabra de cine, pero como se pasaban la vida haciendo negocios, se metieron en ése. Tu padre era el más listo de los tres, y dijo que no lo veía claro. Baldo se quejó a Alfredo, y le dijo: o Manolo o yo. Se le ocurrió que iba a enredarle con Virginia y hacerle unas fotos. Todo empezó como en broma y en serio. Si salía bien, iba en serio; y si salía mal, había sido una broma. Se avino con Virginia. Le contó que Manolo se quería cargar la película, y ella, que era una pájara, se prestó. ¿Que Manolo se dejaba engatusar por Virginia y al final le agradecía los favores? Divinamente. ¿Que se acostaba con ella pero seguía negándose a hacer la película? Sacaban las fotos. ¿Que ni una cosa ni otra? Pues las fotos también, alguna habría lo bastante picante como para hacerle entrar en razón. Se fueron a comer a la Venta Torrijos, en la carretera de Aranjuez. Tu padre ni siquiera había bebido. Se le fue el coche, y se salió de la carretera. Eso fue todo.

—¿Y por qué me lo cuentas ahora? —pregunté poniéndome de pie. Sólo pensaba en Max, en que no había venido.

Nani nos miraba con el semblante beatífico y las manos sobre los muslos, como una estatua egipcia.

—Yo entonces no sabía nada —respondió Concha de una manera seca, con tono metálico, desagradable, que dulcificó de inmediato—. De haberlo sabido, claro que os lo hubiese dicho. Me lo contó el propio Baldo en una de nuestras peleas. Y desde luego que era verdad. Pobre María… Tu madre era un sol.

Sonó mi móvil. Salí de la habitación alborotada. Max me pedía disculpas. Se le había hecho tarde y no podría venir. Sabía que era mentira, pero no hubiese podido demostrárselo. Necesitaba tiempo, me pareció. Estaba asustado. Temí que fuese como tantas personas a las que el amor hace huir de manera instintiva e irracional.

Esa noche le conté a Agustín lo que Concha Moret me había relatado. Era la clase de conversaciones que teníamos, a falta de otras íntimas. Me habría gustado habérselo contado a Max, más que a Agustín, de quien ya antes de viajar a Constanza estaba distanciada, y al que ahora yo encontraba extraño, irritante y ajeno a cuanto me importaba de veras.

Agustín me preguntó si iba a contárselo a Max.

No había pensado que podría no hacerlo. Era mi hermano. Tenía ese derecho.

—No vale la pena —me aconsejó Agustín—. Seguramente será un chismorreo, y conociendo a tu hermano, lo obsesivo que es… Deja pasar un tiempo.

Quizá tuviese razón. ¿Pero cómo no contárselo todo a él?

Dos

Max no acudió a su cita conmigo en casa de Nani porque estaba con Carmen. Obedeciendo un impulso irracional, él, tan racional siempre, la había telefoneado. Era un modo de seguir en Constanza… conmigo.

Aquel día se habían citado por segunda vez en tres días para almorzar. También esa segunda vez Carmen, al contrario de lo que hubiese cabido imaginar, se condujo en la intimidad como una persona efusiva, tierna y melancólica. Yo la conocía muy bien, y sabía que era capaz de ello. Por esa razón la encontraba peligrosa. Le dijo: «Si te hubieses decidido en Constanza, eso tendríamos adelantado». Max guardó silencio, acaso porque no tenía derecho a confesarle que puesto que el remedio «Cathy» no había funcionado, a su vuelta de Constanza, como había esperado, sería mejor tratar «la dolencia Claudia» con «la medicina Carmen». Le parecía más inocua, desde luego, en medio de la formidable confusión mental que sufría. Si funcionaba, quizá pudiese olvidar para siempre lo que había sucedido en Constanza, enterrarlo en el fondo subconsciente donde podría dormir con el resto de sus sueños inconfesables.

Carmen, sin embargo, acudió a su segunda cita esperanzada. Sorprendió a Max con un regalo suntuoso, una vieja cámara de fotos que había pertenecido a su abuelo. Abrumado, Max le mostró sus manos vacías. Carmen le dijo: «No pido nada, no te pediré nada nunca. Me gusta dar y me encantará recibir de ti lo que estés dispuesto o lo que puedas darme». Todo el mundo que se ha acercado a Max, tiene siempre el mismo ofrecimiento que hacerle: todo a cambio de nada. Como a los dioses. Naturalmente aquél era un lenguaje alusivo: le quería a él, y a ser posible desnudo. Tras el almuerzo, volvieron a su apartamento. Al llegar, Carmen sacó una cajita de plata con cocaína, y se la ofreció a Max; «para la cama», dijo.

Max nunca había visto de cerca cocaína. Lo creo. Aceptó el ofrecimiento con una indiferencia que Carmen tomó por familiaridad. Tampoco esa vez Max se creyó con derecho a decirle: «¿No me he acostado con mi hermana? ¿Qué importancia puede tener hacerlo contigo, probar incluso cocaína?».

Cuando Max restañaba sus íntimas heridas en los brazos de Carmen, recibió un mensaje mío: le preguntaba por qué se retrasaba. Le esperaba en casa de Nani.

Se despidió de Carmen, citados para otro día. Pudo haber ido a casa de Nani, pero no quiso que yo le viese en aquel estado; pensó: «Como médica descubrirá que me he drogado, como mujer descubrirá que acabo de acostarme con una de sus mejores amigas». Me sobrevaloraba. Me habría podido engañar con cualquier cosa, porque estaba predispuesta a ello.

No fue sencillo ni para Max ni para mí buscar un hueco entre semana. Todo lo fácil que le resultaba a Max tomar el «veneno Carmen», le emperezaba acercarse a la «panacea Claudia».

La vida de los adúlteros en una gran ciudad tiene siempre algo de penoso y mezquino. Creo que se vieron otras dos veces más, pero a la quinta Max no confirmó la nueva cita con Carmen. Ésta comprendió al fin, y le dijo: «De acuerdo. Esperaré. Cuando quieras. Sabes dónde me tienes. Y nunca me importará compartirte».

Pasadas tres semanas, Max y yo nos encontramos en

un pequeño café de Argüelles, cerca del hospital donde trabajaba.

Al final no pudo negarse a ello. Me lo debía. Nos lo debíamos.

Nos condujimos con estudiada corrección. Parecíamos dos opositores a la carrera diplomática.

Cualquier palabra que no abordara lo sucedido en Constanza sería una palabra ociosa, la camisa vacía de un grano de trigo. Necesitábamos de aquel pan, comulgarnos, ser hostias. Max pudo articular una palabra que al fin y al cabo no era suya, era de todos, puesto que era la palabra del deseo:

—Clau, no puedo vivir sin verte, sin abrazarte, sin hablarte. Pero esto es imposible. No puedo más. Me estoy volviendo loco. Durante este tiempo he vivido como un sonámbulo y he intentado aturdirme haciendo cosas que jamás creí que llegaría hacer, y que también me han hecho daño. En casa sufro y hago sufrir, y aunque Cathy no sepa nada, sabe que algo ha sucedido ya.

—He esperado oír esto veinticinco días con sus noches. Ya no me importa lo que he sufrido por no saber de ti. Que no respondieras a mis llamadas, que quisieras esconderte. Todo lo doy por bueno. Me parezco a ese enfermo que ha pasado la noche lleno de angustia, hasta que empieza a amanecer. Entonces dice: «He vuelto a nacer». Yo nazco ahora de nuevo. Esto será irracional, pero ha sucedido. No tenemos más que una vida, y esta vida es corta. Tampoco hacemos mal a nadie, es sólo amor. Contigo siento que toda mi vida se vuelve sencilla, fácil, segura. Siento la savia por dentro. Estoy viva otra vez. Ni siquiera ha acabado con mi matrimonio con Agustín, que estaba muerto. Entiendo las cosas que nunca había entendido y no me da miedo pensar aquellas que me asustaban. Sólo me enciendo pensando en ti. Siento que se ha hecho de día, y el sol lo has traído tú, y ya no me separaré de ti nunca. Cuando venga la noche, la pasaré a tu lado.

Hablamos con la voz apagada. Ninguno de los dos había reparado en la fealdad de aquel café, porque sólo teníamos ojos para los ojos del otro.

—Hasta ahora yo era feliz —me confesó Max—. Tenía una mujer de la que estaba enamorado. La quería. Aún la quiero, aunque sea de otra manera que ya no puede ser la misma. Unos hijos que son mi propia vida. Cuando nacieron pensé: «Les daremos la vida real que no tuve, nunca me separaré de ellos, nunca los separaré de mí». Y ahora me tortura la idea de que mi historia se puede repetir en ellos. Nunca he tenido miedo por nada, porque siempre pensé que después de lo que nos había pasado no había nada que pudiese ser peor. Tú tienes ya más años de los que tenía mamá cuando murió, yo tengo casi tantos como papá. Somos como sus supervivientes, y me parece que esta vida que hemos de vivir es también la que ellos no pudieron vivir. No siento culpa. Al contrario, pienso en ti a todas horas y ese pensamiento es el único que me ayuda a vivir, lo único bueno que tengo conmigo. No sé en qué se basa el tabú del incesto. Me da igual lo que tú y yo seamos para la moral o las leyes, me da igual lo que la gente pueda decir de mí, si llegaran a enterarse, pero por nada del mundo querría hacer daño a mis hijos.

Hablamos y hablamos con el monótono arrullo de los enamorados, no tanto porque tuviésemos que celar nuestro secreto, o por encontrarlo todavía muy frágil, sino por no hacer daño con él a nadie, de blindado que estaba, como el acero. Encontrábamos consuelo en nuestras palabras, y esperanza, y como nos sucedió en la habitación del hotel de Constanza, temimos separarnos. Los dos esperábamos que el acontecimiento volviera a suceder por sí mismo. Pero no estábamos dormidos, aquello no era un sueño, no estábamos en un país del trópico, sino rodeados de vida bien real.

Con todo lo que hablamos, no hablamos sin embargo de lo único que nos importaba en tal momento. Sentimos que aquélla sería aún más escarpada que la primera vez. Era una primera vez. Recorrimos los más de cuatrocientos metros que nos separaban del hotel en silencio. Sabíamos dónde nos llevaban nuestros pasos, y nada nos habíamos dicho. Y ninguno los estaba forzando; tuvimos, al contrario, que embridarlos para que no se nos soltaran instintivamente. Nos dejamos llevar del deseo, y era el deseo quien nos llevaba de la mano, como a Hänsel y Gretel la luz que vieron en el bosque. Al pasar junto a la gitana que vendía sus flores en la esquina de Buen Suceso con Princesa, yo le dije:

—Qué flores más bonitas.

Llegaron estas palabras a la gitana, que tendió a Max un ramo para que me lo comprara:

—Qué bonito es ver a dos enamorados —dijo zalagatera.

—Somos hermanos —replicó Max, acaso para hacerle desistir.

La gitana se nos quedó mirando, desconcertada, pero no se arredró y zanjó como un resorte, sin saber muy bien lo que decía:

—Ah… bueno, pues mejor.

Nos dieron una habitación desde la que se veían los tejados de Madrid. Contemplamos la vista en silencio. Tardamos unos minutos en abrazarnos, en besarnos, en desnudarnos. Y sentimos que podríamos no habernos abrazado, besado, desnudado, y habría estado bien de todos modos, porque estábamos juntos. Pero fue importante culminar aquel encuentro desnudos. Había en nuestros abrazos, en nuestros besos y en nuestros cuerpos desnudos algo desconocido. Sentimos que aquel fuego era purificador y que en él, con el deseo cumplido, desaparecía el miedo que habíamos sentido unos minutos antes en el café, la incertidumbre, las tenebrosas brumas que en todos aquellos larguísimos días de separación habían sepultado nuestros corazones. Obedecíamos al deseo. Nuestros cuerpos iban por delante de la moral. Se necesitaban, se deseaban, se reconocían. Volvió a nosotros la risa. Yo reí, eufórica, como quien hubiera superado una difícil prueba, y mi risa contagió a Max.

—Se me había olvidado que era así —me dijo.

—A mí no —le dije yo—. No sabes cuánto miedo le tenía a este momento, a esta segunda vez. Pensaba que todo podría deshacerse. Esto, Max, es ya real. Lo de Constanza no era más que un sueño. Lo dijiste tú, o yo: se pudo haber quedado en algo que no había sucedido.

—Sí —admitió Max con ingenua fatalidad—. Y ése es el problema: que es real. «Ser o no ser. De eso se trata.»

—Mi pobre Hamlet, mi buen británico —recuerdo que le dije acariciándole el pecho—. No te abrumes: el deseo, como Eros, nace sin padres. Si lo piensas bien, el deseo es huérfano, como nosotros. Yo querría contarle esto nuestro a todo el mundo. Lanzaría las campanas al vuelo, haría lo posible por disipar la helada y negra bruma de tu corazón, y si por mí fuera te aseguro que el sol ahora brillaría en Dinamarca.

—No lo dudo. Te expresas incluso mejor que Carmen.

Yo entonces tendría que haber sospechado algo, pero ¿cómo? Incluso él se dio cuenta al momento de su desliz, aunque yo no lo percibiera.

—No podrás impedir estar casada —siguió diciendo—, que lo esté yo, que tenga hijos, que hayamos de separarnos dentro de un rato, que tengamos que vernos en hoteles, exponiéndonos a que nos descubran un día. Tú ya no quieres a Agustín. Yo sigo queriendo a Cathy a mi manera. Ella no ha cambiado ni tiene la culpa de lo que nos ha sucedido. Es estupenda. Y quiero a mis hijos. ¿Qué dirán ellos dentro de unos años? ¿Que somos unos degenerados? Entra en internet y pon «incesto». Salen seis millones cien mil entradas. Y sin embargo no somos unos monstruos.

—No lo somos —le tranquilicé, y me volví para mirarlo—. Eres capaz de haberte visto las seis millones cien mil entradas. Te conozco. Tú y yo nos bastamos. Míralo de otro modo: siendo hermanos, ni siquiera sospecharán de nosotros. Estamos defendidos por lo mismo que nos hace vulnerables a los ojos de todo el mundo; nadie pensaría algo así de ti ni de mí, y eso nos conviene. También he mirado en internet. Tenemos las mismas ideas, se diría que somos hermanos —ironicé—. Hace una semana hubo en el Clínico un ciclo de conferencias sobre psiquiatría infantil. Entre las cosas de las que habló uno estaba el incesto. Dijo que la prohibición del incesto garantizaba en la prehistoria la paz entre los clanes, y estuve a punto de levantarme y preguntarle qué clanes veía él ahora. No tienen ni idea de por qué ha pervivido ese tabú. Después de admitir que quizá en ninguna relación se ama tan enérgicamente como en las incestuosas, las encuadró, como Freud, entre las aberraciones. ¿En qué quedamos? Deberían aclararse. Me habría gustado decirle que el deseo y la naturaleza son indiferentes a la moral, como tú y yo podemos certificar. Y lo que tú y yo sentimos cuando nos vemos es pura naturaleza. Me siento como si nos hubiesen devuelto al Paraíso terrenal. Lo único interesante que dijo fue que lo que hemos heredado de nuestros padres hay que conquistarlo para merecerlo. Y eso es lo que hemos hecho: hemos heredado de ellos este amor, lo único que pudieron dejarnos. Me da igual que la sociedad lo encuentre aberrante, como si fuese una variación de la zoofilia. Es nuestro deseo, y no hacemos mal a nadie. Tampoco se va a hundir la gramática. Si pudiéramos mirar por el ojo de la cerradura de las casas, y ya no te digo de las alcobas, quedaríamos asombrados y no siempre maravillados de las cosas que veríamos. Por cierto, al final un chico joven que parecía un estudiante preguntó cómo la Iglesia condena el incesto, habiendo salido todos nosotros, según la Biblia, de unos cuantos incestos, primero con Adán y luego con Noé. El hombre, que parecía muy religioso, se hizo un lío el pobre, y no respondió. El chico dijo también una cosa preciosa, que la verdadera civilización no está en todos los inventos ni en todos los adelantos modernos, sino en la desaparición de las huellas del pecado original, en la desaparición del miedo, y que el pecado original y el miedo eran la misma cosa y también que el incesto no era más que el recuerdo de ese pecado original, y que por eso lo han perseguido con tanta saña, porque hemos dejado de tenerle miedo, y que ser feliz significa poder mirarnos y concebirnos sin temor. Parecía que estuviera hablando de nosotros dos.

Max me preguntó entonces de sopetón, como si no hubiese atendido a nada de lo que le estaba contando:

—¿Tú qué crees entonces? ¿Estaba escrito que esto sucedería, que era nuestro destino y que no podremos nunca escapar de él? Yo nunca he creído en el destino. Pero si existe, seremos desgraciados.

—No —le dije—, la primera vez que sucedió fue el azar, ni tú ni yo podíamos pensar que ocurriría nada parecido. Habríamos podido escapar de él si no nos hubiésemos visto hoy; tú seguirías con Cathy y serías feliz a tu manera, y yo con Agustín o cualquier otro. Esta segunda vez, en cambio, lo hemos decidido, y aunque todo parezca escrito para que seamos desdichados llevando adelante un amor maldito como el nuestro, podemos rebelarnos, es decir, aceptar nuestro destino, pero negarnos a ser desdichados como se supone que tendrían que serlo dos hermanos que han determinado ser felices en contra de todos aquellos que querrán impedírselo, con las leyes de los hombres o con las leyes divinas de su lado.

Creo que Max no quedó muy convencido del aspecto teórico, si íbamos a ser víctimas de nuestro destino o quienes consiguiesen enfrentarse a él, pero lo resumió mejor que yo misma: «Si logramos ser felices», me dijo, «no te quepa la menor duda de que habremos hecho algo grande, contra todo pronóstico. No hay nadie que no pueda rebelarse contra lo que se supone sea su destino. Y yo, contigo, soy más feliz de lo que nunca soñé serlo».

A partir de ese día la realidad se convirtió para nosotros en un escenario sin más decorado que aquellas habitaciones de hotel en las que encontrábamos la fuerza y la esperanza necesarias para seguir viviendo y luchando contra un destino que tarde o temprano trataría de destruirnos. ¿Cuánto tiempo se puede nadar contra corriente? ¿Era contra natura nuestra relación? Nos vimos obligados a arrancar a nuestras apretadas vidas laborales unos minutos cada semana para vernos. Como tantos amantes secretos, no teníamos otro horizonte que el presente, el confín de Constanza iba con nosotros allá donde íbamos. Vivíamos sin destino, porque no lo necesitábamos, pero poco a poco empezó a despertarse en nosotros la necesidad de llegar más lejos aún que nuestro deseo. El amor sólo era posible, me pareció, si lográbamos contárnoslo todo desde el centro mismo de nuestras existencias. Y sólo visto así, poniéndolo en el centro, nuestro amor no iba a ser un lugar de reposo, sino un crecer constante, un trabajar juntos. Y por supuesto, jamás huir de nosotros mismos. Y aunque yo sé que la armonía o las desavenencias, la alegría o la tristeza eran aspectos secundarios también para sentir que estábamos vivos en nuestro amor, un día le dije, pensando que no podríamos luchar por mucho más tiempo contra el destino con nuestras pobres armas y en habitaciones de hotel que encontraba cada día más tristes:

—Max, además de ser «la que ama la risa», quiero ser feliz. Ya tenemos la alegría. Sabemos que nos amamos. Ahora sólo nos falta ser felices.

La felicidad pasaba, lo sabíamos, por enfrentarnos a nuestro destino y rehacer nuestras vidas. Necesitábamos acariciarnos, besarnos, saber que éramos reales, hablar… Cuánto hablábamos. Pero cuando nos separaban las obligaciones cotidianas volvía a nosotros el sentimiento de orfandad. Para entonces ya sólo dependíamos de nuestros teléfonos móviles.

«Cuando tú seas vieja, seguiré a tu lado», me escribió Max en uno de aquellos mensajes que volando de uno a otro móvil nos mantenían unidos a lo largo del día, día tras día, semana tras semana. «Cuando tú seas vieja…» Apenas habían pasado unos meses, y ya necesitábamos haber estado juntos largos años, con sus estíos calurosos, con sus fríos inviernos. Imaginando el helado arrabal de la vejez, un hombre aún joven sentía el fuego de la pasión, y de su corazón brotaban esas palabras que Max ignoraba habían sido dichas siglos atrás por un poeta al que hicieron inmortal.

Yo, conmovida, me quedé mirando la pantalla de mi móvil, y luego eliminé el mensaje. Cada vez que eso sucedía se me rompía el corazón. No poder conservar tales palabras. Cada paso que dábamos en aquella relación estaba destinado a no dejar ninguna impronta. Borrar las huellas del pecado original y borrar las huellas del Paraíso. Pasos sin huellas. Las olas de la vida cotidiana se encargaban, por prudencia, de borrarlos.

Tres

Se hizo tarde. Apenas tuvimos tiempo para las despedidas. Cuando llegó Max a su casa, los niños estaban acostados. Encontró a Cathy llorando sentada a la mesa. A Max se le había olvidado aquella cena. Nos olvidábamos de todo cuando estábamos juntos. En seis años de casados, era la primera vez que sucedía nada igual. Se miraron. No reunió Max las fuerzas para decir la verdad, pero tampoco las encontró para mentir. Y se dijeron mirándose lo que dicen las miradas. Tampoco tuvo Cathy ánimo para reprocharle nada al hombre que quería. Hablaron. De todo menos de aquello que sabían que tenían que hablar. Max la acarició con la delicadeza de quien entablilla a su perro una pata rota. Cathy se levantó a buscar algo. Volvió con un trozo de papel con el nombre de la doctora María Jesús Heras escrito, la dirección, los teléfonos, las horas de consulta. Se lo tendió a Max, y le hizo prometer que la llamaría. En sus ojos leyó: «Que todo vuelva a ser como era antes. ¿Vamos a echar a perder tantas cosas buenas como hemos construido, nuestro amor, nuestros hijos, esta casa, la primera que has tenido de verdad, según me decías?».

Y decidió allí mismo no decirme nada. ¿Dónde encaja una terapeuta en el arduo problema del destino y el libre albedrío?

Cuatro

Le dieron cita en la consulta de María Jesús Heras. No sabía por qué razón había transigido. Por Cathy. Le hizo sentarse en un cómodo sofá y le invitó a hablar. ¿De qué? No le iba a contar que amaba a su hermana. ¿Entonces? «Hable de lo que quiera.» «¿Cualquier cosa?» «Lo primero que se le pase por la cabeza.»

Las sesiones fueron erráticas. No avanzaban. María Jesús Heras pensó que escribir la historia le ayudaría. Max empezó, sin mucho éxito, y a los pocos días lo abandonó, aquel proyecto que había titulado «Hechos. Análisis».

Ese día la sesión tomó unos derroteros inesperados. Empezó a hablar de lo que nunca le gustaba hablar con nadie, ni con Cathy ni desde luego conmigo. ¿Durante cuántos años había sido yo una extraña para él?

Contó algunos recuerdos de Clarendon Hills. Se le pasaron deprisa los sesenta minutos. Se despidió.

Media hora después estaba citado conmigo en un hotel discreto de Gran Vía. Habíamos aprendido tanto ya a mentir, cuando nos pedían los carnets en recepción o cuando teníamos que fingir con Cathy o Agustín, que tampoco nos resultaba difícil disimular entre nosotros. ¿Por qué no me dijo lo de la terapeuta?

No quería alarmarme, supongo. Era algo sólo entre Cathy y él.

Pero sí me contó lo mismo que acababa de referir a aquella María Jesús desconocida, sin decirme que se lo acababa de contar. Le había hecho bien. Quiso compartir aquello conmigo, y por eso aunque de una manera sesgada yo también debería agradecérselo a aquella terapeuta que jamás llegué a conocer.

—El primer día que llegué a Clarendon Hills cogí un calendario y lo copié en un papel cuadriculado. Lo guardé en mi mesa y cada día, antes de ponerme a estudiar, sacaba aquella hoja, y tachaba el día anterior, sin salirme del cuadradito, muy concienzudamente, con un placer íntimo, inexplicable, como si suprimiera de ese modo el pasado espantoso que me había encerrado entre aquellas paredes de ladrillos negros llenos de moho. Podía haber tachado directamente los días del calendario, pero eso no me valía. Quería tener delante los días míos, nada más que míos, como el tiempo portátil. Desde septiembre a julio. Cuando llegaba el fin de semana, cerraban las aulas y yo no podía entonces entrar a tachar mi día, así que el lunes, que para todos mis compañeros era un día triste y gris, para mí era especial, el mejor de toda la semana: tachaba dos días de golpe. El viernes, la mayor parte de los chicos, que eran de Londres, se marchaban de fin de semana con sus familias, y a los que eran de fuera, enviaban a recogerlos. El primer año yo no conocía a nadie, y me quedaba solo en el internado, a veces con tres o cuatro chicos más, descabalados todos, cada uno de un curso, ellos mayores y yo el único pequeño. Ni siquiera se ocupaban de mí. Me dejaban solo. Yo era tímido y no me atrevía a pedirles que me permitieran estar con ellos, al principio porque no entendía lo que decían y luego porque no me interesaba. Esos dos días, el sábado y el domingo, se me hacían eternos. Así que estaba deseando que llegara el lunes para suprimir de golpe dos casillas de mi calendario. Otras veces llegué a aplazar aquella tachadura ocho o diez días. No es que me olvidara de hacerlo. Al empezar la primera clase sacaba mi hoja, miraba la casilla vacía, y me reservaba aquel placer un día más: mañana borraré dos o tres o cuatro días de golpe, y así un día y otro, hasta que ya no podía más y me devoraba la impaciencia, y me tomaba el gusto de tachar todos los cuadraditos de un tirón, y me parecía que esos pequeños y artificiales acelerones me ponían mucho más cerca de Madrid. Procuraba quedarme solo para tacharlos, o en el estudio, cuando todo estaba en silencio. Hasta los nombres de los días estaban en español, porque así me hacía la ilusión de seguir aquí. Era un placer elemental, como cuando le quitábamos la cáscara a las semillas de girasol para comer un puñado a la vez, y no una a una. Conservé esa manía del calendario hasta que fui a la Escuela; mientras estuve en Clarendon Hills, cada año, al llegar de España era lo primero que hacía. He vuelto a hacerlo con nuestras citas. Tengo ese papel en la oficina.

Aquella inesperada confesión, en un hombre tan parco en confidencias como Max, me dejó asombrada.

—Te creo capaz —le dije conmovida—. Pero qué distinto lo recuerdo yo todo. En cambio tú venías de Inglaterra diciendo que te lo pasabas de miedo, y que aquí esto era un pueblo de mala muerte, y que todo lo hacían mejor los ingleses, y que los ingleses no habían necesitado de nadie para sobrevivir y que era patente su superioridad en todos los órdenes de la vida. Mira, yo estaba harta de tantos ingleses a todas horas.

—Lo decía, supongo, para hacerte rabiar y para creérmelo. Pero mantuve la costumbre de los cuadraditos incluso cuando ya no los necesitaba, los últimos años. Me parecía que era de las pocas cosas que me quedaban de mi niñez, una manera de recordar que perdimos o nos quitaron casi todo cuando murieron papá y mamá. El otro día me acordé y lo hice con nuestras citas de los jueves.

—¿Tú creíste lo que se dijo de papá y Virginia? ¿Crees lo que me contó Concha Moret?

—¿Qué te contó?

Al momento comprendí mi descuido. Cuando acabé de relatárselo, Max me preguntó cómo no le había contado algo tan importante.

—Estaba tan furiosa por que no hubieras aparecido, que se me olvidó. Además, pensaba no decirte nada. Seguramente no son más que cotorreos. Es una mujer resentida.

Creo que Max no podía reprocharme demasiado en lo concerniente a cosas no contadas. Sin duda el recuerdo de lo sucedido con Carmen le parecía menos lacerante que el habérmelo ocultado.

—Sabía que lo de papá había ocurrido exactamente así —dijo Max—. Una casualidad y mala suerte. No me extrañaría tampoco que lo hubiesen emborrachado a propósito. Valientes canallas.

—Según Concha, no había bebido. Max: ya es agua pasada… Yo también sabía que te disgustarías. Papi no era malo.

—¿Cómo puedes llamar a Alfredo todavía así, después de lo que sabes? Después de lo que le hizo a papá, de lo que le hizo a mamá, de lo que nos hizo a nosotros, de lo que me hizo a mí. Puede que yo fuera un niño difícil. ¿Cómo no iba a serlo? ¡Había perdido a mis padres! Al poco de morir Alfredo, cuando estudiaba la carrera en París y tú habías empezado Medicina llamé a la oficina a Alfredo hijo porque necesitaba un poco de dinero. Quería irme en verano a Japón. Me habían dado una beca y no me llegaba para todos los gastos. Me dijo que no, que nuestros fondos se habían gastado hacía ya mucho, todo lo que se obtuvo de las ventas de pisos y las acciones de papá, pero que Nani y los cinco hermanos habían acordado seguir costeando nuestros estudios. Yo sabía que a Nani no le dirían nada de aquello, y si yo se lo hubiera pedido, ella me habría dado el dinero. Pero no quise. Soy orgulloso. Perdí la beca. Si terminé tan pronto la carrera no fue sólo porque fuera buen estudiante, créeme. Quería irme cuanto antes. Lo único que tenía que haber cumplido Alfredo padre fue su palabra, y con ocho años me mandaron a Clarendon Hills. Jamás protesté. Nadie me vio derramar una sola lágrima cuando llegaba septiembre y me tenía que volver. Clau, por favor, sólo tenía ocho años. Y le habían dado su palabra a mamá de que ni nos mandarían a Italia ni nos separarían. Es verdad que Alfredo hijo, Javi y todos los demás habían estudiado en Inglaterra, pero cuando ya tenían catorce o quince años. Eso no era exactamente lo mismo que enviar en avión a un niño de ocho, solo, con mi nombre en un cartel colgado del pecho y al cuidado de una azafata. Y es cierto también que Nani me visitaba una o dos veces cada curso y que Alfredo alguna vez que vino a Londres me llevó a almorzar.

—No tenía que haberte dicho nada. Me lo advirtió Agustín. Max, yo les he querido como si hubiesen sido mis padres —le confesé sabiendo que jamás nos pondríamos de acuerdo en eso, aunque de ser cierto lo que decía aquella Concha, las cosas cambiaban mucho. En todo caso tenía que acostumbrarme a la verdad—. Se portaron bien con nosotros…

—Sí —admitió Max con amargo sarcasmo—, como todos los militares argentinos que se quedaban con los hijos de los que torturaron y asesinaron.

—No digas eso —le dije—. No compares. No tenemos muchas cosas. Somos huérfanos de casi todo. Perdimos a mamá y a papá. Papi murió, mami como si estuviese muerta. Les hemos perdido también. Nos quedan los hermanos, ¿vamos a perderlos también a ellos? Nacho, Alfredo, Rafa, Carlitos… ¿tú crees que querrán saber lo que sospechas de sus padres, lo que eres capaz de pensar de ellos, después de todo lo que hicieron por nosotros? ¿Te imaginas lo que dirían si nos vieran en esta cama?

—No mezcles las cosas, Clau. ¿Qué hubo detrás de la liquidación de las acciones de papá? ¿Por qué a nosotros nos quedó tan poco cuando murió mamá? ¿Qué fue de los fondos que iban a garantizarnos los estudios? No hablo por mí. No tenemos derecho a olvidar en nombre de papá y mamá. Que me metieran en un internado cuando tenía ocho años, para mí ya no es nada comparado con lo que les ocurrió…

—Tú y yo somos diferentes en eso, Max. Ahora que sé que no fue verdad lo que nos contaron, me gusta pensar que papá y mamá se fueron siempre fieles. El pasado está vivo y no se cierra nunca. Pero nos hace mejores. No puede ser que se apodere de nosotros el resentimiento. ¿Tú qué crees?

—Hoy me preguntó lo mismo la doctora Heras.

—¿Quién es la doctora Heras?

La noticia de la terapeuta me apenumbró. ¿Por qué era tan reservado incluso conmigo? ¿Cómo podíamos tener un secreto tan grande entre nosotros y ocultarnos esas pequeñas cosas? ¿No compartíamos el centro de nuestra existencia? ¿El amor no era crecer juntos, saber juntos?

—¿Y desde cuándo ves a esa psicóloga? —quise saber por puro formalismo. Me daba igual.

—Hoy ha sido el último día —anunció—. No lo saben aún ni la terapeuta ni Cathy, y a Cathy no le diré que ya no voy a su consulta. En estas circunstancias es todo cuanto puedo darle.

Se apoderó de nosotros una tristeza desconocida hasta entonces. La de la aflicción de nuestro pasado, la de las pequeñas traiciones de la supervivencia.

Sentimos frío como sintieron vergüenza Adán y Eva después de haber probado el fruto prohibido. Era como si aquel escamoteo de Max hubiera dado un zarpazo a un amor incipiente como el nuestro. Hacía frío en aquel cuarto, y nos tapamos. Las sábanas estaban húmedas y frías. Nos abrazamos. Nuestros cuerpos desnudos agradecieron el hospitalario flujo de la sangre.

Al cuarto de hora, le sacudí suavemente el hombro:

—Te has quedado dormido.

Esperé a que se despertara del todo, y añadí:

—A partir de ahora nunca nos ocultaremos nada. Prométemelo, Max.

Max recordó a Carmen, y sintió que mis palabras le quemaban el alma como si alguien hubiese apagado un cigarrillo en ella, pero no tuvo el valor de negarse, y así me lo prometió. A partir de entonces todo sería limpio entre nosotros, farfulló.

—Mientras dormías he estado pensando —le dije también—. El corazón tiene un lenguaje sin palabras, que hay que saber oír, pero no podemos vivir sin traducciones. Te he esperado toda mi vida, te he esperado por ti, y por mamá, y por papá. Tenemos una historia los cuatro que nadie más que nosotros podría comprender. No sé cómo me querrás ni en qué medida ni durante cuánto tiempo, pero puedo asegurarte que nunca podrás quererme más de lo que yo te quiero ni por más tiempo. Me gustaría encontrar palabras sólo mías para decírtelo... Unas palabras que no se parecieran más que a esto. Las palabras de amor no se hicieron para un amor como el nuestro ni este amor se puede traducir a nada, y te lo digo sabiendo que esto mismo es lo que dicen todos los enamorados, seguramente lo mismo que hemos dicho tú y yo a otras personas antes. Sólo que ahora yo sé que nunca fueron antes como son ahora. Hemos nacido mucho más tarde. Si hubiésemos nacido en el siglo XIX quizá nos entendiera alguien.

—Afrodita, la que ama la risa.

Sus caricias despertaron mis besos y de las puntas de sus dedos nació el deseo como brota una paloma de las manos de un mago. Sólo un pobre hombre pudo decir que el enamoramiento es un estado de miseria mental en el que la vida de la conciencia se estrecha, se empobrece y se paraliza. Jamás he estado más viva. Por primera vez estaba cuestionándolo todo, y Max lo mismo: nuestro pasado, nuestros prejuicios, nuestra clase social. Nos sobraba todo, excepto nosotros mismos. Ya no éramos pobres. Ya no éramos huérfanos. Ya no éramos hermanos. Sólo dos seres libres.

Cinco

Llegar a su casa después de haber estado conmigo le resultaba tristísimo. Disimularlo le hacía tanto daño como el mismo engaño. Nuestros casos no eran comparables. No sabía mentir, nunca había mentido ni tenido necesidad de hacerlo. Creía que su cociente intelectual se lo dispensaba. Jamás sintió afecto por Alfredo, y Nani no consiguió nunca que le llamara papá, y le llamó Alfredo toda su vida. No había tampoco nada en Cathy que le resultara desagradable u odioso. Al contrario, seguía siendo la misma mujer atractiva de siempre.

La había conocido creyéndola inglesa camino de Inglaterra, en un avión. Le llamó la atención su figura, la viva imagen de la inteligencia. Menudita. Pelirroja, con el pelo corto, una melenita a lo Juana de Arco, la nariz pequeña, de niña, llena de pecas. Delgada y de movimientos vivos, como una ardilla. Los ojos muy bonitos, de color caramelo, escrutaban la realidad con una viveza llamativa y atrayente.

Se habían embarcado en el primer vuelo del día a Londres, con el avión lleno de gentes soñolientas. Llevaba ella un traje de chaqueta oscura, con pespuntes blancos. Le sentaba bien. Seguramente para no parecer tan baja, sus zapatos tenían un ligero tacón. Resultaban chocantes en una muchacha de… ¿veinte años? ¿Qué hacía metida en aquel traje oscuro, con la blusa de seda y un collar de piedras a juego con sus ojos de color caramelo, subida a unos tacones? ¡Y medias negras caladas que le dejaban las piernas cubiertas de filigranas! Ante ese detalle reaccionó de una manera contradictoria: no le gustaban esa clase de medias, pero en aquella chica las encontró muy sexis. Max trabajaba entonces en una compañía de hidrocarburos holandesa. Todavía conservaba algo de pelo. Cambiaba de trabajo entonces con frecuencia. Era bueno en varias cosas, estructuras, hidráulica, podía elegir. Siempre nos había dicho: «En los aviones nunca se sienta a mi lado la guapa». En esa ocasión se equivocó. La chica se pasó todo el vuelo trabajando. Max observó sus manos pequeñas, con las uñas mordidas. Ya entonces era fotógrafo, se fijaba en esos detalles. Max miró a hurtadillas la pantalla de su portátil. Tablas, casillas multicolores, rimeros de cifras, epígrafes en inglés. Dedujo que era inglesa. Tampoco abundan las pelirrojas en España. Observando su aplicación, imaginó que había estado divirtiéndose la víspera, como ese mal estudiante que deja para el último minuto la preparación de un examen. No se dirigieron la palabra en todo el vuelo. Max admitió con resignación este hecho. Ni siquiera cuando desembarcaron. Comprobó, al verla junto a sí, lo bajita que resultaba comparada con él. Al día siguiente, de vuelta a Madrid, Max ya se había olvidado por completo de la miniatura pelirroja. Entró en la sala vip. Se reconocieron. Se sonrieron. No había muchos sitios donde sentarse y Max lo hizo a su lado. Se dirigió a ella en inglés, dando por hecho que sería irlandesa. Inglesa como poco. La ardilla pelirroja era distinta a la de la víspera, relajada, sonriente, feliz. Seguía vestida con su austero traje sastre, y aquel collar aparatoso, pero ahora todo aquello parecía un disfraz encontrado en el armario de su madre. Bebía un gintónic. Celebraba un gran día. «¿Qué chica de veinte años viaja en primera clase a Londres por trabajo? La hija del jefe», dedujo Max, recordando los años en que leía novelas de detectives. Al maletín de ejecutiva había añadido algunas bolsas de Harrods. Trabajaba en la división de inversiones de un banco británico en Madrid. Max encontró el inglés de la chica irreprochable, y yo doy fe de que lo es, pero no supo de qué parte del imperio procedía. Acababa de ultimar la venta de una empresa tinerfeña de ingeniería genética para cultivos masivos a una multinacional holandesa en cinco mil millones de pesetas, después de un año de negociaciones. Max pensó: «Si no es la hija del jefe, es muy buena; no le dejan negociar cinco mil millones a todo el mundo». Dijo luego: «Qué casualidad, yo trabajo en una compañía holandesa». La chica levantó su gintónic brindando con el aire, no se sabía bien por qué razón: el éxito de su negocio o la coincidencia. Al rato, la ardilla pelirroja cambió de expresión. Acaso había sido imprudente hablar de todo aquello con un extraño. Max la tranquilizó, e hicieron aparición los primeros tonteos: «No soy tan joven. ¿Qué edad me echas tú?». Al oír esa pregunta, Max se puso muy contento, porque sabía que era de las que suele dar entrada a otras más comprometedoras. Le dijo: «Veinticinco», lo que sin duda la dejaba como hija del dueño del banco. «No. Treinta y dos.» La pelirroja lo proclamó con orgullo. Siguieron a esa confesión los «no», los «sí», los «no me lo creo», los «te lo prometo, te lo juro», los «si quieres te enseño mi pasaporte», aleteos y muestras que recordaban uno de esos cortejos nupciales con que disponen el apareamiento algunas especies animales. «Me saca siete años», pensó Max. «Ahora ella me preguntará mi edad». Pero no preguntó nada. Max, un poco contrariado, admitió: «Me gusta mucho». A partir de ese momento, Max no oyó lo que le decía, ni siquiera lo que decía él mismo, porque su único pensamiento fue: «Cómo conseguiré que me dé su teléfono». La ingeniería mental que estaba improvisando atropelladamente para llegar a ese número de teléfono se vino abajo, cuando le oyó decir: «Mi novio está esperándome en Barajas».

«O este sueño ha durado dos horas y media o quiere advertirme de algo; porque cuando una chica habla de su novio a un desconocido suele querer decirle: "Ni lo intentes", o por el contrario: "Inténtalo, por favor".» Desactivado y reticente, Max sólo acertó a preguntar: «¿Y ese novio tuyo es español?».

Le salió la superioridad inglesa, porque sonó a «¿ese novio tuyo es aborigen?». «¿Y por qué no iba a serlo?» Y como la *broker campanilla* advirtió el tono imperialista, se apresuró a proclamar: «Como yo». «¿Y qué hacemos entonces hablando en inglés?», preguntó Max en castellano.

La novela de sus vidas se interrumpió de una manera abrupta. Acababan de aterrizar. Aquélla había sido otra historia más de aeropuertos. Se despidieron y él se adelantó, no tuvo curiosidad de ver qué aspecto tenía el novio mencionado.

Pasó un mes sin que pudiera quitarse a aquella pelirroja de la cabeza. Era obsesivo. Era ingeniero. Era fotógrafo. Un día decidió telefonearla al banco. Ni siquiera conocía su nombre. Preguntó por la persona que había llevado la venta de cierta empresa de cultivos genéticos a una empresa holandesa. ¿Quién quería saberlo? «El diario *El País*.» Este truco se lo había enseñado Julián Salido, fotógrafo de ese periódico al que había conocido en un máster de fotografía: «Si no puedes entrar en un sitio, di eso. Es como anunciar: vengo de parte de Dios». «¿Y si quieren comprobarlo?», había objetado Max. «Nunca lo hacen. Ni se atreven.» Max pensó que era el momento de constatarlo. La celeridad y afabilidad con que le atendieron, lo confirmaron. Pensó: «Con un poco de suerte me pasarán con ella». Con quien habló, sin embargo, fue con el responsable: «Esa venta la hemos llevado cuatro personas». «Yo hablé en una ocasión con la chica pelirroja.» «Catalina Díaz Ambrona», confirmó su interlocutor. Max le hizo unas cuantas preguntas banales. El banquero, ilusionado por ver que su trabajo había llamado la atención de instancias tan elevadas, se despidió con una pregunta: «¿Cuándo saldrá publicado?». Max se comportó como un verdadero periodista, y dijo: «No tengo ni idea».

Una semana más tarde volvió a llamar: «Páseme con Catalina». «Un amigo.»

«¿Cómo has sabido mi nombre? Nadie, ni en el banco, me llama Catalina; excepto mi madre, cuando quiere regañarme.» «Me lo dijiste tú en el avión», mintió Max. «No es verdad.» Del mismo modo que un atómo orgánico contiene todo el adn, en aquellas tres palabras pronunciadas de una manera seca y acre se contenía acaso el carácter de aquella mujer: no le gustaba ni jugar con la verdad ni seguramente los donjuanes verbosos. Max lo advirtió y con toda la seriedad de que fue capaz le dijo: «Déjame que te invite a un café, y te lo cuento». Más que una invitación sonó a una instancia administrativa.

Cathy dejó pasar unos instantes, y al fin se decidió: «Dame tu teléfono; yo te llamo». Max perdió en ese instante toda esperanza de volver a verla. Al día siguiente Cathy le devolvía la llamada.

Aquel café dio paso, partiendo sus respectivas jornadas laborales, a los almuerzos, en ninguno de los cuales se mencionó al famoso novio que fuera a recogerla la noche que llegaban de Londres. Max decidió a las tres semanas dar el salto, cualitativo a todas luces, de mejorar los almuerzos por cenas.

La primera de todas les llevó a una cama del piso que Cathy tenía en la calle Barceló. Parecía organizado por algún decorador: paredes color calabaza, techos blancos, suelos de tarima recién barnizada y algunos pocos muebles, antiguos y modernos, mezclados, que no lograban quitarle el aire frío, inhóspito y provisional a aquel lugar. De hecho Cathy no vivía allí, sino en otro piso de la misma casa, con sus padres.

Acabarían cambiándolo por el apartamento donde vivía Max, en la Plaza Mayor. «En la Plaza Mayor no vive gente», le dijo Cathy la primera vez. Cuando entró parecía más el piso de un fotógrafo que el de un ingeniero. Le habló Max de sus fotografías. Le habló de mí. Le dijo que ya me había contado lo suyo con ella. No era exactamente así. Me dijo que había una chica que le gustaba. Nada más. Le habló, poco y velado, de nuestros padres, de Nani, de Alfredo, de los hijos de éstos, nuestros hermanos.

Un año más tarde se casaron. Fuimos a su boda los dos pequeños de Nani, los hermanos y padres de Cathy y yo. Apenas una docena de personas. Se mudaron al piso de la calle Barceló.

Tener hijos no entraba en los planes de Cathy, pero comprendió muy pronto, sin que Max se lo manifestara, que acaso era su mayor ilusión. A los seis meses de casados nació Claudia. Cuatro años después, Antón.

Todos aquellos años habían sido para Max y Cathy completos y dichosos, hasta el día en que Max volvió de Constanza.

Fue a recibirle al aeropuerto la familia al completo. Ya entonces Cathy notó algo extraño en su marido cuando le dijo al darle la bienvenida que quizá deberían celebrar sus aniversarios en aquel lugar, puesto que allí se habían conocido. El modo frío en que acogió Max aquel inocente comentario, lo atribuyó Cathy al cansancio del viaje, tal vez a la involuntaria desconfianza que se apodera de la pareja que ha suspendido por un tiempo prolongado la vida en común, y a la que asalta el temor de desafección, de infidelidades, de acontecimientos relevantes que fatalmente nunca podrán ser compartidos, tanto si se habla de cualquier inocente y gratificante experiencia estética, un paseo, el descubrimiento de una ciudad, una comida o unos nuevos amigos, como de una aventura pasajera.

Al deshacer su maleta, Cathy hizo notar a Max que había perdido uno de sus pijamas. «No importa, era viejo», añadió ella misma, con esa presteza que se manifiesta en algunas mujeres que después de apreciar algunas anomalías preocupantes comprenden instintivamente que han de restarles importancia. ¿Cómo era posible tal descuido en alguien que era la personificación de la minuciosidad hasta la neurosis?

Max advirtió el grado de alarma y sospecha que ocasionaba en Cathy la ausencia de un pijama que había abandonado intencionadamente en el hotel por ser el que había usado yo la noche anterior, y que no había tenido tiempo de enviar a la lavandería. Habría podido contarle que me lo había dejado a mí ¿Y qué habría sospechado Cathy? Nada.

—No me extraña. Tenía la cabeza en otra parte —se excusó.

Aprovechó entonces para relatarle el secuestro y todo lo estrambótica que había resultado aquella experiencia. Secuestro que no nos había contado a ninguna de nosotras.

El uso de aquel episodio como una vulgar maniobra de distracción en sus relaciones de pareja, le resultó patético e inmoral. No me extraña.

Cathy encontró las relaciones de Max con ella, en todos los aspectos, «diferentes», pero no habría sabido decir en qué. Lo atribuyó durante un tiempo a la experiencia del secuestro, creencia que favoreció el propio Max cada vez, más por compasión que por interés.

Observó en cambio que el trato de Max conmigo, después de Constanza, había sido beneficioso para su marido, y se alegraba infinito por ello. Que Max después de Constanza le expresase a Cathy el deseo de verme más a menudo, fue para mi cuñada otra novedad, y decidió aprovecharse de ello. Ella siempre había encontrado en mí una aliada, frente a las rarezas o manías de Max, y una buena amiga para todo, no sólo la mejor tía para sus hijos. Así que fue la propia Cathy quien empezó a invitarnos a mí y a Agustín cuantos fines de semana le eran posibles. Advirtió que los días que nos veíamos todos, Max estaba de mejor humor y más cariñoso con ella. Lo cual, dicho sea de paso, no dejaba de mortificarme.

Pero acaso todo fue un espejismo, porque Max llegaba cada día más tarde a casa, y desde hacía un tiempo, desde que ella le había aconsejado que visitase a una terapeuta, se iba más temprano.

Cathy decidió telefonearme.

—No sé qué le está ocurriendo a tu hermano. Nunca le había visto así. Está nervioso, taciturno y metido más que nunca en su mundo. Creo que hay que ayudarle.

No mencionó, sin embargo, a la terapeuta, cuya existencia yo ya conocía. Pero sí, en cambio, habló del secuestro, del que sin embargo no tenía la menor noticia. Pedí a Cathy que me lo contara.

Cathy rompió a llorar inesperadamente.

—Lo siento, Clau… He llegado a pensar que ha tenido una aventura en Constanza. El otro día llamó por teléfono tu amiga Carmen Arizmendi. Por favor te lo pido, dime si sabes algo, si te ha contado él… Pero no le digas que lo sé. Sólo quiero que las cosas vuelvan a ser como antes. No me importa si ha tenido una aventura. Soy siete años mayor que él, y porque he vivido con ese temor mucho tiempo, sabiendo que podría llegar algo así, jamás he dejado que me viera celosa. Y nunca le preguntaré nada. Dime algo, Clau. ¿Qué hago?

Seis

Dos horas más tarde estábamos citados Max y yo, como todos los jueves. Cada día buscábamos un hotel diferente. Le referí mi conversación con Cathy. Pero no le dije nada del secuestro. Algún día lo haría. También soy orgullosa.

—Se me parte el corazón. Cree que tienes una aventura con mi amiga Carmen —le dije.

Max miraba a través de la ventana los árboles de un parque cercano. Habíamos tenido suerte. Al vernos llegar sin equipaje solían darnos habitaciones interiores. Jugaban unos niños en unas estructuras tubulares. Me acerqué por detrás y le abracé la espalda, y miré por encima de su hombro los raquíticos aligustres. Había algunos charcos en la arena.

—… Con Carmen, pobre Cathy. ¿Cómo podemos contar a nadie lo nuestro? —le pregunté—. ¿Tendremos que vernos siempre así, en hoteles como éste, como dos forajidos? Empiezo a encontrarlo sórdido. Sueño con el día en que podamos mirar a todo el mundo a la cara. Ayer vi en la televisión un reportaje sobre los incas. Los nobles se casaban con sus hermanas.

—Si tú dices que lo dejemos ahora, lo dejamos, y volvemos a nuestras vidas de antes. Si ya no puedes más, lo olvidaremos. Pero por vez primera en mi vida ha desaparecido el miedo, sólo quiero vivir, pienso en ti a todas horas, el último pensamiento del día es para ti, y el primero.

Miro a hurtadillas, como un estudiante, la foto que te hice en Constanza, y eso me alivia de la espera en la que he convertido mi vida. Creí haberme librado hacía tiempo de esa impaciencia, pero he vuelto a contar día por día, como en Clarendon Hills, los que faltan para nuestras citas. Si la naturaleza nos hubiera dotado de tanto vigor como el deseo que podemos sentir, hace ya tiempo que me habría consumido en la pasión que siento por ti. Si tú dices que no podemos llevar esto adelante, que no podremos luchar contra el destino, haré lo que tú digas. Viviré el resto de mi vida con un doble dolor. Perdí a mis padres y te perderé a ti. La pérdida de papá y mamá no será nada en comparación con lo que será si dejamos de vernos. Cada minuto que paso contigo querría que tuviese una aurora y un anochecer y un mediodía. Cathy, a veces, se impacienta con mis silencios, y me dice: «Te pasas el día fuera de casa, trabajando, y cuando estás con nosotros, delante del ordenador, con tus fotos. ¿Cómo puedes estarte tanto tiempo en silencio?». Contigo es todo muy sencillo, sin hablarte te oigo, te veo aunque no estés, y cuando hablamos es todo tan fácil como una canción que sale de corrido. Siempre he sabido que en Cathy encontré a la madre que no tuve. Pero tú eres quien me ha dado a la vez hermana, amante, madre y mujer. Dime que hemos llegado al final, y lo acataré, aunque me muera de dolor.

—Tú al menos dentro de un rato vas a volver a una casa donde te esperan una mujer que es maravillosa y dos hijos preciosos. ¿Qué me espera a mí?

Siete

Esa tarde Agustín volvió más temprano de la oficina. Traía una gran noticia para mí.

Puso el sobre en una de las dos bandejitas de plata que había en la *tea table* y mandó a la muchacha que trajera una cubitera. A continuación metió una botella de champán en ella y mientras tanto se sirvió un whisky. Pasaban ya de las nueve de la noche. Yo solía retrasarme mucho desde hacía unos meses, desde que habían nombrado a mi valedor jefe de servicio de pediatría, pero a Agustín no le extrañaban en absoluto mis tardanzas, porque le bastaba con retrasar un poco más su vuelta, de modo que siempre acababa llegando más tarde que yo. Nunca entendió que pudiendo haber vivido sin hacer nada, como las mujeres de tantos hombres de su posición, hubiera seguido con mi trabajo, llamándome de modo condescendiente y cariñoso la emancipada.

Agustín era un hombre de acción, todavía atractivo, fuerte, deportista, bastante elemental y expeditivo. Se teñía el pelo, que seguía siendo copioso y ondulado, sus dientes amaban las carnes rojas, y nunca había estado enfermo. Decía como broma que se había casado con una pediatra porque sus problemas sanitarios eran los de un niño. Su cara de mandíbulas potentes recordaba la de un campesino bonachón, pero su mirada era astuta y agitada. Un bigote abundante le hacía parecer más campechano de lo que era en realidad, como probaba el que dirigiera una empresa de casi cuatrocientos empleados a los que tenía confusos, pues unas veces era con ellos paternalista y otras estricto o arbitrario. Como conmigo y con todo el mundo.

Vivíamos en aquella casa desde hacía cuatro años. Nos mudamos cuando decidí tener hijos: era grande, contaba con habitaciones suficientes, la urbanización tenía un jardín donde podrían jugar… Pero los hijos no habían venido. Y la relación de pareja se había ido poco a poco enfriando. Ni siquiera nos tomamos la molestia de disimularlo, y eso que éramos lo bastante inteligentes como para fingir lo contrario. En tales condiciones aquella relación podía romperse en unas semanas o durar toda la vida, por la misma razón que en muchas ruinas lo último que se viene abajo es un arco. Apoyándonos formábamos un arco, cuando ya los muros y la techumbre de nuestra relación se habían venido abajo.

Agustín conoció a Max antes que a mí, cuando mi hermano tenía veintiocho años. Lo contrataron cuando vieron un proyecto suyo en el concurso de uno de los puentes nuevos de Pamplona. Era un proyecto tan ingenioso como deslumbrante. Había dejado la empresa de hidrocarburos y acababa de casarse con Cathy.

Cierto día en que Cathy y yo pasamos a recogerlo a la oficina para llevarlo a cenar, Agustín me vio. Hablamos. Llevaba separado de su mujer dos años, y aquella chica de las pestañas largas, quince años más joven que él, parece que le gustó.

Unos meses después Agustín hubo de dejar precipitadamente una reunión a la que asistía Max. Acababan de avisarle de que el menor de sus hijos se había partido una pierna montando a caballo. Lo habían llevado de urgencia al hospital donde yo trabajaba.

Por entonces yo mantenía una relación tortuosa que duró dos meses con uno de los médicos del hospital, un hombre casado, un tipo complicado, el mismo que después de que le nombraran jefe de servicio y se enredara con otra, se dispuso a amargarme la vida.

A aquel primer encuentro en el hospital, siguieron otros fuera de él. Empecé mi relación con Agustín del mismo modo que había empezado otras antes, como una manera cualquiera de acabar la precedente. Era un hombre común, le gustaban cosas comunes, los vinos, los coches ingleses, los habanos, los toros, el Madrid, los fines de semana con amigos ricos... Casi todo lo que yo había ignorado hasta entonces. Había estado casado ya dos veces, y si dejaba sus corbatas en manos de su mujer y los regalos a su mujer en manos de las secretarias, a sus cinco hijos los había dejado en manos de los bancos: el abundante dinero de sus pensiones los mantenía alejados y tranquilos.

Yo había llegado a pensar por entonces que los problemas que había tenido con mis amantes se debían a que les intimidaba o mi inteligencia o mi físico. Agustín fue el primero que no se dejó impresionar por ninguna de las dos cosas, quizá porque él era también muy inteligente y había sido un hombre guapo, y eso me gustó.

Max, que estaba al corriente de los comentarios que se referían a Agustín respecto a sus depredaciones amorosas, habló con él. Era su jefe y el dueño de la empresa en la que trabajaba. Fue terminante, y Agustín sostuvo que había encontrado en mí, al fin, a la mujer de su vida, dando por zanjados sus conocidos escarceos. Cada vez que pienso en el papel que hizo Max, como si fuese mi padre, me dan ganas de reír. Max habló también conmigo. Yo le aseguré que estaba al corriente de la vida que mi futuro marido había llevado hasta entonces, cosa en la que mentí, pero en cambio no le dije que eso no me importaba en absoluto, y esto extrañamente sí era verdad.

Los tres primeros años de matrimonio resultaron bastante aceptables. Viajamos, nos reuníamos con amigos a cenar todas las semanas, nos tomábamos cuantas vacaciones largas y cortas nos podíamos permitir. Nos mudamos a la casa nueva... Sólo a los tres años apareció el escollo de los hijos. La posibilidad de tenerlos con una endometriosis como la que yo padecía, era problemática, y así lo declaró el rosario de pruebas que se me hicieron.

Acabé pensando en adoptarlos. Al fin y al cabo, ¿no había sido yo misma una adoptada?

Sin embargo no había contado con que Agustín iba a oponerse. Me dijo que había transigido a tenerlos conmigo, pese a tener ya cinco de sus mujeres anteriores, pero se negó en redondo a adoptarlos, cuando supo que no podría tenerlos.

Joaquina, nuestra vieja sirvienta, me dijo:

—Los hombres son así, les asustan los hijos que no son suyos. A don Alfredo le sucedió lo mismo.

Así fue como me enteré por primera vez de las dificultades que Nani había tenido que sortear para convencer a su marido, y de los pormenores de nuestra adopción, lo que venía a confirmar dos cosas: primera, que lo que decía Max, a saber, que habíamos llegado a aquella casa «con un manual de instrucciones», era cierto; y segunda, que los recuerdos parecen llegarnos en moneda fragmentaria, como la calderilla a la mano del pobre.

Joaquina quiso de todos modos maquillar la mala impresión que una opinión como la suya podía causarme, y añadió:

—Pero don Alfredo no era mala persona, le dio algunos disgustillos a tu madre, quiero decir, a mami, pero se portó siempre bien con ella. Y tampoco Agustín será malo. A los hombres hay que convencerlos siempre, no ven nada a la primera.

Cuando Agustín sospechó que podría separarme si no cedía, cedió. Hasta a un hombre de su inagotable vitalidad, le retraía la idea de una nueva separación. Volvía a repetirse mi propia historia como unas variaciones musicales.

Los laberínticos trámites de adopción me distrajeron durante meses. Visité varias organizaciones dedicadas a ello y acabó convirtiéndose en una de las razones principales de nuestra vida en común. La intensa vida profesional que antes era un obstáculo para vernos, viajar juntos y salir con los amigos, se acabó convirtiendo en la excusa que tanto yo como Agustín encontramos para no pasar tantas horas juntos. La casa permanecía vacía la mayor parte del día. La dejábamos a las ocho de la mañana y raramente regresábamos antes de las diez de la noche.

Que Agustín volviera, pues, a las siete con aquella carta, y mandara sacar una cubitera con hielo, era no sólo una novedad, sino un acontecimiento. Confiaba él en que aquella carta disipara de una vez por todas la creciente ansiedad que parecía haberse apoderado de mí, y que yo volviera a ser la mujer que había traído la risa a su vida.

Ocho

Aunque hacía más de cinco horas que había dejado el hospital, entré en casa con una bata blanca doblada sobre el brazo, dando a entender con ello que acababa de salir de allí hacía unos minutos, y no del hotel donde me había citado con mi amante.

Agustín se había quedado dormido con un whisky en la mano y un montón de papeles de trabajo esparcidos sobre el sofá. Todo en aquel piso de lujo me resultaba inhóspito, sus relucientes muebles, sus alfombras persas, los infinitos objetos de plata y de cristal tallado que lo invadían todo, los cuadros que ya no eran más que una mancha decorativa en las paredes y a los que había dejado de prestar atención hacía no sabía cuánto tiempo ya, el piano de cola, en el que tampoco recordaba cuándo había sido la última vez que había tocado, las pesadas cortinas, el paisaje que se pintaba en los ventanales, un jardín que en cierto modo había sido pensado por el mismo decorador de aquella casa, no tanto por amor a la naturaleza sino para recordar el orden burgués en el que se encontraban a salvo del mundo exterior… y, claro, allí, Agustín.

Le vi envejecido. Pensé: «¿Qué buscábamos Max y yo casándonos con personas mayores que nosotros?». La seguridad que en otro tiempo me había proporcionado Agustín, no la sentía. Nuestras vidas nunca habían tenido mucho que ver, sólo que durante un tiempo se había producido una tregua, y creí que la vida de Agustín, sus viajes y negocios, su actividad de empresario y sus caballos, sus ex mujeres y unos hijos que parecían educados por sus madres sólo para impacientarlo a él y humillar a «la nueva» no lograrían imponer sus propias leyes. Pero no resultó así. Cuando Isabel vivía en Madrid yo había podido al menos seguir cultivando mi afición a la música, nuestras noches de ópera, los conciertos… ¿Cuándo había leído yo un libro por última vez? Agustín nunca había necesitado de libros. ¿Qué empresario necesita novelas y poemas para sacar adelante sus negocios? Tampoco había visto a papi ni a mami con un libro en la mano.

Había tenido que producirse en Constanza un hecho excepcional para darme cuenta de que mi vida se había convertido en nada, en una sucesión de hechos vacíos, sombrías galerías que no llevaban ya a ninguna parte. Haberlo descubierto era algo más que tenía que agradecer a Max, aunque comprendí que mucho antes de que él apareciera había dejado de amar a mi marido. Había ocurrido como lo que contó Max cuando llegamos a Constanza, a propósito de la leishmaniasis: pequeñas cavernas debajo de la piel, como la carcoma, ocultas por una costra y sobre todo, y eso era lo dramático, indoloras. No hubiera podido asegurar en qué momento había dejado de amarlo, ni siquiera si había sido un proceso. Y, además, no me produjo el menor dolor. Había transcurrido de modo que nada hacía presagiar un drama, y hubiéramos acabado separándonos del mismo modo que nos unimos, civilizadamente, el modo más sórdido de la desesperación. Viendo dormir a Agustín esa tarde-noche, tomé la determinación de separarme de él, pasara lo que pasara con Max.

Agustín abrió los ojos. Me vio y se le transfiguró el semblante. Las cejas arqueadas y la sonrisa amplia sólo podían ser heraldos de una buena noticia. Acto seguido se puso de pie y me tendió la bandeja con la carta, con la ligera inclinación de un edecán.

Al fin nos habían dado en adopción a la niña. Debíamos recogerla en Madrás pasados tres meses.

Cinco meses antes, a esa noticia habría seguido una explosión de júbilo. En ese momento traté de envolver en la sorpresa mi desconcierto, y fingí una alegría que estaba lejos de sentir. Lo hice por aquella niña que dormía envuelta en una tela roja. Pasé con delicadeza mi dedo por la *polaroid*, como si temiera despertar con mi caricia al bebé que dormía entre los brillos. La yema de mi dedo era más grande que su carita, al igual que un dedo puede ocultar el sol.

Agustín y yo brindamos con champán.

Nueve

El propio Agustín dio la noticia a Max a la mañana siguiente en la oficina. «Claudia está como loca de contenta», le dijo. Al mismo tiempo les invitaba a él, a Cathy y a los niños a pasar el puente en el campo.

Antes de confirmarlo, Max me consultó. Luego llamó a Cathy. Las dos nos mostramos de acuerdo por razones distintas.

Cuando pude hablar con él, le dije: «Esta niña, Max, lo cambia todo».

Cathy se sumó esperanzada a la iniciativa de Agustín. No podía conformarse con las explicaciones que Max le daba a propósito de su relación, pues no le daba ninguna. Cada día lo encontraba más taciturno y ensimismado. Advertía que su matrimonio se estaba yendo a pique y no alcanzaba a comprender cuál era la causa, qué había pasado, qué había hecho ella mal. Ni siquiera se atrevía a preguntarle por su terapeuta, cuando tampoco sabía que hacía ya un mes que había dejado de verla. Necesitando algo más, hizo lo que jamás hubiese creído que llegaría a hacer. Entró en su ordenador, revisó el listado de llamadas telefónicas y estudió los movimientos de bancos, y no halló en ninguno de esos sitios nada extraño. Max había borrado de su ordenador cualquier pista que condujera a mí, la mayor parte de sus llamadas las hacía desde la oficina y desde el primer momento las facturas de los hoteles las pagaba yo en efectivo.

Registró uno a uno los archivos fotográficos que con el nombre de Constanza aparecían en la pantalla del portátil, y no halló nada que llamara su atención.

Estaba avergonzada de su conducta, tanto como desesperada. Sólo le quedaba recurrir a mí. Qué valiosa había sido siempre mi ayuda, me reconoció, no sólo porque me hubiera tomado como algo personal el cuidado y crianza de sus hijos, sino porque de existir alguien, aparte de ella misma, Cathy, que pudiera conocer la infranqueable intimidad de Max, ésa era yo.

Cuando Agustín les invitó a pasar un fin de semana en nuestra casa de campo, Cathy vio la posibilidad al fin de mantener una conversación conmigo en un lugar tranquilo, un lugar que resultaba incomprensible que hubiesen podido adscribirlo a la sierra pobre de Madrid, siendo como era un paraje idílico, entre encinas, robles y hayas que Agustín había comprado mucho antes de conocerme a mí.

Todo lo que tenían de ruidosas y aborrecibles aquellas reuniones familiares, lo tenían también de lenitivas. Para Max y para mí era preferible vernos aunque fuese en tales circunstancias y en medio de la agitación de sumadas y heterogéneas parentelas, que no vernos, sin contar con que sería difícil no hallar un momento en que pudiéramos cruzar unas palabras sólo nuestras.

Nos resultó imposible hallarlo el primer día. No se habló de otra cosa que de aquella adopción y el viaje a Madrás. La fotografía de Devi, la niña hindú con el bindi rojo en la frente, corrió de mano en mano, ilusionando a muchos de los futuros primos y primas con el inesperado giro exótico que la ampliación proporcionaba a la familia. Yo veía, sin embargo, acrecentar en mi interior una impaciencia de la que únicamente Max parecía percatarse.

De igual modo Cathy habría preferido verse a solas conmigo, y no en medio de aquella multitud.

Al mediodía del segundo día, mientras las hijas de Agustín montaban a caballo en el picadero para asombro de los más pequeños, Cathy me pidió que la acompañara al pueblo a comprar los periódicos.

Yo había acudido a la casa del campo temiendo aquella conversación, que sabía ineludible. Max nos vio subir al coche. Sintió lástima por Cathy y creo que a mí me compadeció, mientras agitaba su mano en alto, despidiéndonos.

Cathy conducía despacio por aquellos solitarios caminos rurales. Había estado lloviendo toda la noche y el aire era frío y perfumado. Hacía una mañana nublada que plateaba aquellos pastos agostados por un invierno sin lluvias. A Cathy le costaba encontrar las palabras. Su aspecto menudo y adolescente, aquel sombrerito que cubría su melenita pelirroja y la expresión risueña de sus ojos, no hacían imaginar las formidables olas aflictivas que batían su corazón como en un acantilado. Tenía la boca seca y los ojos le brillaban febriles. En medio de la conversación intrascendente que estábamos manteniendo sobre cómo preparar unas setas recién cogidas esa mañana por el guardés, Cathy se atrevió a decir:

—Clau, Max tiene una aventura. Ahora estoy segura. Hace más de dos meses que ni siquiera tenemos relaciones.

Me confesó entonces lo que había hecho, sus averiguaciones y espionajes y lo avergonzada que se sentía. Guardé silencio, ni siquiera volví la cabeza para mirarla, porque la que entonces estaba abochornada era yo. Se había puesto a chispear y el limpiaparabrisas causó en mí un efecto hipnótico que parecía robarme la atención. Me avergonzó también aquel júbilo íntimo al conocer la castidad conyugal de mi hermano, quien nada me había contado al respecto, me gustó saber que Max no había traficado con ello como un vulgar amante, y encontré toda aquella inconfesable alegría mía, tan natural, de una gran mezquindad.

—Si Max supiera que hablo contigo de estas cosas —continuó diciendo— no me lo perdonaría. Si quisieras hablar con Agustín… Hazlo, por favor. Él quizá sepa algo. No puedes figurarte cómo os he envidiado estos meses. Al veros con la foto de la niña, me he acordado de cuando nacieron Clodín y Antón, viendo lo felices que sois Agustín y tú y lo ilusionados que esperáis la niña, he recordado cuando éramos felices Max y yo… ¿Qué podría hacer para que Max volviera a enamorarse de mí?

Cathy sabía que aquélla era una pregunta sin respuesta y por eso respetó mi silencio. ¿Qué podía decirle yo? Acaricié su rodilla. Pero aparté la mano inmediatamente, al advertir que acaso un día Cathy interpretara aquella caricia como pura hipocresía. Empezó de nuevo a llover y el lenguaje del agua suplió cualquier palabra. Al rato, traté de consolarla de una manera tan vaga como protocolaria, y le prometí ayudarla:

—Déjame hablar con mi hermano.

Yo sabía que la palabra hermano, usada con ella, era unos metros, unos días más ganados a la sospecha de que éramos nosotros la causa de su pesar.

La sola idea de que yo hablaría con él, hizo que Cathy, de un modo inconsciente y simbólico, pusiera el pie en el freno, hasta detener el coche en seco.

—No querrá hablar contigo ni con nadie. Lo conozco.

Se echó en mis brazos y prorrumpió entre sollozos:

—Gracias, Clau, por todo lo que haces.

De vuelta a casa, busqué a Max. En cuanto escampó, nos metimos en dos chubasqueros y salimos a pasear, escabulléndonos por detrás de las cuadras. Cathy nos vio y cruzó conmigo una mirada en la que iban envueltas la gratitud, la incertidumbre y la zozobra.

Max y yo caminamos en silencio por espacio de media hora. Necesitábamos alejarnos de aquella casa para sabernos juntos de nuevo. A nuestra manera. Dejar atrás a Agustín, a Cathy, a los niños. Llegamos a una pequeña loma desde la que se divisan aquellos campos sembrados de negros bloques de granito. Aquel abigarrado rebaño de animales totémicos apenas se distiguía de las reses reales que rumiaban echadas sobre el suelo e indiferentes a la lluvia, al frío y a los pastos pobres y amarillos. A salvo de las miradas indiscretas.

—Nunca habíamos hecho el amor al aire libre ni vestidos —dije después de habernos metido en un paraje solitario—, y es bonito.

Pero estaba triste.

—Para nosotros —seguí diciéndole—, condenados como estamos a hacerlo a escondidas siempre, alquilados en la habitación de algún hotel, esto ha estado muy bien. Ha sido como disponer de la naturaleza para nosotros solos. Ha tenido algo de panteísmo. Y no nos ha fulminado un rayo, a pesar de que el tiempo lo habría permitido…

No quise sin embargo dejar que la ironía equivocara a Max sobre mi verdadero estado de ánimo, y me apresuré a decir con la mayor pesadumbre:

—Cuánta tristeza.

Max guardó silencio. Siempre callaba. No porque quisiese eludir los problemas, sino porque necesitaba tiempo para pensar. Creyó que lo decía por la niña. Yo no quise hablarle de Cathy. Me preguntó si me sentía así por la conversación con Cathy. Le dije que no, que Cathy estaba bien.

—¿Entonces se trata de la niña?

Me pareció más fácil echarle la culpa a la niña. Le dije que no podía adoptar a esa niña.

Max, como es lógico, había pensado en aquel asunto que traía tan excitada a la familia.

—Quizá no puedas decir que no. Es cruel condenar a

quien ya habías redimido de una vida que, de lo contrario, volverá a estar llena de penalidades.

—Si viniera ahora —le dije—, tal vez le aseguraríamos una casa, ropa, unos estudios. Pero sería profundamente infeliz, porque sus padres lo serían si siguen viviendo juntos. No puedes figurarte cómo había deseado esa niña. He soñado con ella cientos de noches. En mis sueños me la imaginaba tal como ha resultado ser. Sé que sería también igual que yo. Y cuando llega el momento, he de renunciar a ella.

—¿Por qué? ¿Has pensado que ella podría ser algún día *nuestra* hija?

Al enfatizar la palabra *nuestra* se abrió ante nosotros un grato infinito de posibilidades.

—Nos haremos reales —continuó diciendo Max como si pensara en voz alta—. Llevamos una existencia dando tumbos por los hoteles, sin arraigo y sin obras. Tiene sentido: es huérfana como nosotros, la que nunca podremos tener tú y yo, la esperada.

—No, Max. No puedo engañar a Agustín, ir con él hasta Madrás a buscar a una niña para luego arrebatársela. Siempre podremos adoptar otra. Primero tenemos que merecerla, y como decía el psiquiatra aquel, tú y yo todavía no hemos entrado en este mundo real. Seguimos en el de los sueños que empezaron en Constanza. No estamos en el paraíso y no pertenecemos tampoco a este mundo.

—Por esa razón. Sería una manera de dejar alguna huella. Cada vez que se borra una huella del pecado original, aparece otra huella que había sido borrada. Ésa es la que nos llevará de nuevo al paraíso.

Arreció el temporal. Algunos lampones llenaron el cielo encapotado de inquietantes, lúgubres, suspendidos resplandores. Se nos hizo de noche. A pesar de los impermeables llegamos empapados. Encontramos a todos inquietos. Achacamos el retraso a un extravío involuntario por el campo. En cuanto pudo, Cathy me llevó a un aparte y me preguntó con ansiedad:

—¿Qué te ha dicho?

—No he encontrado el modo de decírselo. Max no da facilidades.

—Te dije —suspiró angustiada.

Diez

Puesto que contábamos con tiempo, pospuse mi decisión de adopción, pero no la de poner fin a mis encuentros con Max en aquellos hoteles que ambos habíamos llegado a aborrecer y que hacían de nuestro amor, que sentíamos limpio y tónico, algo vulgar, irrespirable y sórdido.

El paso siguiente fue encontrar un apartamento. Después de la experiencia de haber amado al aire libre, soñábamos con volver a pasar una noche juntos, como en Constanza.

El problema del dinero fue para Max un escollo. ¿Cómo desviar de sus cuentas corrientes el dinero necesario para el alquiler y el amueblamiento de la casa sin llamar la atención de Cathy, encargada de la parte administrativa de sus vidas? La lírica de los enamorados estorbada por la prosa de la intendencia. Yo había pagado hasta entonces los hoteles, y acudí en su socorro. «Nunca supuse que tendría un gigoló», le dije. Aquellos brotes de humor aligeraban el peso abrumador de las circunstancias, nos distraían momentáneamente de las graves decisiones que se estaban avecinando inexorablemente. Al final recurrimos a una de las pantomimas más tontas que me he visto obligada a hacer en esta vida: empecé a prestarle dinero para que pudiese pagar al menos su parte de los gastos o los modestos regalos que de vez en cuando me hacía, un pañuelo, unos pendientes, un bolso. Ni siquiera cuando le pregunté a qué tanto por ciento quería los adelantos admitió la hipérbole de aquella conducta pueril, pero me confesó que no se sentiría bien de otro modo y que no quería ser más que yo, pero tampoco menos, aunque él sabía tan bien como yo estas dos cosas: que yo jamás consideraría aquel dinero una deuda y que él tampoco podría pagarla mientras Cathy llevase las cuentas de su casa. Protestó vivamente incluso, cuando le hice ver que se comportaba como cualquier hombre herido en su orgullo viéndose a merced de una mujer, y aunque preguntó enfurruñado qué pasaba si había algo de ello, acabó por admitirlo, y confesó un poco avergonzado y con su habitual seriedad contable que pese a todo, si yo no tenía inconveniente, prefería seguir con los préstamos. En ese momento me lo habría comido a besos.

Encontramos un pequeño apartamento en Amor de Dios, y el nombre de esa calle fue otro más de aquellos alivios con los que el azar parecía distraernos.

Se trataba de un cuarto piso recién rehabilitado en un inmueble que se sostenía en una decorosa decrepitud. Era cómodo, luminoso, confortable. Las paredes olían aún a yeso fresco y a pintura virgen y de sus cables colgaban, viudas, las bombillas desnudas moteadas con salpicaduras blancas. Los vecinos, gentes orilladas por la discreción de sus vidas, parecían no pasar nunca por la escalera. Raramente nos encontramos a ninguno.

Memorable fue la fecha en que entraron en aquel apartamento la cama y un colchón. Iba en serio. El primer día que hicimos el amor en aquel piso se apoderó de nosotros un recogimiento extraño y solemne. «Ésta es nuestra casa», dije, como quien acaba de botar al mar un gigantesco trasatlántico.

De un día a la semana, pasamos a dos. Dedicamos esas tardes a comprar algunos enseres necesarios, unas toallas, una pastilla de jabón, unas tazas, unos vasos, poco más. Pese a quererlos definitivos, tales objetos, sin duda para contrarrestar la inestabilidad e imprevisión que parecían caracterizar a aquella relación amenazada por tantos flancos, no dejaban de parecernos provisionales. Era «nuestra» casa, pero seguíamos sin ser dueños de «nuestra» relación, aunque sentíamos estar muy cerca de lograrlo.

Los efectos benéficos de vivir en *nuestra* casa no se hicieron esperar. Cada día que pasaba teníamos la sensación de que cualquier cosa que emprendiéramos, por ardua que fuese, la alcanzaríamos juntos. Vivíamos, sí, en la increíble totalidad. El mundo nos empezaba a parecer estrecho, y sólo cuando estábamos uno al lado del otro nos resultaba paradójicamente inabarcable y asequible, como la visión del horizonte que el alpinista columbra desde una cima. Aquel salón tan pequeño parecía la cofa de un barco. Pero a diferencia del montañero, sin embargo, que alcanza la cumbre tras unos esfuerzos ímprobos, a menudo peligrosos, nosotros habíamos amanecido un día en lo más alto, como si nada, fácilmente, levantados hasta allí por nuestro propio deseo, el águila que domina desde lo alto los sueños. Y nos sentíamos de una estirpe superior, no por ser más que los demás, sino por haber logrado reconocernos en la ausencia de temor. Nos sentíamos valerosos, audaces, inmortales. Ése fue el primer paso. Nos parecía que poco a poco íbamos encontrando el modo de dejar atrás nuestras viejas vidas y emprender la nueva, empezando a tejer nuestra casa por el centro mismo, como la araña.

Planificamos minuciosamente cómo llevaríamos a cabo nuestras respectivas separaciones, lo que yo le diría a Agustín, lo que Max le diría a Cathy, y cómo acabaríamos viviendo los dos sin despertar las sospechas de nadie, sin hacer daño innecesariamente.

«¿Pero nuestra vida va a ser siempre así?», le pregunté deprimida un día, «¿escondiéndonos de todos para que no nos vean, o para no verlos?». «El día que llegaste a Constanza», me dijo Max, «le hice una foto a dos ciegos. No necesitaban nada de lo que les rodeaba. Cuando se miraban sin verse, irradiaban luz a todo lo demás. Una luz que ellos no podían ver. No nos verán cuando dejemos de verlos, y quienes miren hacia nosotros con inocencia, sólo verán nuestra inocencia. Alguien deja de estar desnudo cuando el que le mira está desnudo también. Los ojos de un nudista no juzgan a otros cuerpos desnudos, y tampoco a quienes están vestidos, si les dejan tranquilos. Si nos dejan tranquilos podremos vivir, y vivir para nosotros es empezar a recobrar todo lo que nunca tuvimos».

Once

Agustín me encontró esa tarde estudiando en el salón. Era raro el día que llegara él antes que yo. Creo que aquella imagen de su mujer con los cascos puestos mientras oía música, representaba lo que él temía: no formaba parte ya de mi vida. Me daba pena y por esa razón Max y yo habíamos decidido precipitar cuanto antes el desenlace.

Me mostró unos billetes de avión y me preguntó qué tal estaba. Sólo pude ver unos labios que se movían sin sonido, sonreí, asentí con la cabeza y moví la mano disculpándome, mientras levanté la voz para hacerme oír por encima de la música que únicamente yo escuchaba, y le aseguré que sólo tardaría unos minutos en acabar lo que estaba haciendo.

Agustín dejó su maletín sobre una silla y abandonó el salón en cuatro zancadas, disimulando cuanto pudo su mal humor. No estaba acostumbrado a que nadie le tratara con aquella suficiencia o falta de tacto que atribuía, desde luego, a muchos factores, acaso a mi forma de ser, a mi juventud, tal vez a mi aspecto. Me lo había dicho algunas veces con sincero desdén, «te crees demasiado guapa e inteligente», cuando lo cierto es que jamás me he considerado ni lo uno ni lo otro. Al contrario. Estoy llena de complejos.

Cuando volvió, me encontró esperándole con un

whisky que había preparado para él, y todos sus recelos desaparecieron. Me mostró de nuevo los billetes de Madrás. Agustín sabía, como yo, que apenas quedaban vínculos entre él y yo, los fines de semana en la casa de campo, los viajes, la adopción de una niña, pero a diferencia de mí, él los creía, o quería creerlos, eslabones consistentes y ni siquiera se le pasaba por la cabeza que la cadena de nuestra convivencia amenazara con romperse. Otra cosa es que nuestra relación estuviese ya muerta. Pero eso no era óbice para él, ya que la mayor parte de los matrimonios que han dejado de quererse pueden convivir pacíficamente hasta que se mueren. A Agustín se lo decía la experiencia: ya había estado casado otras dos veces. Si no había podido seguir con ninguna de sus mujeres había sido, como también me había confesado alguna vez, porque ninguna de las anteriores era «ni tan guapa ni tan inteligente como yo». Como se ve, ése era un argumento que podía utilizar en favor mío o en mi contra.

En cuanto a la adopción, estaba decidido; yo había cedido a los argumentos de Max: adoptaríamos a Devi, la niña hindú. Pasadas unas semanas, yo le diría a Agustín la verdad: no estaba enamorada de él. Conociéndole, no pondría reparo a que la niña se quedara conmigo, y la separación, tendría que aceptarla. Acaso se resistiera en un principio, pero Agustín sabía en el fondo, como yo, que ya no podíamos hacer nada para salir a flote. Ni siquiera descubrirle tiempo atrás una mancha de maquillaje en el cuello de su camisa, me había lanzado a indagaciones que habrían sido lógicas. Ni me sentía moralmente legitimada a ello por mi propia vida ni, lo más significativo, tenía en ello el menor interés. Aparte de la alcoba común, yo había dispuesto en aquella casa desde el primer día de casada de una habitación propia donde, con la excusa de las guardias, dormía muchos días sola, cosa que desde los últimos meses sucedía con mayor frecuencia. Aceptarlo así, de una manera tácita, era una forma de claudicación. La ruptura no sería traumática.

Con los billetes de Madrás, encontré otro a nombre de Agustín. Las obras que Altex estaba haciendo en Rabat le reclamaban durante dos días al menos, de forma urgente. Volvería el lunes. Era extraño que aquellas reuniones fuesen a tener lugar en un fin de semana y barrunté nuevas razones cosméticas, cuando él mismo, antes incluso de que yo mostrase interés en acompañarle, cosa que no hice, se encargó de disuadirme.

Experimenté un íntimo placer ante la perspectiva de un fin de semana completamente sola. Quizá Max y yo pudiéramos pasar nuestra soñada primera noche juntos desde Constanza.

Era viernes. Corrí a telefonear a Max. Podíamos vernos en algún momento de aquel fin de semana solos. Acaso, si a Max se le ocurría una buena excusa, podríamos dormir juntos en nuestra casa. ¿Por qué no?

Todo lo que pudo arañar Max de su vida familiar fueron, no obstante, unas horas de la tarde del sábado. «Bastarán», concedí resignada. Las pasaríamos juntos en Amor de Dios.

Cuando Agustín salió de casa a la mañana siguiente, me dejaba en la cama bañada en sudor con una gripe inoportuna, incubada esa misma noche. No eran aún las siete de la mañana. Antes de irse al aeropuerto tenía que pasar por la oficina y recoger unas carpetas que había olvidado allí la víspera. Al entrar en su despacho vio un sobre con su nombre escrito a mano en medio de la mesa. Imposible no advertirlo, toda vez que la correspondencia la llevaba directamente Loli, su secretaria, la misma que se encargaba de mis regalos. Lo abrió y encontró un trozo de papel, cortado a mano, de una ruindad material sólo comparable al mensaje que traía escrito: «Tu mujer te la está pegando. Adivina con quién».

Si esta clase de anónimos en otros despierta en un instante la poderosa maquinaria de los celos, capaz de triturar como el bocarte los más rocosos argumentos racionales, el hallazgo dejó indiferente a Agustín. Ni siquiera se molestó en romper la nota, y tal cual venía la arrojó a la papelera. Al contrario, antes de que su avión despegara, llamó a casa para saber cómo me encontraba de mi gripe.

En cuanto a Max, ya que yo no podría ir a Amor de Dios, prometió visitarme esa misma tarde.

Después de comer, recogió sus cámaras de fotos y vino a verme.

Cinco minutos después Cathy recibió una llamada de Agustín desde Rabat. El trabajo de los celos es árido, lento, y acaba abriendo en el corazón del hombre sus tenebrosas galerías, en ese caso muy diferentes de las que ocasiona el insecto del que nos habló Max; los celos son dolorosos. Agustín no podía apartar de su imaginación aquel anónimo, despreciado en un primer momento. Cierto que en los últimos tiempos él y yo habíamos estado distantes y ocupados. Desde que me había enterado de que Max no hacía el amor con Cathy, yo me había propuesto lo mismo. Era una manera secreta de corresponderle. Le dije a Agustín que tenía una vulvitis. ¿Sería cierto que tenía un amante? La inquietud le hizo adelantar el viaje y le llevó a creer que su presencia en la reunión del domingo en Casablanca, que el viernes se veía como imprescindible, ya no era del todo necesaria. Se volvía a Madrid. Para abandonar Marruecos pretextó mi enfermedad. En realidad había pensado darme una sorpresa, según le explicó a Cathy por teléfono. Por supuesto no le dijo nada de aquel anónimo. Él mismo habría negado que adelantaba su viaje movido por los celos. ¿Querían sumarse ella, Max y los niños? Max no estaba, le dijo Cathy, se había ido a hacer fotos, pero ella se apresuró a aceptar el plan. Para Cathy verme era siempre una manera de estar más cerca de Max. Yo le había prometido que seguiría intentando hablar con él.

En cuanto llegara a Madrid, Agustín recogería a Cathy. Y Cathy prometió también llevar delicadezas y gollerías para agasajarme y darme mimos de enferma, pensando también que agradecería ver a los niños.

Max me encontró casi repuesta, pero los estragos de la fiebre me habían dejado los labios lívidos y los ojos hundidos por las ojeras. Coqueteé con el hecho de que Max me viese en aquel estado de descuido, feísima, con el pelo sucio, demacrada y con un pijama sudado, él, que siempre me veía arreglada, pero era patente mi felicidad: lo tenía a mi lado y mostrarle mi postración era una conquista más de la intimidad completa que aspirábamos a fundar.

Max me confesó lo extraño que le resultaba estar en aquella casa solo conmigo. No recordaba que tal cosa hubiera ocurrido antes. Le dije que incluso para mí, al tenerlo allí para mí sola, la casa era distinta.

Mi habitación no era de las más grandes, pero sí la que tenía vistas mejores, y podía disfrutar a todas horas enmarcado en la ventana del paisaje azulado de la sierra que había nimbado tantos retratos de la realeza.

Me metí de nuevo en la cama. Empezaba a subirme la fiebre. Devi, nuestras separaciones respectivas, los planes para el futuro ocuparon nuestra conversación, mientras la tarde de invierno iba plateando aquellas lejanías velazqueñas. Cuando más cerca nos hallábamos del final, con mayor impaciencia lo esperábamos.

Sentado en una silla, Max apoyaba sus piernas en mi cama. Se iba haciendo de noche. Frente a él, en una estantería, mis libros, en otra, al lado, todos mis discos. En la primera, algunas fotos apoyadas, y entre ellas, en un mismo marco oscuro de madera, dos diferentes y superpuestas, para Max desconocidas. O no recordaba haberlas visto antes. En una se le veía con un polo blanco de manga corta, seguramente en Clarendon Hills, cuando aún no había cumplido los dieciocho ni nada hacía presagiar que perdería la mayor parte de su pelo castaño. A su lado, otra mía, algunos años después, también con dieciocho o veinte años. Eran dos jóvenes atractivos, la verdad. Él, en actitud seria, ya entonces parecía posar sobre las cosas de este mundo una mirada tranquila y poderosa. Ella se reía de algo que alguien le decía en el momento en que la retrataban. Me gusta esa foto especialmente por la sonrisa.

—Todos menos yo creen que eres serio y tristón.

—Lo soy. Cuando me sacan riéndome, no parezco yo, y tú nunca serás más tú que cuando te sonríes.

A mí se me veía de medio cuerpo, sentada en una playa, con vestido negro y los hombros desnudos. Se daba un aire a la foto que Max me hizo en Constanza.

—¿Han estado siempre una al lado de la otra? —quiso saber Max.

—Siempre, desde mucho antes de que estuviera casada.

La visión de la joven de la fotografía, casi adolescente, dejó pensativo a Max. «Eras guapísima», confirmó, más para sí que para mí. «¿Era?», pregunté por devanar un poco de egotismo, y quise saber si yo le gustaba *ya* en esa foto. La voz era la mía de ahora, pero a Max le estaba haciendo esa pregunta la muchacha que nos estaba mirando desde un tiempo ya irremediablemente ido.

—Max, ¿te imaginas que en aquella época hubiéramos sabido «esto»?

Lo dije con nostalgia, como si hubiéramos perdido mucho tiempo hasta encontrarnos una tarde que igualmente nos pareció a los dos ya remota, y le pedí que se tendiera a mi lado. Las luces de la tarde, cada vez más débiles, apagaban los colores ya de por sí mortecinos y exangües de aquellas viejas fotos. Atardecía muy deprisa. Sentimos el vértigo de recordar lo que nunca había sucedido en aquella remota juventud nuestra. No supimos y nunca llegamos a saber si el Max y la Claudia que habíamos sido, ya adultos, amaron en ese momento a los Max y Claudia adolescentes de las fotografías, o si el Max adulto empezaba a hacer el amor a la Claudia adolescente ni si el Max adolescente se había dejado seducir por una Claudia adulta y griposa.

Eran las seis de la tarde. Hacía días que las quimas de los árboles del jardín al que daban todas aquellas casas empezaban a llenarse de apretados botones. Se apoderó de nosotros una placidez desconocida. Habituados a las citas entre horas, al desasosiego de lo que nace sin pauta, poder entregarnos a nuestros abrazos en un lugar hospitalario y no en la angosta soledad de una habitación de hotel, nos instaló en el apacible sueño de aquella cama estrecha que ninguno de los dos hubiese querido en ese momento ni más amplia ni más confortable. Tenía la dimensión justa de los nidos.

Nos despertó un golpe inesperado de luz que atacó directamente nuestro sistema nervioso. Nuestros cuerpos se contrajeron de forma involuntaria y refleja y sólo entonces sentimos en las pupilas una herida de daga. No habíamos oído nada, ni pasos ni el sonido articulado de los hombres, tan profunda y despreocupadamente dormíamos. Agustín y Cathy, inmóviles en la puerta de mi habitación, no acertaban a explicarse qué hacía yo, desnuda, en los brazos desnudos de mi hermano. El portazo que siguió hizo temblotear los tabiques y la foto de nosotros dos cayó sobre la cama, junto a otras.

Oímos detrás de la puerta las voces de Agustín, sus insultos y amenazas, ruidos de sillas que parecían haber sido arrojadas contra una pared. ¿Qué hacía Cathy allí?

Cuando al fin cesó el escándalo se hizo un silencio aún más opresivo y angustioso. Nos vestimos deprisa, pero nuestras mentes parecían todavía aletargadas, y pensar aún nos volvía más lentos. A mí me había subido mucho la fiebre, y tiritaba. Quizá de miedo. Todos los planes minuciosamente trazados desde hacía meses para causar el menor daño a todo el mundo, acababan de saltar por los aires hechos pedazos. Apenas nos atrevíamos a hablarnos en un murmullo.

Volvió a oírse la voz rota y violenta de Agustín que amenazaba con tirar la puerta si no salíamos.

Cuando llegamos al salón, vimos a un hombre fuera de sí, con los pelos revueltos, el bigote erizado y la cara desencajada. Los ojos se le habían inyectado en sangre y mantenía en alto los puños apretados. En cuanto me vio, trató de atropellarme. Max lo impidió a medias, porque el golpe lo recibió él, y reaccionó de una manera tan irracional como esperable: jamás le había visto de aquel modo, y Agustín rodó por el parquet después de recibir un puñetazo canónico en la cara. Desde el suelo nos escupió, mezclados con la sangre, los insultos más vulgares y ofensivos. Aseguró que era lo más repugnante que había visto y que a la gente como nosotros tendrían que exterminarnos. Nos maldijo y nos amenazó con divulgarlo a los cuatro vientos.

—No quiero volver a veros en la vida. Ésta me la pagáis.

Volvimos a Madrid cada cual en su coche. La soledad de esos minutos no fue comparable a nada, nos confesamos más tarde en el apartamento de Amor de Dios.

Esa noche dormimos juntos por primera vez desde Constanza. No había mantas en la casa y me castañeteaban los dientes. Tuvimos que echar encima de la cama los abrigos.

—¿Y Cathy? ¿Qué hacía Cathy allí? —nos preguntamos.

Doce

Max encontró a Cathy en un estado para él desconocido. Las lágrimas habían logrado reducirla tanto, que se diría que la ardilla pelirroja no abultaba ya más que una avellana. Max preguntó por los niños, quería saber si dormían, pero Cathy respondió con la mayor crueldad de la que fue capaz que ellos también habían sido testigos de la escena. Max le pidió perdón, pero no supo de qué. Ni siquiera por qué. Ni ella ni los niños tenían que haber estado en aquella casa esa tarde. «Pero estábamos», zanjó ásperamente Cathy, nuestra *broker campanilla*, y no dio ninguna otra explicación.

—Acabáis de matarme —añadió.

No esperaba ya nada. Sólo quiso saber desde cuándo ocurría, «¿desde niños?». El dolor le impedía atacar sin hacerse ella más daño todavía.

Los insultos de Cathy, siendo tan parecidos a los que habíamos oído dos horas antes, sonaban de otro modo, tal vez porque los de Agustín habían nacido del despecho y la ofensa, y los de Cathy, del amor que hasta entonces había sentido por Max. Y por mí.

—El amor no desaparece de un minuto al otro. Yo todavía te quiero. Claudia te quiere.

Max vio que Cathy iba a abofetearle y no apartó la cara. Ella lo golpeó con todas su fuerzas.

—¡No me hables de amor! —gritó.

Tras aquel alarido que le partió de dolor el pecho, rompió a llorar. Ocultó su cara entre las manos, y salió del salón.

Max permaneció durante un largo rato inmóvil, como una esfinge. Luego se levantó y sacó sus maletas. Puso en ellas ropa, unos zapatos, su portátil, unas cajas con fotos, sus cámaras… Quiso entrar en el cuarto de baño, pero lo encontró cerrado. Llamó con los nudillos como llamaría la lluvia, como correría una lágrima. No le respondió. Insistió. Necesitaba entrar para recoger su cepillo de dientes, su brocha de afeitar… No se oía nada. Cathy tampoco respondió. Max temió que hubiese cometido una locura y sacudió con furia el picaporte. Sólo entonces se abrió la puerta. Cathy pasó a su lado sin mirarle a la cara.

Cuando hubo terminado de hacer sus maletas, se asomó al cuarto de los niños. Dormían. Antón era aún muy pequeño, todavía quería dormir en su corralito, pero Clodín… ¿qué había visto? Respiró el aire tibio y sosegado que reinaba allí, aquel embozo de inocencia y dicha que tantas veces le había arropado a él mismo mientras los miraba dormir. Acarició la frente a Antón y se inclinó sobre Clodín para besarla. Pasaron por su frente imágenes tristísimas de su propia infancia. Todo cuanto había deseado acababa de romperse. Notó que Cathy lo agarraba de la manga y lo sacaba violentamente de aquel cuarto. Cuando lo tuvo fuera, le ordenó de una manera violenta e irracional, como si los hubiera perdido para siempre:

—No vuelvas a acercarte a ellos.

Max aún tuvo que salir una vez más de casa esa noche. A una farmacia de guardia a por paracetamol.

Fue nuestra primera noche juntos desde Constanza. Ya lo he dicho.

Trece

Por no haber no había aún en aquel apartamento de Amor de Dios ni siquiera un lugar donde dejar las maletas, que quedaron en el suelo abiertas en dos mitades como los libros de nuestras vidas. El salón seguía sin amueblar aún, ni cortinas ni un sofá ni bombillas en las lámparas… Sólo la cama tenía un aspecto real. Sin un cuadro en ellas, un aire de orfandad recorría aquellas paredes desnudas que aún desalojaban el olor de lo recién pintado. Si como refugio provisional había sido inexpugnable y seguro, como casa definitiva resultaba expuesta, a la intemperie.

—Me había imaginado este instante un millón de veces —le susurré apenas estaba amaneciendo.

Ninguno de los dos habíamos dormido más que unos minutos inconstantes.

—Nuestra primera noche juntos después de Constanza. ¿Has oído un mirlo esta mañana? ¡Un mirlo en Madrid! Seguramente vive en el Retiro. Te hablaría como Julieta, si supiera. No podrán contra nosotros, más de lo que pudieron Capuletos y Montescos. No era ni alondra ni ruiseñor. Un mirlo solo que silbaba contento, indiferente a cuanto nos ha sucedido ayer. Ayer es siempre todavía. Deberíamos aprender de ese mirlo. Nada de cuanto habíamos planeado ha seguido ese guión.

—Lo siento por Cathy, lo siento sobre todo por los niños.

—Yo nada por Agustín.

—Lo único que tendrían que entender —siguió diciendo Max— es que si tú y yo hubiésemos podido evitar enamorarnos, lo habríamos evitado. Tú probablemente te hubieras separado de Agustín tarde o temprano. Yo, probablemente, hubiese seguido con Cathy toda la vida. La tenía ya hecha, y algo que no había tenido nunca, una familia verdadera, en una casa real, que funcionaba. Es imposible saber qué va a pasar ahora. Mañana pasaré por la oficina. Me llevaré mis cosas. Y empezaré de nuevo. Me he pasado la vida empezando vidas nuevas. Cuando murió papá, viví la vida de huérfano de padre. Cuando murió mamá, la de huérfano de madre. Luego vino la vida en casa de Alfredo y de Nani, huérfano de mí mismo. Y luego Clarendon Hills. Y después, París, con la carrera. Y Holanda, y Madrid, viviendo solo… La primera cosa propia que me sucedió fue con Cathy. Yo no quería que lo ocurrido en Constanza hubiera ocurrido, pero cuando sucedió ya no pude olvidarlo. La felicidad era otra cosa de lo que yo creía. Eran todos mis impulsos actuando al mismo tiempo y desde todos los lados, igual que las fuerzas que impiden que un puente se venga abajo. Poder cruzar por primera vez de una orilla a otra. Siempre me había quedado en la mía, con mi pasado, con mis limitaciones y complejos y con el dolor que nos causaron, y miraba con recelo a todo el mundo, o no miraba. Y en Constanza pisé por primera vez la otra orilla, y no me daba miedo, también era mi orilla. Sólo ahora, cuando ya conocemos las dos, podemos dejarnos llevar por la corriente y alejarnos de todo esto.

—¿Estás diciendo que abandonarás a los niños? —pregunté alarmada.

—No. Hablo sólo de alejarme de mí mismo, contigo. Ya sé adónde quiero ir: a donde tú llegues, al final de ti. Después de ti no hay nada. Hasta que tú y yo empezamos con lo nuestro, era incapaz de ver a nadie más que a mí.

Por eso parezco un hombre introvertido y suficiente. Los demás creen que eso es así porque me creen superdotado, y no saben que es sólo porque estaba perdido. Siempre lo estuve. He cambiado y me has cambiado. Y tú también. Ahora veo a la gente, me gusta hablar con ella, y la entiendo. Me he dado cuenta por primera vez de que yo no era el único huérfano sobre la tierra. Que todo el mundo es hijo de una orfandad.

Había amanecido. La casa estaba fría. Max calentó agua en el único cazo que había, y nos hicimos un té, que tomamos en vaso.

—Esto sí que es empezar de cero —dijo Max un poco más animado.

—Te equivocas, Max. Teníamos este apartamento ya alquilado. Podía haber sido aún peor y estar ahora en un hotel. Esto es menos que una casa, pero es más que todos los hoteles juntos, va a ser la nuestra. Nadie empieza de cero.

Los intentos de hablar con Cathy a lo largo del domingo resultaron inútiles. No descolgó su móvil, y cuando oyó la voz de Max en el fijo, colgó. Yo ni lo intenté con Agustín, ni él lo intentó conmigo.

El lunes Max llegó a su oficina a la hora de costumbre. Las miradas de algunos compañeros y secretarias, es decir, el modo en que las desviaban después de responder a su saludo, le hicieron suponer que la noticia ya había circulado. Lo advirtió del mismo modo que era capaz de descubrir quiénes estaban o no al corriente de la tragedia de nuestro padre y su final en aquel coche con Virginia. ¿Había contado Agustín lo sucedido el sábado? Era capaz. No solía aparecer por Altex sino hasta bien entrada la mañana, pero la puerta cerrada de su despacho, abierta siempre que él no estaba, declaró su presencia. Max imaginó por primera vez la dimensión profesional de aquel escándalo. Agustín era el propietario de la décima empresa más fuerte del sector. Si, como sospechamos más tarde, lo sabían ya sus secretarias, lo sabrían ya las de los demás, y por tanto, en todas las obras públicas que estaban en marcha en ese instante en el país, no se estaría hablando de otra cosa.

No era mucho lo que Max tenía que hacer allí. Meter en una caja algunas cosas, limpiar de archivos personales el ordenador de la empresa, copiar otros, devolver su móvil y las llaves de la oficina y del coche, y despedirse de unas cuantas, pocas, personas que habían sido compañeros y amigos suyos durante los casi doce años de su vida que dejaba enterrados en Altex. Llevaba preparadas incluso las palabras del adiós.

Su mesa, en un amplio despacho compartido, se alineaba con las de otros ingenieros. Ni mamparas ni tabiques bajos impedían la libre circulación de unas a otras. Treinta personas trabajaban allí y alguna de las treinta había pegado en la pantalla de su ordenador un pósit amarillo con la palabra «cerdo».

Le subió a la cabeza un acceso de ira. Su primer impulso fue arrancar aquel papel, pero supo detenerse a tiempo, al comprender que quien lo hubiese hecho, acaso el mismo que dejó el anónimo en la mesa de Agustín, origen de la nueva situación, le estaría mirando.

Cuando me lo contó más tarde, todavía estaba furioso.

Entre los archivos que encontró, estaba aquel «Hechos. Análisis». No le había servido de nada, y lo borró sin abrirlo. Al hacerlo se sintió aliviado, al contrario de lo que había supuesto su terapeuta. Los hechos no estaban en el relato de los hechos, ni su pasado, y si no lo estaban, ¿en qué podrían ayudarle para conocer el muy incierto porvenir? Sí, los hechos eran un aspecto secundario de la realidad.

Hacia la una del mediodía abandonó el estudio. Había permanecido tres horas allí. Durante ese tiempo nadie se acercó a él, nadie le preguntó por qué metía sus cosas en una caja, nada. Las palabras que traía preparadas para los adioses desaparecieron de su mente como había suprimido del disco duro de su ordenador incluso el rastro de aquel archivo. En la puerta le dijo a su secretaria: «Si hay algún problema con las obras, tenéis mi móvil». Al pasar frente al despacho de Agustín, Loli, que tenía su mesa allí en permanente guardia, bajó la cabeza para no tener que mirarle.

A continuación vino a casa. Yo seguía con fiebre. Me preparó su primera comida, una pizza congelada en el microondas. Ninguna otra cosa me habría sabido mejor.

Mis intentos de hablar con Agustín a lo largo de esa mañana resultaron infructuosos. Loli, que conocía bien el número de mi móvil, no se molestó en cogerlo. Yo quería únicamente convenir el día para hacer la mudanza.

En vista de que no obtenía respuesta de él, dos semanas después le envié un correo y un mensaje a su móvil y a los de su secretaria. «Tal día me pasaré a recoger mis cosas y dejar las llaves. C.»

Me acompañó Max. No tenía mucho que hacer. No estábamos seguros de que Agustín no estuviera en casa y tratara de agredirme de nuevo. Se había revelado como un loco. La primera sorpresa desagradable fue comprobar que Agustín había hecho cambiar la cerradura. La segunda nos la dio el portero. En el garaje, contra una pared, había unas quince o veinte cajas con mis vestidos, mi ropa interior, mis zapatos, mis libros, mis cedés, mis fotos... La ofensa de ver mi ropa y mis zapatos arrojados en cajas de cartón, empujados allí sin la menor consideración, no fue menor que la vergüenza y humillación de que fuese el portero de la casa el encargado de entregármelas.

Como sucede en una guerra, donde la velocidad de los acontecimientos y cambios inesperados impide que los soldados adviertan su gravedad y que se apoquen por miedo, y esa confusión les lleva a proseguirla con esperanzas, incluso con la mejor disposición y buen ánimo, de ese modo Max y yo llegamos al final de aquel día extenuados creyendo que la guerra había terminado por fin. La visión de las cajas invadiendo nuestro apartamento de Amor de Dios, las maletas abiertas en el suelo, la ropa sobre la cama y las sillas, si en otras circunstancias habrían podido parecernos deprimentes, en aquel momento fueron nuestra tabla de salvación: resolver los problemas prácticos desplazaba otros acaso irresolubles, y nos dispusimos a vivir al fin la vida como dos náufragos que han rescatado del barco encallado en la playa todo lo que han podido, antes de verlo hundirse para siempre.

Ese día, o el siguiente, no me acuerdo bien, recibí hacia las doce de la noche una llamada de Javi, el menor de los hijos de Nani. Le consideraba desde luego un hermano, no sólo porque hubiese crecido junto a él, sino porque durante mucho tiempo había sido un buen amigo. Estaba alarmado. Activé el altavoz del móvil, que dejé sobre la mesa. Mi cabeza y la de Max se juntaron para oírlo mejor. Parecíamos seguir en una radio llena de interferencias los partes de esa guerra que ya creíamos acabada, ganada por quien la hubiese ganado, eso nos daba igual. Seguramente todos habíamos perdido mucho en ella como para creer que la había ganado ninguno. Agustín acababa de contarle con toda clase de detalles repulsivos, y como a él, al resto de sus hermanos, a los que había estado llamando uno por uno en los últimos quince días, lo ocurrido aquel sábado. La palabra *desnudos* y *niños* eran primordiales, más que el verbo eludido, porque una, *desnudos*, confirmaba la veracidad de los hechos y la otra, *niños*, dos testigos de excepción, dos criaturas inocentes que tal vez pudieran desempeñar un papel clave en el previsible proceso judicial sobre su custodia, daban la dimensión exacta de la tragedia.

Javi esperó de mí una aclaración. Max se levantó asqueado y me hizo señas para que colgara. Pero era mi hermano. Le quería, como he querido a Alfredo y a Nani. Reconocí los hechos. Javi cerró la conversación de una manera atropellada y nerviosa: «Estáis locos. Es monstruoso. Os escupiría en la cara». Max se permitió recordarme que de haberle hecho caso y haber colgado cuando él me lo sugirió, no habría tenido que oír aquello. Siempre había sido muy radical con nuestra familia adoptiva, y desde que se había enterado por Concha de los sucios tejemanejes de Baldo y Alfredo, mucho más aún. A los cinco minutos volvió a sonar mi móvil. Creí que era Javier que llamaba para excusarse. Le dije a Max: «¿Quién tenía razón?». Alberto, el mayor de los hermanos, llamaba, dijo, en nombre de toda la familia. No querían que ninguno de los dos, ni Max ni yo, volviésemos a poner los pies en casa de su madre. «Para nosotros es como si os hubierais muerto.» También la palabra *muerto* fue pronunciada con énfasis. Max me arrebató el móvil y aún le dio tiempo a gritar que nos dejaran en paz; quién era él para decirnos nada sabiendo como sabíamos que hacía veinte años su mujer lo había sorprendido en unos carnavales vestido de mujer besándose con un chapero. Nunca sabremos si llegó a oír aquella mención a un hecho que fue un escándalo familiar y la causa de que Pilar y él se separaran durante más de un año. Al rato, Max se avergonzó de haberle dicho aquello. En realidad se avergonzó de haberlo dicho.

Al día siguiente, y temiendo que Agustín hubiese hecho lo mismo con mis amigas Carmen y Beatriz, decidí adelantarme, y las telefoneé: «Me he separado. No habléis con él hasta no hacerlo conmigo, si os llama», les pedí.

Beatriz, que tenía tras su aventura constanzana otra visión de la familia y de Carlos, recibió la noticia de mi separación con efusivas muestras de contento, como quien diera la bienvenida a una nueva miembro del poco exclusivo club de los divorciados, en el que seguramente pensaba ingresar en breve. Brindaron por ello.

—¿Quién es él? —preguntó Bea—. Porque hay otro, ¿verdad?

Asentí. Pero quise amortiguar la sorpresa que iba a causarles conocer su nombre, con unas palabras guateadas que las pusieran inequívocamente de mi parte:

—Es lo más maravilloso que me ha sucedido nunca.

En el semblante de Bea se pintó la felicidad referida de quien asiste a una dicha inalcanzable u olvidada ya para ella. Como si pensara: ¡quién pudiera volver a estar enamorada!

—Max.

—¿Qué Max? —preguntó Bea. Carmen parecía al margen, como si aquello la aburriera o le resultara incómodo.

—Max Fernández-Leal.

La expresión de sus rostros fue todo un test de lo que nos esperaba en el futuro.

Les conté lo sucedido en Constanza. Lo hice del modo más sencillo que supe, sin presunción, sin culpar a nadie ni culparme. Como la niña que muestra a sus amigas la caja donde guarda sus secretos más preciados y valiosos: unos botones, un cromo, un trozo de tela, una peonza... Así eran aquellos fragmentos de mi vida, insignificantes acaso para todos, pero no para mí. Ni quería retar al mundo ni esperaba que el mundo se ocupara de nosotros. Max y yo éramos, como todos, insignificantes en el conjunto, pero singulares, únicos y excepcionales en nuestras vidas concretas. «La nuestra», dije, «es una historia de amor como tantas; como historia es inusual, desde luego, pero el amor es el mismo que han sentido millones de personas, parecido al que nosotros mismos habíamos sentido antes, sólo que elevado a la enésima potencia».

Cuando Carmen y Beatriz cambiaron de actitud, desconcertadas y confusas, los minutos se tensaron con eléctrico peligro. Beatriz no se atrevía a levantar su mirada por temor a cruzarla con la mía. Carmen, en cambio, parecía haberse activado y me escrutaba de una manera casi ofensiva, con una superioridad que no supe si atribuir al desdén o a la indiferencia, y que me confundió lo indecible.

—Me parece... repulsivo —dijo por fin, llenando uno de los largos vacíos que sobrevinieron luego—. Por lo demás resulta extraño. El día que llegamos de Constanza tuve una llamada de Max. Nos vimos ese día y tres más, y las cuatro veces nos acostamos. No te digo que me violara, pero casi.

—¿Las cuatro veces? —me defendí de la brutalidad de la revelación de la única manera que supe, con sarcasmo. Y mentí—: Lo sabía. Max me lo contó.

El temblor de mi voz me delató como una pésima embustera.

Guardamos silencio las tres. Yo sólo pensaba en lo que Carmen acababa de revelar. De haber estado sola, me habría puesto a llorar. Me había hundido un puñal en el pecho. Sabía que aquella relación entre nosotras, de casi treinta años, iba a concluir en unos minutos, como un trozo de papel devorado por las llamas. Un tiempo, inmisericorde, que no dejaría ni siquiera sus pavesas.

Mientras aguardábamos un taxi a la puerta del restaurante, las tres amigas supimos que lo probable era que aquélla fuese la última vez que nos viéramos.

—No esperaba que lo entendierais; pero no podía imaginarme que me juzgarais —les dije no por mí, sino para evitarles en lo posible aquella cobardía.

Ni Carmen ni Beatriz me replicaron. Al subir Carmen al primer taxi que pasó por allí, Beatriz se deslizó detrás de ella, aunque yo sabía que iban en direcciones opuestas.

Max pasó el día haciendo algunas compras imprescindibles y esperando otras en el apartamento, mientras siguió intentado, sin éxito, ponerse en contacto con Cathy.

Le bastó verme para saber que algo grave había sucedido.

—¿Agustín? ¿Has hablado con él?

—No. No es nada, estoy cansada —le dije. Las palabras de Carmen me desangraban el alma y la sangre me golpeó dolorosamente las sienes.

Max, aunque no supiera que había estado viendo a Beatriz y Carmen, sabía que le estaba mintiendo. Nunca me había visto de aquella manera. «Te he dicho que no me pasa nada, déjame tranquila», volví a repetirle. Esa noche ni siquiera le esperé para irnos juntos a la cama como hacía siempre. Lo hice sola, y me quedé de costado mirando a la pared.

Max, verdaderamente inglés en eso, sin la costumbre de averiguar ni porfiar por aquello que no querían contarle, respetó mi silencio, pero mi obcecación acabó por ponerle de pésimo humor. El disgusto nos impidió dormir. En medio de la noche oía mi respiración desasosegada, y sentía mis nerviosos giros y cambios de postura.

—¿Cómo puedo adivinar lo que sucede si no me lo cuentas tú? —me gritó al fin.

Había tardado cuatro horas en hacerlo.

Me tiré de la cama, arranqué la bata que colgaba doblada en una butaquita y salí del dormitorio. Mis pasos se oyeron decididos, rotundos, como si quisiera levantar las maderas del parquet. No emprendería la discusión con Max, tan previsible como previsiblemente violenta, metidos en la misma cama, horizontales, inofensivos e indefensos. Necesitaba tenerlo ante mí, cara a cara, ver la expresión de su cara, su mirada.

Max me siguió.

—¿Cuatro veces? —grité en cuanto lo tuve delante.

Max me miró desconcertado. Pobre. La luz de la bombilla le hacía daño en las pupilas dilatadas aún por la oscuridad de donde emergíamos. Mostró las palmas de sus manos, inquiriendo.

—¿Cuatro? —grité de nuevo—. ¿Y con Carmen?

Aquel nombre le hizo empalidecer, y para hacer tiempo y pensar, quitó una caja de cartón de encima de una silla, y se sentó en ella como ese boxeador que sabe ya al final del primer round que ha perdido la pelea.

—Cuando era niño... —empezó diciendo.

—¿Vas a contarme que eras huérfano? —el sarcasmo que había ensayado con Carmen para paliar mi indignación quise emplearlo también con él. Igualarlos en mi desprecio.

Max dejó pasar unos segundos y continuó como si no me hubiese oído.

—Cuando era niño no compartía con nadie lo que me sucedía, ni en casa de Alfredo y Nani, ni luego en Clarendon Hills, porque imaginaba que los demás no lo necesitaban o porque ya era demasiado tarde. No te conté nada porque era demasiado tarde y porque tampoco lo necesitabas. ¿Te iba ayudar en algo ese error, iba a ayudarnos? Al volver de Constanza estaba trastornado. No dormía, apenas podía trabajar, hablar con Cathy de cualquier cosa me costaba un mundo. Pensé que quizá si me acostaba con Carmen me olvidaría de que me había acostado contigo, y al mismo tiempo acostarme con ella pensé que sería como acostarme contigo, por otros medios. Me habría parecido menos grave.

Le escuchaba con atención, lo que no significaba que no le escuchara completamente fuera de mí.

—Si no supiese que eres inteligente, creería que me estás llamando tonta. Es la explicación más idiota de un hecho muy simple. Ahora sólo quiero saber si vas a acostarte también con todas mis amigas para pensar mejor en mí.

Max estaba pálido. En su mano había aparecido un pequeño, imperceptible temblor. Se dibujaron en ella, abultadas, dos venas azules. Aquellas venas que a mí me gustaba tanto hundirle con la yema del dedo.

Le increpé, me desahogué, le pregunté llena de ira por detalles en los que no debía de tener mucho interés, porque impedía que Max respondiese al añadir nuevos y descarnados reproches, que cesaron sólo cuando advertí el rostro de mi hermano arrasado por las lágrimas. Verle sucumbir al llanto me asustó lo indecible. Jamás había visto llorar a Max por nada. Aquello era nuevo para mí, e interrumpí mi memorial de agravios. Me di cuenta de que aquellas lágrimas nos comprendían a mí, a sus hijos, acaso a Cathy, a él mismo, a los inviernos pasados en Clarendon Hills, a los años de desafección y soledad, a sus padres...

—... Nunca —acertó a decir, y su voz, de por sí grave, se rompió en un ronco gemido—. Le he sido infiel a Cathy, pero no a ti. Nunca le he sido infiel a nadie, hasta que sucedió lo nuestro. Cuando estuve con Carmen, ni siquiera sabíamos tú y yo qué iba a sucedernos. Si hay una persona a la que debo pedir perdón es a Cathy, y a ella mis excusas ya no le sirven de nada.

Aturdida por aquellas lágrimas, no sabía qué hacer. Empezaba a sentirme responsable de un ataque de celos que ya consideraba injustificado.

—Nunca —repitió Max— te he sido infiel. Desde el día en que te dije que te amaba. Y mientras me lo oigas decir, no temas que lo sea, porque tampoco le he mentido nunca a nadie.

Me acerqué a él, le acaricié la cabeza, su calva, y le enjugué las lágrimas. No nos dijimos más, ni volvimos a hablar de ello aquella noche.

Unos días después recibí una llamada de Isabel desde Constanza. Sí, le habían contado Carmen y Beatriz. Discrepaba de ellas y deseaba verme. Prometió incluso hablar con Flores.

—Si te saliera trabajo allí, ¿nos iríamos? —le pregunté a Max.

Todas las llamadas de trabajo que Max había hecho

en los últimos días, se habían topado con evasivas o azarados aplazamientos. Los mismos que le habían tentado hasta hacía dos semanas con mejoras e incentivos si dejaba Altex y se pasaba a la competencia, parecían haberlo olvidado. Ni él ni yo tuvimos la menor duda de que la mano de Agustín estaba detrás de todo aquello, al igual que de las cartas anónimas que empezaron a recibirse en el hospital.

La posibilidad de cruzar el Atlántico y dejar atrás nuestras vidas y los amargos sinsabores de los últimos tiempos, las decepciones inesperadas y la incomprensión de los más próximos, trajo un rayo de luz al cada vez más angosto y tenebroso mundo familiar nuestro. Una vez más, América, como antes les ocurrió a los héroes románticos, se ofrecía a aquellos que querían a un tiempo dejar atrás una vida tormentosa y alcanzar otra nueva entre gentes a las que no importara en absoluto su pasado.

Empecé también a recibir en mi propio servicio cartas insultantes de gentes anónimas que encontraban indecente que una *pediatra* se acostara con su hermano, sin que a ninguno de nosotros se nos alcanzase la importancia del subrayado. Ninguno de mis compañeros se atrevió a preguntarme nada, pero advertí que mis relaciones con ellos empezaban a ser cada vez más distantes.

Max también dejó de llamar a Cathy y de enviarle correos cuando admitió que ella se negaba a hablar con él.

Sin embargo una tarde, a la hora en que él acostumbraba a llamarla, sonó el teléfono. No se avenía a verle. Sólo quería conocer su dirección. Le anunció la carta de un abogado y le aseguró que nunca más volvería a ver a sus hijos.

La carta, sin embargo, no llegó nunca. Pero de momento Max tuvo que renunciar a ver a sus hijos. Sabía que tarde o temprano Cathy querría hablar con él. Y entonces oiría sus razones. Yo respeté aquella esperanza suya, aunque daba por hecho que jamás obtendría el perdón de ella.

Con mi aprobación también, Max no tocó sus cuentas corrientes, a nombre de Cathy y de él, ni sus depósitos y acciones. Vivimos de lo que yo ganaba y de lo que Max pidió prestado a su banco, ajeno como todos a los cataclismos sentimentales de sus clientes.

Tres meses después recibió la segunda llamada de Cathy. Max encontró cambiado el tono de su voz. Había recobrado su antigua dulzura, su discreta firmeza. Hablaron de cosas prácticas. Se pusieron de acuerdo en la pensión que pasaría a sus hijos. Max fue extremadamente generoso, lo cual no dejó de sorprenderle, porque el dinero ha sido siempre la piedra de toque para contrastar la ley de las bajas pasiones. Hay tres clases de personas: las que dejan el dinero como último recurso del chantaje, las que lo utilizan con ese fin desde el principio, y las que se niegan a darle ningún otro valor que el que tiene: ninguno. Max era de estos últimos. Renunció a su parte de los bienes gananciales, en cuentas, acciones, bonos y fondos, incluido el apartamento de la playa, garantía de una pensión que comenzaría a pasar en cuanto encontrara trabajo. Max no hizo en esa segunda llamada ninguna otra incursión en la intimidad que no fuese preguntar por sus hijos y ofrecerse para cualquier cosa que éstos necesitaran o que Cathy necesitara respecto de él y de mí. Cathy no quiso preguntarle nada ni le dio las gracias ni, desde luego, quiso saber nada de mí.

A partir de ese momento, y firmados los documentos que le desposeían de todo cuanto tenía, Max llamó puntualmente una vez por semana para preguntar por sus hijos. En esas llamadas, Cathy se conducía cada vez con menor agresividad. Supimos que las cosas empezaban a cambiar el día que Cathy le preguntó por mí. Ninguno de los dos, sin embargo, quisimos adentrarnos en las pantanosas arenas de la efusividad, y los pasos que empezamos a dar hacia la normalidad se hubiesen podido medir en micras.

Otros tres meses después, seis tras «el incidente», Cathy accedió a que su padre viera a los niños. Max le envió al día siguiente un gran ramo de flores. Cathy respondió con un mensaje afectuoso. La novedad, lo extraordinario, fue que ese mensaje, enviado a Max, lo recibiera también yo en mi móvil.

Entre tantas adversidades, Max y yo vivimos los días más felices que ninguno de los dos había conocido. Al volver del trabajo, sabía que estaría él. Nuestro apartamento de Amor de Dios acabó siendo un lugar acogedor. El deseo de permanecer uno al lado del otro, conversar y vivir la mayor parte de las cosas por vez primera juntos, hizo que no echáramos de menos a ninguno de los viejos amigos, conocidos y saludados, desaparecidos de nuestro entorno como por ensalmo.

Por entonces, la dicha se redobló cuando Max encontró trabajo. Cierto que tuvo que volver al sector de hidrocarburos, donde había trabajado al principio de su carrera, pero era un profesional versátil capaz de disfrutar con lo que hacía.

Un año después del «incidente», cuando llevaba colocado cuatro meses, Max recibió una llamada de Cathy, cosa no menos extraordinaria, porque se habían instituido tácitamente las llamadas en una sola dirección, de Max a Cathy, no al revés. Quería hablar con él. Sus palabras textuales fueron: «Creo que ya podemos tener una conversación».

En todo aquel tiempo las dos únicas personas respetuosas con nosotros habían sido Isabel y Cathy; sin embargo la decisión de ésta de mantener por fin una conversación con él, le llenó de inquietud. Nos llenó de inquietud.

Quedaron citados en uno de los cafés de la plaza de la Ópera. Apareció Cathy con un cuarto de hora de retraso, lo que extrañó a Max, sabiéndola de una puntualidad estricta. Estaba muy guapa, como si en aquella crisis hubiera dejado atrás sus últimos vestigios infantiles. Se había dejado crecer el pelo, que recogía en un moño, lo que atenuaba su aspecto adolescente, y había adelgazado. Llevaba un vestido que Max tampoco le conocía, contra su costumbre de vestir con pantalones.

Al juntar sus mejillas para el saludo se vio que ambos habían pensado mucho en la forma en que se darían ese primer beso, y ladearon tanto la cara para alejar cualquier roce de los labios que se habría pensado que querían rozar oreja contra oreja.

—Desde entonces he querido saber, contado por ti, lo que ocurrió de verdad —le dijo Cathy.

A Max le gustaba de ella, siempre le había gustado, el modo directo con el que abordaba los problemas. Cathy, la financiera, la *broker campanilla*.

—Al principio el orgullo me impidió pedírtelo, y después la soberbia. Ahora, si tú quieres, lo oiré. Y si no quieres, lo entenderé. Hablaremos de otra cosa.

—No hay mucho que contar —dijo Max.

Relató Max los hechos. Me consta que lo hizo a su manera, lacónica, sin rodeos, respetuosamente para él, para mí, para los hechos, y desde luego para ella.

—Si hubiese podido evitarlo y evitártelo, lo habría hecho. De no haber concurrido todas esas circunstancias no habría sucedido nada. Hasta que sucedió lo de Constanza, tú eras la persona más importante de mi vida, incluida en ella a Clau. No te necesitaba más que a ti. Habríamos podido vivir juntos toda la vida. Jamás habíamos tenido una discusión por nada. Ni siquiera en este último año hemos discutido. La mayor parte de mis cosas siguen en tu casa, y sé que están en el mejor lugar posible. No sabes cómo me ha torturado a mí y le ha torturado a Clau el daño que te hemos hecho. A ella tanto como a mí. No me siento culpable. Ni tampoco me jacto de haberme enamorado de este modo. Nadie es culpable. Pero me parecía injusto que eso nos haya sucedido a nosotros. En cierto modo, Clau ha sido más afortunada que yo; ella se ha separado de un hombre del que tarde o temprano se iba a separar; sólo ahora ha descubierto el fondo mezquino de su marido. La ha estado difamando, persiguiendo, acosando, perjudicando, hasta estorbar la adopción de la niña cuando ya se la habían dado. Tú en cambio…

—Tú en cambio —le interrumpió Cathy— eras y serás probablemente la persona a la que más haya querido en mi vida. Has sido el amor de mi vida, Max. Y me has clavado una espada en la mitad del pecho. Eso no tiene vuelta de hoja y me costará mucho resignarme a no tenerte. Lo que os ha ocurrido a vosotros será un caso entre un millón, y por eso me he preguntado precisamente un millón de veces: ¿por qué hemos tenido que pagarlo los niños y yo? ¿Por qué ha tenido que sucederme a mí?

Max quiso interrumpirla…

—Déjame seguir, por favor. Al principio quise morirme. Cuando empecé a sospechar que tenías una aventura con una chica… normal, pensé que podría luchar por ti y recuperarte. Pero cuando os vi en casa de Clau, aquello, sorprenderos de aquella manera, delante de los niños… no lo podré olvidar mientras viva. Durante meses fui casando detalles, acordándome de frases tuyas, lo de la doctora, todo… y me pareció una burla, un escarnio. Y las conversaciones mías con Clau cuando ya estabais juntos. La última en el campo, en el coche, yo contándoselo todo. Qué estúpida fui. Me abrasaban los celos. Clau era mi mejor amiga. La quería como no he querido ni a mis propias hermanas ni a mis primas ni a ninguna de las amigas a las que conozco mucho antes de que la conociera a ella. De una sola vez perdí a mi marido, que ha sido el amor de mi vida, a mi cuñada y mi mejor amiga, y los niños perdieron a su padre y a su tía preferida… He pasado un infierno que no se lo deseo a nadie, pero he comprendido que no podíamos seguir así. Le he

dado mil vueltas a esto. El primer chico del que me ena-
moré perdidamente fue mi primo Alberto. Te lo he contado alguna vez. Nos pasamos todo un verano besándonos por los rincones como dos locos, y nos habríamos
acostado juntos si se nos hubiese pasado por la cabeza a
los trece años. ¿Aquello fue menos importante o más
normal que lo vuestro? Creo que no. Alberto y yo nos
habíamos criado casi juntos, como hermanos. Pero éramos primos, y si hubiésemos seguido, habríamos podido
hacerlo con todas las bendiciones. Fue un verano maravilloso. También te debo esta manera tuya tranquila de
pensar las cosas, sin sacarlas de quicio. Tú eres funda-
mentalmente una persona cabal. Lo has demostrado de
sobra estos meses. Nadie habría hecho lo que tú con
nuestro dinero. Jamás harías daño a los niños, y el que
me has hecho a mí es porque fue… inevitable, y me lo
hice yo, creyéndome con derecho a pensar que las cosas
buenas tienen que ser eternas…

Cathy se llevó a los labios el vaso de refresco, en el
que sólo quedaban dos cubitos de hielo aguados.

—He conocido a alguien —siguió diciendo, dando
un giro inesperado a la conversación—. No es ni será
nunca lo mismo que contigo, no es como tú, pero me
quiere y adora a los niños.

Contó que era más joven aún que él, que tenía treinta
y dos años («se ve que despierto instintos maternales») y
que trabajaba de psicólogo en un centro de mayores de la
Comunidad.

—Sabe por qué nos separamos. Fue él el que me con-
venció de que te llamara. Quiero ver a Clau, quiero hablar con ella, y creo que los niños tienen que pasar con
vosotros los fines de semana. Hemos perdido todos ya
demasiado tiempo.

No esperé a que Cathy me telefoneara. Fui yo quien
lo hizo esa misma noche y además con una triste noticia,
junto a la buena que era normalizar nuestra relación.

Las casualidades de la vida. Joaquina acababa de llamarnos hacía un rato: esa misma tarde había muerto Nani, a la que había seguido viendo a escondidas con la complicidad de la propia Joaquina y contraviniendo la prohibición explícita de Alfredo. Llegó a esconderme en su cuarto una tarde que se presentó de improviso la mujer de Javi buscando uno de sus brazaletes para no sé qué fiesta. Había empezado ya el expolio, en el que trataban de adelantarse unos a otros en secreto. Ni Max ni yo sabíamos qué hacer. Fue la propia Cathy quien dijo que creía que nuestra obligación moral y nuestro deber de hijos era asistir al funeral, aunque contrariáramos con ello al resto de su familia, y se ofreció a acompañarnos a los dos. «Será la presentación en sociedad de nosotros tres.» Siempre me ha gustado esa audacia suya, esa prestancia que ninguno de los dos, ni Max ni yo, hemos tenido.

Nuestra aparición en la Sacramental de San Justo, la primera vez que se nos veía juntos desde nuestras separaciones respectivas, causó un efecto extraordinario y sembró el pequeño cementerio de una indiscreta y nerviosa actividad, hervor de gusanera por completo ajeno al enterramiento de aquella anciana que había hecho por Max y por mí más que la mayor parte de las madres por su hijos. Sin mezclarnos con nadie ni dar explicaciones, permanecimos durante el tiempo que duró la ceremonia a unos metros tan sólo, rodeados por parientes y conocidos que fingieron no reconocernos o estar tan afectados por la muerte de una mujer que llevaba años con alzhéimer, que el dolor les impedía vernos. Cuando la lápida cerró la sepultura, los asistentes buscamos la salida, y mientras caminábamos, Javi y Carlitos, los hijos menores de Alfredo y Nani, se mantuvieron alejados de mí. Sólo al final cambiaron conmigo unas frases tan educadas como gélidas, antes de apresurar sus pasos y desaparecer. Se hubiera dicho que llegaban tarde a alguna parte. Con Max ni siquiera hicieron la comedia, y le ignoraron. Él, apartado unos metros de mí, oyó detrás de sí cómo alguien hablaba de nosotros, y de la desvergonzada idea de presentarnos allí, al olor de la herencia. Max se dio la vuelta, resuelto a atajar aquellos comentarios ofensivos, y se encontró frente a unos carcamales cogidos del brazo a los que nunca había visto. Los encontró grotescos, una reencarnación de aquellos viejos matrimonios de la burguesía madrileña aficionados a los desfiles militares de los años sesenta, él con unas Ray-Ban de montura dorada de las que usaba Su Excelencia, y ella aplastada por una permanente de cartón piedra. No le reconocieron. Se apartó para dejarlos pasar, y ellos le sonrieron agradeciendo lo que pensaron una cortesía. Eran Luisito y Lola Castañón. Cuando le dije sus nombres, a Max ni le sonaban. Max me buscó con la mirada, y me vio con Javi y con Carlitos. Por allí estaban también Nacho y Alfredo y sus mujeres, que ni se molestaron en dirigirnos el saludo de las cejas. Abandonamos el lugar como cuentan que atravesó Beethoven la comitiva del príncipe de Weimar. Fue decisión de Max cruzar en línea recta hacia los taxis, para lo cual tuvimos que hendir aquella pequeña congregación, como un tajo, por la mitad. Se lo tomaron como una provocación, a juzgar por la insolencia con que nos miraban. Nos formaron un pasillo y apagaron sus conversaciones. Con la cabeza alta, sin arrogancia pero sin complejos, Max y yo dejábamos definitivamente atrás una parte crucial de nuestras vidas. Cathy, flanqueada por nosotros, se nos colgó del brazo, como una estrella de vodevil. Resultó una escena muy bonita, ella tan pequeñita, y nosotros como escuderos, con aquella boina de terciopelo verde a lo Bonnie and Clyde que se puso.

El sábado de esa misma semana quedamos citados los tres para cenar en casa de Cathy. Quería presentarnos a Nico. Los niños, a los que yo no veía desde hacía un año, resultaron providenciales: los adultos pudimos ensayar nuestro particular «decíamos ayer» ante ellos sin ponernos demasiado nerviosos.

Nico resultó ser un muchacho tímido y educado. Vestía, de una manera poco acorde con su timidez, una camiseta lisérgica y zapatillas alarmantes, estigmatizadas por el uso. No despegó los labios sino en monosílabos. Quizá por eso todos nos extrañamos de sus palabras al final de la cena. Sobre la mesa quedaban las tazas del café y algunas copas.

—Sois mejores de lo que imagináis —dijo.

Nico paseó su mirada por Max, por Cathy, por mí. Quería dejar claro con ello que se refería a los tres. Lo observamos con curiosidad, pero también con pavor. La cena había transcurrido sin sobresaltos. Cathy miró a su novio de una manera significativa, dándole a entender que quizá era mejor, en ese primer encuentro, no explicitar demasiado las cosas. De todos modos había sido la frase más larga que había pronunciado hasta entonces, y por esa razón le dispensamos la audacia.

—Yo sólo conozco una historia parecida a la vuestra. Una chica y un chico se gustan y empiezan a salir. Se conocen desde niños…

Nos echamos a temblar. Max carraspeó y se movió en su asiento. Cathy llenó la copa de Nico sólo para poder acercarse a él y tratar de que él la mirase. Le estaba advirtiendo con los ojos que no siguiera por ese camino. Yo estaba intrigada con lo que diría.

—… Cuando por fin van a casarse la madre de la novia habla con su hija, y le dice: «No puedes casarte con tu novio, eres su hermana». La madre, casada con otro, había tenido una aventura con el padre de la chica. Se deshizo la boda. No se casó nunca. Como los padres eran muy conocidos, se enteró medio Madrid y media España. Era muy guapa. Todos los que la conocían se enamoraban de ella y cada uno de los que se le acercaban le pedía que se casara con él. Se dijo también que fue la amante de un presidente de Gobierno, ya cuando la democracia. Murió relativamente joven y dicen que era una mujer valiente. Nunca olvidó aquel primer amor. El amor de su vida, todavía vive. De haber vivido ellos hoy quizá hubiesen tenido el valor que habéis tenido vosotros. Pero le esperaba un final trágico. Se podría hacer una novela de esa historia. Con la vuestra no: sois los tres unas buenas personas, y del montón. Y la habéis llevado hasta el final, y sois felices. Sin Serranos Súñeres, sin Francos ni Suáreces. Fue lo primero que nos enseñaron en la carrera: «La felicidad escribe páginas en blanco».

—Me hace gracia —dijo Max tratando de cambiar de tema cuanto antes. No le parecía lo más adecuado hablar de nosotros dos con un advenedizo al que miró con desconfianza y antipatía desde el primer momento, por mucho que tratara de ocultarlo—: ¿No se pueden hacer novelas con las buenas personas? Me niego a creerlo. Yo quiero hacer las fotos de la felicidad, y por eso la busco donde es más difícil encontrarla, entre la gente cuando no es precisamente feliz, cuando trabaja, en la pobreza, como aparecen en las montañas de barro las esmeraldas que buscan los garimpeiros.

A Max siempre le impresionaron mucho las fotos de Salgado en las que se ve a miles de personas llenas de barro trabajando como esclavos en las minas de Sierra Pelada.

—Yo creo que las novelas no se hacen ni con buenas personas ni con buenos sentimientos —sentenció Nico, que trataba, al contrario que Max con él, de caerle bien—. Ni desde luego con un final feliz, como el vuestro. Claro que tampoco con lo contrario. En realidad no sé cómo se hacen.

Al salir Max estaba muy contento. No lo hablamos entre nosostros, pero ambos lo advertimos: Cathy podía estar enamorada de Nico, pero éste no dejaba de ser una manera de afirmarse… ante Max.

Aquel sábado fue el broche de una reconciliación completa entre Max y yo, resentidos aún por las secuelas de la historia con Carmen, y eso pese a que aún quedaran algunos extremos por resolver, ya que, a diferencia de Max y Cathy, que ni siquiera habían ido a ver a un abogado, innecesario por lo amistoso de sus acuerdos, yo todavía sufría las desagradables tentativas de mi ex marido. Agustín trataba de amargarnos la vida de mil formas inimaginables, difundiendo por el servicio de Correos o por internet toda clase de basuras sobre nosotros dos. El gran empresario. Personalmente. Era patético.

Y después del entierro de Nani, sobre nosotros tres, incorporando a Cathy a su basura paranoica.

Catorce

—La vida ha sido con nosotros muy generosa —dijo Max—. Hemos recuperado a los niños y a Cathy; Nico tampoco está tan mal; nadie se acuerda de que somos hermanos, porque a nadie le importa. Incluso hemos heredado de Nani, para desesperación de Alfredo y de los hermanos. Me alegro de que no hayan podido amañar el testamento, como querían. A veces pienso que no tenemos derecho a tanto, y siento miedo, como si fuésemos a perderlo todo de golpe...

Lo abracé apasionadamente sin venir muy a cuento. A mí me preocupaban otras cosas. Pensaba quizá que él adivinaría la causa por la que estaba desde hacía dos semanas más blanda y efusiva. Me habían dado las pruebas de embarazo.

Contra todo pronóstico, contra todos los informes médicos del pasado, me había quedado embarazada. La imposibilidad de que algo así pudiera ocurrir nos había hecho prescindir de los anticonceptivos.

La idea de abortar fue descartada a los pocos días, cuando la ilusión de tener un hijo propio se apoderó de mí. No obstante, el temor de que nuestro hijo naciera con malformaciones me paralizaba. El pálpito, tan íntimo como irracional, de que el niño nacería sano, hizo que en mi imaginación empezara a atribuirle fisonomía propia, tan fantasiosa e indeterminada como real. Dos semanas después de tribulaciones y desasosiego, determiné tenerlo. Sólo debía sortear un escollo: decírselo a Max. ¿Y si Max me pedía que no lo tuviera?

No tenía a nadie con quien hablar de ello. Por supuesto, decírselo a Cathy antes que a Max me pareció fuera de lugar por múltiples y evidentes razones. Mi única amiga de verdad, Isabel, estaba a miles de kilómetros. La telefoneé. La encontré en París…

Pensaba hacer escala unos días en Madrid para ver a sus padres, donde pasaban algunas temporadas. Me reservé la noticia para cuando la tuviese delante. Entonces hablaríamos.

Cuando nos vimos, se lo conté.

—¿Vas a tenerlo? —me preguntó.

Aunque encerrara toda clase de inquietudes, era una pregunta sencilla que requería una respuesta sencilla.

—Sí.

Yo misma, al oírmelo decir por primera vez en voz alta a alguien, sentí en las entrañas el vértigo de las decisiones trascendentales. Me pareció que una palabra tan corta y simple como ésa había determinado nuestro futuro.

—Sabes cuánto deseaba tener un hijo —le expliqué—. Mi parte racional me dice que es una locura tenerlo, que todo puede salir mal. Pero el lado emocional me asegura que no será así. Si ha sido un hijo concebido por amor y que vivirá rodeado de amor, será feliz. Y cuando llegue el momento, cuando sea lo bastante fuerte, le contaremos su historia.

—Me parece bien, si así lo habéis decidido. ¿Lo sabe alguien más?

—No, ni siquiera se lo he contado a Max. Quería hablar antes contigo. Pero pienso hacerlo, desde luego. Sólo temo que me ponga en la situación de escoger entre él y el niño.

—Conoces los riesgos que corres, eres médica. Mi

consejo es que os vayáis de Madrid y lo tengáis en un sitio donde no os conozcan. Veniros a Constanza. Me tendrás a tu lado. Lo criarás allí unos meses, y luego podéis volver a España con él. Aquí podrás decir que es adoptado. Habéis emprendido un camino difícil en el que tendréis que acostumbraros a protegeros con medias verdades, silencios y mentiras.

Sólo deseaba que pasasen las semanas cuanto antes para, llegada la que hiciese la décima, saber el resultado de los análisis de sangre y hacerme la ecografía y la biopsia corial, y descartar así cualquier malformación o enfermedad del feto.

Max estaba mejor que nunca, había vuelto a conquistar lo que más había valorado siempre: la rutina y su trabajo, y, sobre todo, sus fotos. Sólo hacía fotos si se encontraba bien. Decía también: ¿cómo reconoceré la felicidad en los demás si yo no la tengo?

La suya quedaba así acreditada. Entre los monográficos que había retomado, le ilusionaba especialmente el que había empezado hacía diez años sobre Madrid. Estaba a un paso de poder cerrarlo. Veinte mil imágenes decantadas en algo más de medio centenar.

Ni siquiera su trabajo como ingeniero le distraía de ese proyecto. A diferencia del que había desarrollado en Altex, complejo y apasionante, en Proinde se ocupaba de asuntos considerados por él rutinarios y escolares. A cambio tenía otras ventajas. El horario, por ejemplo, de jornada intensiva le permitía dedicar la tarde a la fotografía. Tampoco usaba el coche porque el tren, que cogía en Atocha a las siete y media, le convenía más. Podía leer a diario el periódico, incluso tirar algunas fotografías en el trayecto. Viajaba siempre con sus cámaras en la mochila. Madrid le parecía, fuera del coche de empresa en el que había estado amurallado tantos años, más real que nunca. La cara soñolienta de los trabajadores, la melancolía de tantas mujeres que se enfrascaban en lecturas apabullantes, la mirada de los colegiales indiferentes al cansancio de los adultos, conectados a la vida como pequeños electrodomésticos que no conocen la fatiga… «La foto que me falta para cerrar el libro la encontraré en el tren», me dijo, sin pensarlo, una semana antes de aquel once de marzo fatídico. Lo recordaríamos siempre.

Entró en el quiosco de la estación a comprar el periódico. Este hecho también lo tomaríamos por providencial, premonitorio, pues lo compraba a diario en el quiosco de la calle Atocha, cerca de casa. Ese día se distrajo mirando a una anciana que paseaba su perro, tan viejo y artrítico como ella. Le hizo una foto. De no ser por esa circunstancia, se habría hallado en el andén cuando estallaron las bombas.

El estruendo y un temblor formidable tumbaron al suelo libros y periódicos. Las escenas de pánico se sucedieron. Nadie dudó de que se trataba de un atentado. Los gritos de socorro se sumaron a las voces de alarma. Algunos urgían a que se desalojara la estación. Los clientes del quiosco y los empleados lo abandonaron precipitadamente, arrastrando a Max, y, obedeciendo a la muda e imperiosa voz del terror, corrieron en estampida. La mayoría gritaba al hacerlo, como si los alaridos los defendieran del peligro. Max se orilló de aquel río humano, que amenazó con arrollarle, y se pegó a una pared. La gente buscaba las escaleras mecánicas. Se cruzó con algunos que llegaban desde los andenes con el rostro ensangrentado. Eran los únicos que no corrían, quizá pensaban que ya habían muerto.

Max actuó con determinación y comenzó a caminar en sentido contrario al que escapaba la gente. Me diría después que en ese momento no se dio cuenta cabal de lo que estaba haciendo. Hay dos clases de personas: las que huyen del peligro y las que parecen atraídos por él, confiados en poder evitárselo a otros; y en ambos casos obedecen leyes más fuertes que las de su voluntad.

Vio cómo se caía al suelo un vagabundo. Dos o tres personas que corrían a su lado ni siquieran lo advirtieron, le pasaron por encima y lo dejaron caído. Max le ayudó a levantarse y siguió su camino. Llegó hasta los trenes. Dos de los vagones estaban reventados. Nada de cuanto había visto en su vida, en la realidad, en fotos o películas, se parecía a aquello. Se puso al lado de alguien del mismo modo que alguien se puso a su lado, y empezó a asistir a los heridos. Algunos de éstos, sentados en el balasto, entre las traviesas, le miraban con expresión ausente. Esa mirada sale en muchas de sus fotos. Otros hablaban por sus móviles. También salen. Muchos tenían la cara ensangrentada, pero no se quejaban. Otros yacían tendidos junto a las ruedas, sin sentido o muertos. No se sabía cómo habían llegado hasta allí ni quién los había sacado. Empezaron a oírse las primeras sirenas de ambulancias y emergencias. Desde las tapias cercanas que defienden las vías de las casas del barrio del Matadero, vio que saltaban algunos hombres, como él, atraídos por el peligro. Acudían corriendo al lugar de los hechos. La altura considerable de esas tapias hizo que algunos cayeran y rodaran por el suelo como muñecos de trapo. Luego se levantaban y seguían corriendo sin tentarse la ropa.

Al rato llegaron enfermeros y policías. Al comprender lo ocurrido, Max sintió ganas, según me contó luego, de huir de aquel lugar, lo contrario de lo que le había sucedido minutos antes. Sólo entonces se obligó a permanecer allí. Supo que podía prestar alguna ayuda a las víctimas dando a conocer su sufrimiento.

Sacó sus cámaras y empezó a trabajar. Apenas podía hacerlo. Tenía ganas de llorar, pero no era su «estilo», como lo llamaba. Cada imagen en su visor fue un zarpazo que se le llevaba el alma en carne viva.

Cuando acabó los dos carretes que llevaba, tiró de la máquina digital. Nadie le preguntó, ni le estorbó, sus dos máquinas de fotos colgadas del cuello y su mochila les hicieron suponer a todos que se trataba de un periodista. Algunos tal vez pudieron tomarlo por un policía, teniendo en cuenta su estatura y que iba trajeado, con corbata y gabán. Una vez más su forma de vestir llamaba la atención y parecía preservarle.

A la grita de los primeros minutos siguió un silencio sobrehumano, en el que Max oía claramente el clic de su disparador. Los heridos ni siquiera tenían fuerza para pedir socorros. Del interior de los vagones ya no salían aquellos gemidos con el filo mellado que tanto le impresionaron en los primeros instantes. Estaban evacuándolos ya. Algunos cuerpos yacían tirados en el suelo con una prenda de vestir ensangrentada cubriéndoles el rostro. Otros, bajo una manta. Él había cubierto a algunos. Se creó entre los voluntarios que habían colaborado una extraña hermandad. Deseando huir de allí, se sentían atrapados en aquel lugar. Max identificó ese sentimiento: orfandad. Sintió en su propia carne la orfandad de los muertos. Todo parecía moverse lenta, mecánica, inexorablemente. Debajo de algunas de aquellas mantas empezaron a sonar unos teléfonos que nadie se molestaba en atender. Al poco sonó su propio móvil. Le costó un rato distinguir que era el suyo. Era yo la que llamaba.

Le conté que la noticia nos había llegado al hospital hacía media hora. Estaba como loca. Le había telefoneado ya otras tres veces y había temido lo peor. Quedamos citados en el hospital en algún momento. Almorzaríamos juntos.

Tiró lo menos cien fotografías en un cuarto de hora. Se le acercó un policía preguntándole si se encontraba bien. Sólo entonces advirtió que tenía las manos manchadas de sangre. Le invitó a dejar el lugar y se encontró fuera de Atocha; comprendió que esas fotografías no le pertenecían. Ni a él ni a su libro.

Telefoneó a su amigo Julián Salido. Estaba por la zona. Cuando llegó no le habían dejado traspasar las barreras de seguridad ni a ningún otro periodista. Su amigo se lo llevó al periódico. En el trayecto Max telefoneó a la oficina. Allí le dijeron que había al menos dos compañeros en paradero desconocido. La nación estaba consternada. Volví a telefonearle. No acababa de creerme que no le hubiese pasado nada, necesitaba hablar con él cada cinco minutos para cerciorarme. Los donantes de sangre habían colapsado los servicios de urgencia en todos los hospitales, incluido el mío. El número de víctimas aumentaba cada minuto; aunque la prudencia policial y política adelantó la cifra de cincuenta muertos, la gente hablaba ya de centenares. El desconocimiento de la autoría de los atentados sumó a la inquietud y extrañeza de la población una ira indiscriminada que no sabía adónde, contra quién dirigir: aquellos terroristas sobre los que habitualmente caían las primeras sospechas en actos parecidos se habían apresurado a desvincularse de esta tragedia, y nadie parecía querer ser responsable...

Julián Salido presentó a Max al jefe de su sección. Le buscaron una mesa y un ordenador donde le ofrecieron que editara sus fotos, y se llevaron los carretes a un laboratorio. Mientras retocaba y limpiaba las instantáneas empezaron a desfilar por allí algunos compañeros de Salido. Veinte minutos más tarde le presentaron al director, un hombre que planteó con habilidad algunas cuestiones prácticas. Max se negó a cobrar aquellas fotos. Pidió en cambio que se las facilitasen a todos los que las solicitaran. Nunca había estado en un periódico. Le llamó la atención un hecho: lo excepcional de aquella tragedia única, colosal, parecía distanciar a muchos del dolor que había causado en las víctimas; y se hubiera dicho que tener aquellas fotografías, como un trofeo, se había convertido ya en razón suficiente.

Max dejó el periódico a las tres. Vino a reunirse conmigo. Hacia las cuatro llegaron a los quioscos de Madrid las primeras ediciones especiales. Una de sus fotografías ocupaba una de las portadas. Era un plano general en el que se veían las vías en primer término, los heridos y muertos tendidos, y algunas personas caminando entre ellos. Llevaban el infierno pintado en su semblante. A un lado, unos vagones destruidos por la explosión y el amasijo de hierros desentrañado. Alrededor, decenas de vías vacías entrecruzándose como una tela de araña donde hubiesen quedado apresados los dos trenes. Parecía un cuadro de historia. Esa misma noche, mirando la televisión, vimos de nuevo sus fotografías. A las once le telefoneó Julián para informarle de que la fotografía suya de portada aparecía en más de veinte periódicos de todo el mundo. Podía comprobarlo entrando en internet. Aunque Max confesó a su amigo que le alegraba saberlo, se guardó para sí la verdad: el hecho le dejaba indiferente. Y me consta que no lo decía por decir: de no haber sido por mí, que conservé aquellos recortes, Max no se habría tomado la molestia de hacerlo.

Al día siguiente acudió como cada mañana a la estación de Atocha, camino de su trabajo. Yo quise acompañarle. Se había confirmado que uno de sus compañeros desaparecidos la víspera había muerto, y el otro estaba herido. Los compañeros fueron al hospital donde lo tenían, pero no les dejaron verlo. Estuvieron con su familia. Pese a que España entera y Madrid en particular permaneciesen sumergidos en el pozo de la angustia y una infinita consternación recorriera todos los rincones de la ciudad, la vida continuaba.

En Atocha Max vio a cientos de personas que parecían perdidas, caminando por aquellos pasadizos como peces de un acuario, ahogados, con las branquias sin fuerza. Habían aparecido en el vestíbulo miles de candelarias rojas. Estaban agrupadas en el suelo, desbordándose por pasillos y corredores, en una cadena de fervor que alcanzaba la calle, al igual que los mensajes escritos por la gente y los objetos más heterogéneos unidos a la tragedia por vínculos secretos que acaso sólo conocieran las personas que los habían depositado allí, peluches, fotografías, bufandas, gorros, un paraguas descoyuntado como un murciélago muerto. El olor de la cera saturaba el aire de fervores litúrgicos y civiles al mismo tiempo. Pasajeros de toda edad y condición se paraban un momento ante esas velas, algunos rezaban. Nadie hablaba con nadie. Muchos, hombres, mujeres, viejos, jóvenes, lloraban en silencio.

Esa tarde los partidos políticos y numerosas organizaciones e instituciones ciudadanas convocaron al pueblo de Madrid a una manifestación. Ajena aún a las escaramuzas políticas que debatían la autoría del atentado, la gente acudió en masa. Fue un acto de efusión sentimental, por encima de los intereses partidistas, uno de esos raros momentos en los que el individuo se siente parte de un dolor colectivo que, aunque no podrá desaparecer ya nunca para las víctimas, sólo puede aliviarse si se comparte con ellas.

Hacía una tarde fría, desapacible y lluviosa. Madrid se volvió una ciudad inhóspita y lúgubre, pese al más de millón de madrileños que acudimos a Cibeles. Las apretadas multitudes no consiguieron elevar la temperatura emocional de tantos corazones como allí se congregaron, y a diferencia de lo que suele ocurrir en otros mítines y manifestaciones, nadie encontraba motivos ni fuerzas para gritar consignas que nos habrían parecido a todos vacías e indecorosas. Si alguien tenía que hablar, lo hacía en un susurro.

Arreció la lluvia. Una lluvia negra, sucia, de luto. Los paraguas entorpecían la marcha de aquel millón de personas en compacta lentitud.

Max y yo caminábamos cogidos de la mano, apretados entre tantos anónimos manifestantes como nosotros. Alguien, involuntariamente, oprimió con un brusco movimiento mi vientre. Lo protegí con un gesto instintivo. Pensé que Max se habría dado cuenta. Trataba de que llegase a saber lo que me sucedía sin tener que ser yo quien se lo dijese. Tanto miedo me daba hacerlo.

A los pocos minutos me acerqué a Max y le susurré al oído unas palabras. ¿Por qué allí algo tan íntimo, que nos concernía únicamente a nosotros dos, rodeados de tanta gente? Había pensado muy bien lo que tenía que decirle.

—Voy a tener un hijo.

Max se volvió hacia mí enarcando las cejas. Pero no dijo nada. A partir de ese momento desapareció para nosotros la manifestación, las víctimas, la gente, todo. Ya sólo pensábamos en aquello. «No era ni el momento ni el lugar», me reprochó luego. Yo discrepé. «Ningún lugar mejor. Nunca se encontrará a tanta gente de acuerdo; ni tampoco ningún momento más adecuado: ha sido providencial, nuestra contribución a la vida; en un día que había tanta muerte y desesperación por todas partes, un poco de esperanza.»

Al llegar a casa, le expuse mi punto de vista, los pros y contras, el peligro de mi embarazo, lo esperanzador de los resultados de las primeras pruebas recogidas la víspera… Lo hice como a él le gustaba, sin demasiados rodeos. Max me escuchó con atención y pidió tiempo para pensarlo.

No me sorprendió su respuesta, porque era analítico por naturaleza, pero me decepcionó y me quedé consternada. No lo esperaba. Nos metimos en la cama sin hablarnos.

A la mañana siguiente, Max me dijo con la misma tranquilidad que la víspera me había pedido una prórroga:

—¿Estás decidida? Entonces adelante. En los próximos meses tendremos tiempo de ocuparnos de los detalles.

Le hubiese abofeteado por tener horchata en las venas.

Quince

Los detalles exactos fueron muchos, complejos. De orden médico, de orden social, de orden personal e íntimo.

Aunque los maquillara, fui ampliándole a Max los problemas médicos. Al tercer mes de embarazo se me declaró una hipertensión arterial que me afectó la función renal, probablemente debido a algunas infecciones del pasado. Nada que no estuviese previsto, nada que no pudiesen regular unas pastillas. Como médica conocía perfectamente los problemas que conllevaba una tensión arterial alta y las complicaciones renales que se derivaban de ellos, pero le oculté que una palabra tan técnica como eclampsia resumía lo que, en el peor de los casos, podría llegar a sucederme a mí y al feto. En cuanto a las posibilidades de malformación o enfermedades recesivas en el niño, otra de las preocupaciones de Max, minimicé los riesgos cuanto pude. Le dije:

—No te molestes en mirar en internet. Te tendré informado puntualmente, y prometo no mentirte jamás. No soy como tú, yo lo cuento todo —y lamento que aprovechara yo entonces cualquier circunstancia para agitar el fantasma de Carmen, prueba de un mal no curado del todo.

—En nuestro caso —seguí diciéndole— el riesgo de malformaciones es un poco más alto, cierto, pero también está la posibilidad de que nuestro hijo nos mejore.

Fue una manera elegante de advertir a Max de que la posibilidad de que el niño naciera con alguna de las temidas enfermedades recesivas era también tres veces superior.

El deseo de tener un hijo borró en mí cualquier otra preocupación. Nunca había sido más consciente de mi ventura. Sólo quedaba hablar con Cathy. Nos citamos con ella en Amor de Dios. A Cathy le había costado un mundo decidirse a entrar en aquella casa, en la que sus hijos, no obstante, llevaban pasando algunos fines de semana desde hacía unos meses. Acudió a la cena sola, sin Nico. Max lo agradeció y estuvo toda la cena mucho más comunicativo de lo normal.

La reacción de Cathy cuando supo la feliz noticia resultó muy típica suya. La ardilla pelirroja, que había vuelto a cortarse el pelo como en sus antiguos tiempos, se lo alborotó con enérgicas fricciones, cayó sobre el sofá, respiró hondo y dijo:

—¡Las sales! ¿Es que los Leales no vais a saber hacer ya nada sin dar la campanada?

Luego quiso saber, en este orden, los riesgos y lo que pensábamos decir a la gente. En su opinión lo mejor sería que yo buscara un lugar tranquilo para dar a luz, lejos de Madrid.

—¿Como en el siglo XIX? —preguntó Max.

—No. Como desde que el mundo es mundo —corroboró Cathy sin el menor asomo ya de broma.

Cuando el niño tuviera unos meses, podría volver, añadió. Nadie sabría de dónde venía ese niño. Y más adelante, ya decidiríamos.

Yo le conté que lo mismo me había aconsejado Isabel.

—El niño llevará el apellido de la madre, que es tu apellido, Max, como seguramente habéis ya notado. Para todo el mundo será tu hijo, Clau, y cuando pregunten por el padre, diréis: desconocido.

Después de hablar con Cathy, la invitación de Isabel

para dar a luz en Constanza y pasar unos meses allí, incluso dos o tres años, cobró fuerza de nuevo.

Isabel acogió la noticia con la mayor alegría. A Flores era mejor no decirle nada, según aconsejó. Era un hombre conservador, con ideas chapadas a la antigua. Le contarían que yo me había quedado embarazada de un compañero de hospital. Las amenazas de Agustín hacían prudente un alejamiento. Mi hermano, también separado, habría decidido acompañarme y ayudarme en lo posible. No tenía por qué saber más ni ella dar más explicaciones, y, conociendo a Flores, sabía que tampoco preguntaría por más detalles.

Max habló con Flores. Le expuso la situación. Éste prometió hacer algunas gestiones para encontrarle trabajo, y a los dos días telefoneó para informarle de que en la Compañía de Construcciones Panamericanas le esperaba un puesto como ingeniero en las obras de los nuevos astilleros que la empresa instalaba en Chaucas, a cincuenta kilómetros de Constanza.

Tomada ya la decisión de irnos, no veíamos la hora de partir. La alegría de darle un pasado real a un hijo real parecía atenuar la tristeza de los adioses, pero esa alegría se empañaba también al quitarle su propio pasado a otros dos hijos no menos reales. Cathy nos consolaba: «El tiempo pasa deprisa, ya volveréis. Clodín y Antón aún son pequeños». No, no era sencillo tender una carretera sin romper en algunos tramos el terreno. Íbamos a decir adiós a muchas cosas al mismo tiempo. A la verdad en primer lugar: ¿nunca podríamos revelar la verdadera naturaleza de nuestras relaciones? No sé de qué ha servido que Freud probase que todo deseo es incestuoso. No ha servido de nada. Es como si después de Darwin siguiéramos pensando que provenimos de una figura de arcilla. Estábamos condenados a fingir en nuestra propia casa una vida que no era la nuestra, celando a los ojos extraños los pequeños detalles: mantendríamos habitaciones separadas y en público suprimiríamos las efusiones equívocas. En cuanto a nuestro hijo... tiempo habría de que supiera la verdad.

Estas improvisaciones no le gustaban demasiado al «cuadriculado» Max. Yo le replicaba:

—¿Conoces tú un modo de ser felices sin improvisar?

III

Uno

Al llegar a Constanza sentimos de inmediato su influjo benefactor. Si es cierto que ser feliz significa poder percibirse a sí mismo sin temor, aquella tierra fue para nosotros el paraíso recobrado: no le temíamos a nadie, de nadie éramos temidos. Y como suele decirse: el camino más corto hacia la felicidad es el amor, como el camino más corto hacia el amor es la desdicha. Cada mañana Max y yo nos quedábamos mirándonos; nos decíamos: «Hemos llegado hasta aquí», y nuestro corazón nos golpeaba con tanta fuerza el pecho como las patadas que empezaba mi bebé a propinarme en el vientre. Del mismo modo que los médicos antiguos aconsejaban a determinados pacientes con afecciones melancólicas regresar a su país nativo, en Constanza nos esperaba algo más que una ciudad. Allí la vida era fácil en todos los sentidos. Max y yo éramos, en uno, el buen salvaje, y nos entregamos desde el principio a una vida elemental, benigna e indulgente. «Me había equivocado: existen paraísos perdidos», reconocí en cuanto nos instalamos, «los lleva uno dentro». Por fin pudimos descansar de nosotros mismos. En Madrid casi todo era difícil, antipático y hostil. En Constanza volvimos a la calle, entrábamos, salíamos, empezamos a tratar a los amigos que Max había dejado allí hacía dos años, viajamos por la región, Isabel nos acogió en La Culebra como si fuésemos de su familia, pasamos en la finca muchos fines de semana, Flores nos agasajó y se ocupó de presentarnos a gentes que nos podrían ayudar en el futuro. No éramos un conflicto para nadie, nadie nos juzgaba, empezábamos de cero, como el mundo. A Max incluso le hicieron algunas entrevistas, como a una estrella del rock; nadie había olvidado que había proyectado el puente de La Quebrada.

El saber que íbamos a ser tres muy pronto nos parecía garantía suficiente de perdurabilidad. No había nacido aún nuestro hijo, y ya nos imaginábamos viejos los dos en Constanza, con una prole extensa. Yo me puse en manos de los excelentes médicos del Saint Cyrus Hospital, que me confirmaron la normalidad progresiva de mi embarazo y el sexo del feto, una niña, y Max se incorporó desde el primer día a su trabajo. Alquilamos un apartamento grande en una casa nueva de la plaza del Cañón, próxima al Hotel Virrey, cerca de la Catedral.

La plaza del Cañón, irregular y a tramos soportalada, con abundantes árboles y la estatua de un tribuno famoso, es lo bastante grande como para no parecer nunca ruidosa y lo bastante animada como para que nos sintiéramos acompañados a todas horas. Un día a la semana se celebra en ella un mercado de frutas y de flores, que traen desde los pueblos cercanos, y de peces, corales y careys mercadeados por los propios pescadores de Sacramento, Puerto Esmeralda y Coimá. Me mezclaba entre la gente, y hallaba en ello infinito placer. Todo era real, como yo misma, como Max o como nuestra hija. Aquella vida hecha de cosas tan menudas nos llenaba de alegría. «Eso es lo extraño. Nadie diría que en un paraíso siempre está todo por hacer, y hacerlo no causa impaciencia ni inquietud. Al contrario, cada cosa que se hace es placentera; el paraíso es hacerlas. El infierno es lo opuesto, no tener nada que hacer», le dije a Max, que disfrutaba viéndome tan atareada poniendo la casa, divertido y asombrado de que tales menesteres pudiesen interesar y gustar a una médica a la que jamás había visto con un mandil, unos guantes de goma y un pañuelo en la cabeza. Él encontró su trabajo un poco más aburrido que el que hacía en Altex, pero infinitamente mejor que el de Proinde, y volvió a hacer fotos, el mejor síntoma de lo acertado de nuestra decisión de mudarnos a Constanza.

Yo nunca antes había conocido una vida tan tranquila y provinciana, y me consagré con entusiasmo a mi embarazo y a preparar mi parto, a hacer la canastilla, a la casa, a mi marido secreto. Por mediación de Flores empecé a pasar consulta en el Sanatorio del Niño Jesús en El Capricho, uno de los barrios ricos de Constanza, y una vez por semana en cierto dispensario de Trago Alto de Médicos sin Fronteras. La miseria de Trago Alto me hacía recordar cada minuto la inconsistencia de los paraísos, y la riqueza de El Capricho, su fragilidad.

Difundimos desde el primer momento la versión oficial: éramos hermanos, ambos separados. Relegaríamos todo lo demás a las cuatro paredes de nuestra casa, lo cual nos obligó a mostrarnos reservados delante de Marisol, la mujer que empezó a venir a asistirnos, y a mantener la ficción de dos habitaciones diferentes. Cuando Marisol llegaba a casa Max ya se había ido, y se suponía que él había hecho su cama. Le prohibí además que entrara en aquel cuarto donde Max tenía también su ordenador y sus archivos de fotografía: el señor era muy maniático con sus cosas, le expliqué. Seguramente inverosímil, pero lo creyó.

Como ocurre a menudo con tantas mujeres en mi estado, la gestación me cambió el cuerpo, y empecé a notar que los hombres me miraban incluso más que antes. La cara se me redondeó. Max dijo que se me puso como la de algunas romanas que había visto en Mérida, y yo le respondí que se trataba sin duda de la herencia italiana de mamá. Muy pronto mi figura se hizo familiar en el barrio, en el mercado, la gente se paraba para verme pasar, y todos querían hablar conmigo y preguntarme esto o lo otro.

Nos adaptamos muy rápido al ritmo constancero. Mi embarazo no daba sobresaltos y la nostalgia de Max y la mía también por los hijos de Max fue paliada por video-conferencias, mensajes y correos que cruzaban a todas horas el Atlántico.

Tres meses después de nuestra partida, Cathy nos anunció que Nico se había mudado a vivir con ella y con los niños, lo cual produjo en nosotros dos una reacción diferente. A mí de contento, porque aquél era el primer paso para el restablecimiento de la armonía, y a Max de desconcierto, como si hubiese sentido el escozor de los celos. No dejaba de pensar que era un extraño el que haría de padre con sus hijos. No obstante, saber que el mundo restauraba sus armónicas órbitas incrementó la sensación de paraíso.

Paradójicamente la tranquila vida provinciana estaba formada al mismo tiempo de una frenética actividad, y los días volaban unos tras otros.

La alegría de inundar la casa de flores traídas de la plaza y el contento que nos proporcionaban tantas cosas buenas, no siempre lograron disipar el ánimo sombrío que me azotaba algunos días con presentimientos funestos. Eran caídas en una noche oscura, lo cual me hizo matizar nuestras apreciaciones acerca del paraíso. Viene con nosotros dentro, es verdad, pero suele acompañarle de cerca el infierno.

—Si algo sale mal en el parto —le dije un día a Max—, ¿qué será de nosotros?

A Max le molestaba el tono funebrista de aquellos augurios, y los atajaba de mal humor:

—¿Dónde ha quedado «la que ama la risa»?

—¿Con mi tensión? —me defendía—. A pesar de todo será mejor pensar en lo que habrá de hacerse si sucediera lo que no va a suceder. ¿Por qué estos cambios de humor me afectan tanto, sabiendo que en mi estado son normales? Estoy harta de ver que a las heroínas como yo les espera un final trágico —le dije—. Ojalá Nico tenga razón: nosotros no somos novela, sino película. En las novelas, las heroínas acaban mal: unas se les suicidan con un veneno terrible; otras se les tiran al tren y otras se les mueren de tuberculosis o después del parto, como Fortunata. Cómo me acuerdo de Fortunata ahora. ¿Te conté que un día subí a la casa donde vivía Fortunata? Y digo tan campante, donde «vivía», como si hubiera vivido de verdad, y para mí es así. Cathy no es Jacinta, desde luego, pero ninguna mejor que ella, si a mí me pasa algo.

Max no sabía de qué le estaba hablando porque no había leído ninguna de esas novelas. Alguna vez le vi leyendo en uno de mis libros de poesía, pero jamás novelas. Y en ese caso, lo dejaba de inmediato, como si le hubiese sorprendido en algo impropio de él. Se ve que mi sino ha sido atraer a los hombres melófobos y bibliófugos.

Pese a sus intentos por atajar aquellas recaídas mías en el pesimismo más negro, yo parecía encontrar algún alivio en mirar el abismo, era como si me arrullara con sus nanas siniestras.

—No quiero morirme, Max, te lo aseguro, pero tampoco me da miedo la muerte —llegué a decirle—. He conocido algo que la mayor parte de las mujeres se mueren sin haber sospechado que existía. Todos los que se enamoran alguna vez creen conocer algo único. Yo misma había estado enamorada otras veces, y es verdad que se parecían todas en algo. Sólo lo que me ocurrió contigo no se parece a nada, y no tiene que ver sólo contigo o conmigo. Creo que tiene que ver con el hecho de que este amor nos ha obligado a ir más lejos. Podremos marcharnos de aquí un día, pero allá donde vayamos vendrá con nosotros la idea de que no se puede llegar más lejos, nuestro amor estará sucediendo siempre aquí en Constanza, y esto sí que es el confín, por eso hemos vuelto aquí, por eso estamos solos y por eso somos tanto: nadie puede impedirlo. El horizonte somos nosotros y vendrá siempre con nosotros a donde quiera que vayamos…

Rompí a llorar. Empecé a llorar por cualquier cosa. Me emocionaban hasta los anuncios de pañales.

El pobre Max temía siempre que hubiese sido por algo que él había dicho o hecho, y empezó a preocuparse cada vez más por mis frecuentes crisis de ansiedad.

—No es nada —trataba de tranquilizarlo—. Lloro de lo bien que estamos. Me da miedo que todo vaya saliendo tan bien. Lloro por haber llegado tan lejos. Nunca pensé que fuésemos a hacer las cosas que hemos hecho. Y vamos a tener una hija. Creo que la mayor felicidad es haber llegado hasta aquí, haber sido libres. El amor de la gente suele quedarse por el camino, a medio conseguir, estropeado, inservible. Yo misma. Estaba condenada a vivir el resto de mi vida con alguien como Agustín. En el fondo mis novios nunca valieron demasiado, y yo valía lo que ellos, poco. Lo que yo valga ahora, es por ti. Acabamos acomodándonos a todo. Aquí tengo mucho más de lo que he soñado tener nunca: una familia, una familia de verdad, tú, nuestra hija, yo. Y tenemos amigos de verdad. Si lloro es porque ahora sé lo mucho que perdería si me muero, y no quiero morirme.

Desde que estábamos en Constanza dejamos de asomarnos al rastro hediondo de Agustín en internet.

Cuando faltaba un mes para dar a luz, empecé a tener algunos síntomas preocupantes que precisaron de cuidados y controles más estrictos. Isabel nos propuso irnos a Miami, si pensaba yo que encontraría allí mayor seguridad.

—Aquí está bien. En Constanza sucedió todo, y aquí nacerá nuestra hija —le dije.

Isabel se trasladó a vivir a nuestra casa dos semanas antes de que saliera de cuentas. Quería estar a mi lado cuando llegara el momento. Me dijo: «Todas tenemos una madre o una hermana para estos casos, no ibas tú a ser la única que no las tuviera». Flores se mostró conforme, y la animó a ello. Él aprovechó para irse a la capital a sus negocios. La llegada de Isabel fue como si entrara de pronto todo el sol y aire puro del mundo. Max no la conocía mucho, pero estaba entusiasmado con su princesa inca. Aunque sólo fuese para quince o veinte días, alquiló un piano en Constanza, por no traerse el suyo de La Culebra, y tocaba para nosotros por las tardes. Hasta yo misma me animé a tocar de nuevo, como cuando hacíamos la carrera.

Tocaba peor que mi amiga, pero Max siempre fue lo bastante galante como para hacerme creer que lo hacía mejor.

—Gracias por venir —le dijo Max una noche, en cuanto fue teniendo confianza con ella—. Ayudarás a quitarle los miedos del cuerpo. Últimamente Clau está muy presagista y novelera, y teme que le sucederá algo terrible, como a todas las de sus novelas, no sé, una especie de aniquilación aparatosa.

Me disgustó que le hiciese aquella confidencia de nuestra intimidad, que todo lo que le contase de mí fuese aquello tan negativo. Mis cambios de humor eran constantes. Me daban celos también. Me acordé de lo de Carmen. Max no se separaba de mí ni un minuto cuando no estaba trabajando, y acabó por bromear con aquellos intempestivos revoltijos anímicos. Y lo mismo hizo Isabel, como si se hubiese dejado convencer por él. Verles juntos me pelusaba el mimo, aunque no quisiera reconocerlo.

—Me extrañaría que te sucediera nada —me tranquilizó Isabel. Ella por lo menos conocía a Fortunata, a madame Bovary, a Ana Karenina—. Vosotros ya habéis agotado vuestra dosis de novelón. En todo caso la estadística me es desfavorable: nunca me ha pasado nada.

Nos permitimos dudarlo. Haberse casado con alguien como Flores no era precisamente «nada». Tal vez se refería a la monotonía y al tedio en los que su vida estaba envuelta últimamente. Porque Isabel era aún más misteriosa y hermética que Max, y no contaba nunca nada de sí misma. Quizá por eso habían congeniado tanto mi príncipe inglés y mi princesa inca.

Todo fue bien. Laura vino al mundo al mediodía, la hora en la que nacen las ninfas de las aguas de los ríos.

Nunca he sido religiosa, ni siquiera sé si soy creyente, pero di gracias a Dios de todo corazón. Me habría gustado ser politeísta para dárselas también a todos los dioses del universo, uno por uno. Era tan feliz.

Me devolvieron a la habitación aún medio aturdida, bañada en sudor. Max se sentó a mi lado. Isabel se quedó de pie junto a la puerta. Max me pasó por la frente un paño húmedo, por los labios un cubito de hielo. En cuanto recobré las fuerzas, le miré fijamente, incluso tenía ganas de broma, me dijeron. No me daba cuenta. Estaba aún bajo los efectos de la epidural. «Max, tienes mal aspecto, estás blanco como la cal, parece que el que ha dado a luz seas tú», creo que le dije, pero cambiando súbitamente de semblante, pregunté con alarma por mi hija, como si hubiese caído en la cuenta en ese instante de que me la había dejado olvidada en algún sitio.

Me la trajeron a la media hora. Apenas tenía fuerzas para incorporarme y pedí ayuda a Max. «¿A quién se parece?», pregunté. «A los dos», respondió Isabel. Era una criatura diminuta, una avellana con una pelusilla de color oxidado en la cabeza. De nadie mejor se habría podido decir aquello de que «ni siquiera la lluvia tiene las manos tan pequeñas». «Yo diría que a quien se parece más es a Cathy», dicen que dije, después de estudiarla fijamente. A quien se parecía de verdad era a mamá, a María Vollaro.

En un momento en que Isabel salió del cuarto, Max me dijo:

—Tengo la sensación de que soy yo el que ha nacido otra vez, como si me dieran una segunda vida.

De eso me acuerdo ya perfectamente, y de todo lo que vino luego.

—He sentido lo mismo —le dije yo—. Este coquito soy yo, y eres tú. ¿Tú eres nadie también, mi amor? —le pregunté a la niña—. Ya somos tres.

Me negué a que se la llevaran por la noche. A las veinticuatro horas me bajó la leche, pero resultó «no apta para el consumo». Su nacimiento disipó los temores que en las últimas semanas me habían atenazado, aunque paradójicamente mi salud se resintió. El recuerdo de Fortunata empezó de nuevo a rozarme con su ala siniestra la frente. Pese a una hemorragia que pudieron atajar sin problema y a no poder darle de mamar a la niña, estaba tan animosa que sólo deseaba que me mandaran para casa.

Max registró a Laura como hija mía y de padre desconocido. La falta de salud que tenía la madre pareció contribuir a la saludable estabilidad de la niña, que comía y dormía con envidiable placidez. Yo recobré poco a poco mis fuerzas, y finalmente me dieron el alta cinco días después. Quedaba únicamente, pasados otros cinco, el escollo de las pruebas para descartar las enfermedades de depósito, y la fenilcetonuria. Y también se superaron.

A Isabel le llegó igualmente el momento de regresar a La Culebra.

Cuando no viajaban por Europa, Isabel llevaba una vida de ociosa millonaria cautiva en La Culebra. Había vuelto a tocar el piano, como dejó demostrado su nivel de virtuosismo, y se pasaba el día dedicada a la música y a los caballos, que empezó a montar entonces. En la casa de la capital, por el contrario, Isabel lo llevaba mejor. Asistía a conciertos, visitaba librerías, hacía sus compras, y por la noche recibía como una perfecta anfitriona hasta tres y cuatro veces por semana a los innumerables amigos, conocidos y saludados que formaban la tupida red de relaciones sociales de Flores, en la que estaban anudados indisolublemente los intereses económicos, profesionales y políticos de todo su clan.

Flores resultó ser perspicaz para todo menos, quizá, para con su joven mujer, y a los pocos meses de la boda ya daba por hecho que ella formaba parte de su vida, de su casa y de sus cuadras, como los purasangre que le habían hecho famoso en todo el continente, y la pasión que había sentido inicialmente por Isabel fue trocándose, como no podía ser de otro modo en un septuagenario, en gratas «costumbre y ceremonia». Yo no me resistí a preguntarle una vez a mi amiga: «¿Eres feliz?». Max desaprobaba siempre aquellas incursiones mías en su intimidad, como si quisiera asaltarla, no entendía aquella curiosidad que atribuía al chismorreo español, no a la amistad. Lo que ella me respondió fue textualmente: «Puede decirse así. Flores me quiere a su manera y yo lo soy más de lo que podía imaginar». Pero dada su naturaleza reservada, no entró en más explicaciones.

Ese día Isabel tuvo una llamada suya. Flores le dijo que aún tenía cosas que hacer en la capital para dos días. La animaba a seguir ese tiempo en nuestra casa, conociendo que no le gustaba en absoluto quedarse sola en La Culebra. Y así lo convinieron: se quedaría con nosotros dos o tres días más.

Al día siguiente Isabel hizo algunas compras en Constanza, entre ellas, para Flores, ciertos amarguillos, el dulce constancero que tanto le gustaba a él, y se encargó ella misma de disponerlo todo para nuestra cena de despedida.

A diferencia del apartamento que habíamos tenido en Amor de Dios, la desnudez que reinaba en el de la plaza del Cañón apenas era perceptible. La animación y colorido de la plaza parecían formar parte del interior, como un inagotable *ritornello*, idéntico y distinto a cada instante.

A partir de las seis de la tarde el aspecto de la plaza cambiaba, desaparecían los vendedores, floristas, verduleros y pescaderos, si había sido día de mercado, y quedaban dueñas del campo las terrazas de dos bares, cuyo cierre, hacia las diez de la noche, daba paso a la tercera vida de la plaza, de silencio profundo y misteriosa calma. Desde nuestro apartamento se dominaban la parte más pintoresca, los soportales, el palacio del marqués de Guata y el convento de las monjas benitas, y desde luego los árboles frondosos que daban sombra en las horas de sol más justicieras a mercaderes, compradores y parroquianos, y se veía al fondo también, como telón de un teatro, los montes verdes que a modo de circo rodeaban Constanza.

Las lluvias que caían intermitentemente habían rebajado el calor de los últimos días, y pudimos cenar con las puertas del balcón abiertas. El monótono monólogo de la lluvia tenía algo de xilofón y confidencia china.

Yo había comprado un mantel nuevo para agasajar a nuestra amiga como se merecía; de los vinos y fiambres se había encargado Max y de los postres ella, aprovechando que había estado en la dulcería buscando los amarguillos para Flores.

Bañamos a la niña los tres, le dio su cena en biberón su pediatra particular, y a las nueve Max, Isabel y yo nos sentamos a la mesa.

La niña era la reina de la casa y yo enloquecí con ella. La encontraba más guapa, sana y buena que ninguno de los miles de bebés que literalmente habían pasado por mis manos. Max, con la suficiencia del que conocía la paternidad de otras dos veces, me miraba risueño... paternalista, y se reía de mis alarmas y desvelos. Parecía que con Laura yo no era una pediatra, sino igual que todas las madres inexpertas. Quería disfrutar de ella cada segundo, bañándola, cambiando sus pañales, dándole el biberón, viéndola dormir, como aquella tarde. No quise llevarla a nuestro cuarto.

Se descorchó la segunda botella, se llenaron de nuevo las copas, se levantaron y esperamos que alguien se arrancara con un brindis.

—Que dentro de muchos años estemos también los cuatro en un momento como éste, con Laura al lado, brindando con nosotros —dijo Isabel—. Lo peor ha pasado. Vosotros sí que estáis ya más allá del Bien y del Mal.

—Suena bien eso —dijo Max, un poco piripi, y agradeció de una manera muy británica, poniéndose en pie, la ayuda prestada por nuestra amiga aquellos días—. Por Laura. Ella es el puente que mejor me ha salido. Empieza su vida… y la nuestra. Una segunda edición de este mundo, corregida, aumentada y mejorada.

—Os equivocáis —dijo Isabel— si pensáis que esto ha sido algún esfuerzo para mí. Al contrario. Nunca os agradeceré bastante que me hayáis dejado aparecer en ese libro, aunque sea en la letra pequeña. Por fin un libro distinto, original y nuevo —añadió mirando a Laura y señalándola con su copa.

En ese momento se oyó en el cuarto de al lado, en el portátil de Max, un timbrazo cristalino, como el eco de la lluvia. O mejor, como el que hacen dos copas al chocar, como si tampoco el ordenador quisiera perderse nuestros brindis. Acababa de entrar un correo.

Dos

«Queridos Clau, Max y Lau:

Las fotos de Laura son preciosas. En cuanto han llegado del cole, lo primero que hice fue enseñárselas a Clodín. Antón ha descubierto las excavadoras y las apisonadoras y nada que no sea eso le llama la atención. Ha salido a su padre. Los niños y yo estamos deseando que volváis pronto. No tengo mucho tiempo de escribiros ahora. Recuerdos para todos, incluida Isabel, y especiales para Clau y Lau. ¿Suenan bien juntas, verdad? Besos Cat. PD. Lo de Nico no fue una idea buena. Se ha vuelto a su piso, aunque seguimos viéndonos. Ya contaré cuando me encuentre con ánimo.»

La carta, que leyó Max con voz que el vino parecía haber hecho más profunda, nos dejó a los tres aplanados, melancólicos, sin duda por contraste con la felicidad que habíamos alcanzado unos minutos antes. Y a pesar de que no le había gustado mucho que Nico se hubiese trasladado a casa de Cathy, con sus hijos, creo que fue sincero al decir que lo sentía de veras por ella.

En el paraíso también había lugar para la incertidumbre y el pesar.

Fue entonces cuando Isabel, obedeciendo a un impulso inesperado, se levantó de la mesa, y, ya de pie, apuró su copa, como si buscase fuerzas para llevar a cabo su decisión:

—Me vuelvo a La Culebra. Tenéis que estar hartos

de mí. Mañana, cuando llegue Flores, quiero que me encuentre en casa. Le daré esa alegría, porque suele decir que odio La Culebra.

Tratamos inútilmente de disuadirla. Era una imprudencia salir de casa a esas horas, con aquel tiempo, después de haber bebido. Llovía a cántaros. Pero era muy obstinada. Recogió los amarguillos y quedó en que al día siguiente o al otro enviaría a Lino o a Rosa, su mujer, a buscar su equipaje.

El agua corría por la plaza del Cañón en torrentes que arrastraban restos de flores y verduras del mercado. Los guardas, que impedían a diario a mendigos y vagabundos refugiarse por las noches en aquellos soportales, parecían haberse compadecido de ellos dejándoles que esperasen allí el escampo. Componían una corte de los milagros, y movían a compasión.

Constanza desierta, paralizada por la luz amarilla de las farolas, parecía haber recobrado su alma vetusta y colonial. El agua percutía con violencia salvaje en paredes y tejados que destilaban a borbotones su himno melancólico.

Viento y lluvia acompañaron a Isabel todo el tiempo hasta la encomienda. Desde la carretera a su casa había aún una larga avenida enarenada, con taguas a uno y otro lado que movían sus fantasmales brazos como bacantes enloquecidas.

Al llegar dejó el coche en la cochera y recorrió a la carrera los veinte metros descubiertos que la separaban del zaguán. La casa estaba a oscuras, sosegada. Eran cerca de las once. Sólo una pequeña luz encendida en el salón, al final de aquel largo pasillo, y el tenue sonido del televisor le hizo saber que Flores había vuelto. Se alegró de haber traído los amarguillos. La lluvia había empapado su pelo y su vestido. Dejó los dulces en la credencia de la entrada, pero apenas puso el pie en la escalera que conducía al dormitorio, para ponerse presentable, oyó que le decían en voz baja:

—Por favor, niña, no suba usted.

Jamás la había llamado de ese modo. Sonaba paternal. Lino, detrás de ella, se estregaba las manos nervioso.

—Me has asustado. ¿Está enfermo el señor?

El viejo criado se limitó a repetir «No suba usted», la tomó del codo con suavidad y trató de apartarla de la escalera.

Era un viejo de aspecto noble, que caminaba de forma cada vez más achacosa, con las piernas estevadas y la espalda encorvada. Hizo esfuerzos por sonreír, pero sus dientes, grandes y blancos como teclas de un piano, dieron a su rostro una expresión de infinita pesadumbre, el disonante acorde de una premonición.

—Son cosas que hay que entender…

Una sospecha radiografió como un relámpago intempestivo su mente a oscuras. Isabel, incrédula, se resistió a comprender. «¿Quién está con él? ¿Una amante?»

El vago gesto que los hombros de Lino ejecutaron no despejó sus dudas.

Sus miradas se cruzaron. Aturdida, no sabía qué hacer. Le dolía tener que compartir esos momentos con un criado. Comprendió que Lino no era quién para decir lo que debía o no hacer ella en su propia casa, se apartó de él con un quiebro brusco y terminante, y corrió escaleras arriba a reunirse con lo que supo sería su destino.

Llegó con un sentimiento espantoso de vergüenza. Al tiempo que asestaba a la puerta tres golpes secos, solemnes, inapelables, que habrían hecho suponer a cualquiera que aquella frágil mano era la de un almirez, dijo con voz fuerte, rotunda:

—Flores, soy yo. Voy a entrar.

Sin embargo esperó unos segundos. Tomó aire, hinchó su pecho. Del otro lado de la puerta llegó un borboteo nervioso de órdenes, pasos precipitados, roce de ropas. Confundió la voz de Flores con la de uno de los tractoristas de la hacienda, primero quedó desconcertada y luego creyó volverse loca.

Al entrar vio Isabel cómo se cerraba la puerta del cuarto de baño. A quienquiera que hubiese salido huyendo, no le habría costado descolgarse por cualquiera de las ventanas y desaparecer en medio de la noche.

Flores vestía su pijama. Acaso no había llegado a quitárselo todavía. No parecía ni contrariado ni nervioso por la súbita e inoportuna aparición de su mujer.

—Lo siento de veras —dijo con frialdad—. Te esperábamos mañana. Soy un viejo al que no le quedan ya más que algunas fantasías.

Ese «te esperábamos» fue más ultrajante para Isabel que una bofetada.

Y aquel hombre experimentado, una de las cien mayores fortunas del país, que había conocido a todos los presidentes de la república desde que él recordaba, que trataba y recibía a lo más granado de las ciencias, las artes y las letras en su casa, y de las Armas y del Altar, sólo acertó a decir lo que un carterista a quien se ha sorprendido con la mano dentro del bolsillo ajeno.

—Te juro que no estábamos haciendo nada.

—¿Y por eso ha salido huyendo como un ladrón? ¿Quién de tus criados era, Jesús, Izán, Álvaro…?

—Yo no soy ninguna criada. Y aquí la única ladrona es usted.

En la puerta del baño se recortó la figura de una niña desnuda. Tenía el pelo largo, negro y en desorden. Algunos mechones le cubrían la cara. La misma Isabel cayó por un momento en el embrujo de aquellos ojos verdes que la miraban de una manera desafiante. La actitud de la niña resultaba provocativa y obscena. Tenía la piel cubierta de sudor y el pubis afeitado, como si hubiese querido prolongar una ilusión: aunque seguramente por poco tiempo aún, seguía siendo más niña que púber, si bien las uñas de las manos pintadas de blanco y el carmín de los labios la hacían parecer más una mujer que una niña. En realidad, la imitación estridente de los sueños de un viejo vicioso.

Flores se encaró con la chiquilla de una manera áspera, y le ordenó que saliera de aquel cuarto. La niña se limitó a cambiar de postura, apoyándose en el quicio de la puerta y juntando sus muslos, como si quisiera de ese modo recordarle que no sentía la menor vergüenza de exhibirse de aquel modo.

Flores se lanzó sobre ella con la mano en alto.

La niña levantó su barbilla, retadora, e Isabel ordenó a Flores:

—No la toques.

A continuación le preguntó:

—¿Cuántos años tienes?

—Catorce, y antes de que usted se metiera en esa cama, ya estaba yo.

Asustaba no tanto oírle decir aquello como su desvergüenza, propia más de una hembra de burdel que de una niña.

—No la creas. No es más que una putilla —gritó Flores, y agarrándola de un brazo la arrastró hasta la puerta, la arrojó fuera como un montón de ropa sucia y ordenó a Lino con una sola voz, sabiendo que no estaría demasiado lejos, que se la llevara de allí.

Isabel experimentó a un tiempo asco, lástima y miedo. Le temblaban las rodillas, notó que el corazón le golpeaba el pecho con violencia, la cabeza le daba vueltas. Sintió ganas de vomitar. Hubiese querido sentarse, pero la idea de hacerlo en aquel dormitorio que era el suyo, le revolvió el estómago. Quiso desaparecer de allí, pero las piernas no le obedecieron. Se sintió aplastada, humillada e insignificante. Aquélla era una de las habitaciones más grandes de la casa. El tillado de granadillo y un techo de más de cinco metros perfilaban su magnificencia. Del artesonado de maderas oscuras pendían en fila tres ventiladores. Sus aspas girando lentamente tenían algo de la hipnótica rueda de los zopilotes. Isabel dijo: «Dime que no es verdad, que nada de esto es real».

En un extremo había una gran chimenea, recuerdo acaso de cuando nevó en Constanza, y frente a ella dos grandes butacones tapizados con piel de potro. En uno de ellos se sentó Flores, taciturno, sin mirar a su mujer. Parecía meditar una explicación, acaso un modo más persuasivo de pedir perdón. Isabel, de espaldas a Flores y a la cama deshecha, parecía mirar desde el gran ventanal la oscuridad donde se extendían las vastas praderas y jardines de La Culebra, con el bosque de nogales y tecas al fondo.

—Yo te quiero a ti —empezó diciendo—. Aquí estas cosas no tienen la importancia que le dan ustedes...

—¿Qué cosas, Flores? Es una niña...

—No puedes entenderlo. Lee, por favor, el libro que acaba de publicar Gabito.

Gabito, como le llamaba Flores, había estado en La Culebra muchas veces, había asistido incluso a su boda, era un buen amigo de la familia, tan inteligente, tan divertido, tan buen prestidigitador de sus grandes relatos.

—Es uno de los padres de la patria, un premio Nobel, no es cualquiera.

Isabel le atajó conteniendo su ira:

—¿Vamos a hablar de literatura?

—No, pero te recuerdo que en su novela un hombre viejo como yo, que se siente solo, mete en su cama a una putilla, y mientras ella duerme, va pensando en su vida. No hacen nada. Y no exageres: ya no es una niña, es más mujer que muchas. No es sexo lo que busca el viejo en ella, es otra cosa, compañía quizá, consuelo para su despedida de la vida... Al llegar a La Culebra esta tarde, me he sentido más solo que nunca, viejo, abandonado. Me acordaba de todas mis soledades pasadas y me dio miedo tanta ceniza. No me queda ya mucho tiempo, ha sido el ensayo de una despedida...

—¡Dime que no es verdad lo que estoy oyendo! ¿Que ella no es una niña, sino sólo una putilla? ¿Adelantaste por eso tu venida? ¿Quién eres? No te conozco. ¿Dices además que la del libro estaba durmiendo? La tuya me pareció bastante despierta y sudada.

—Si hubiéramos estado juntos, esto nunca habría sucedido.

—Por supuesto. Si no he entendido mal, la culpable soy yo por haber vuelto, o por no haber estado contigo.

Isabel no tenía fuerzas para gritar. Flores se puso en pie y empezó a pasear por el espacioso dormitorio.

Hundió su cabeza de bisonte en el pecho, y bufaba. Levantó aquellos ojillos de pedernal que no conocían la piedad.

—No te entiendo. ¿Crees que no sé lo de Max y Claudia? Lo sabe todo el mundo. Jamás te he dicho nada. ¿Sabes que esa niña como tú la llamas me quiere de verdad y que si no te hubiera conocido a ti habría acabado casándome con ella?

—¿Cómo iba a saberlo? Te estoy profundamente agradecida de que me eligieras a mí —cortó Isabel—. Hemos acabado, Flores.

Al fin las piernas la estaban llevando hacia la puerta.

—No dramatices, por favor. Mañana, más tranquilos, hablaremos —oyó que le decía.

Isabel no se molestó en responder.

Encontró a Lino sentado con uno de los perros echado a sus pies.

—¿Por qué no me advertiste que era una niña?

Lino la miró con enigmático desconcierto.

—Don Amaro es bueno, créame —dijo al fin—. Además ésa ya estaba echada a perder mucho antes de que don Amaro se fijase en ella. Hay en Constanza cientos como ellas. A usted la quiere, señora; esto ha pasado porque es muy hombre…

—¿Sigue en La Culebra?

Lino pareció tener al fin una buena noticia que dar, y se apresuró a decir:

—Por supuesto que no. Era tarde para que la regresara uno de los muchachos, y se la ha llevado un taxi.

—¿Desde cuándo la ve?

Lino bajó la cabeza y atropelló unas cuantas palabras ininteligibles.

—¿Ha seguido viéndola desde que estamos casados?

El sentimiento de desconcierto iba cediendo paso en Isabel al de la indignación.

—No lo sé. Las mujeres aquí no le dan importancia a cosas que no la tienen —dijo secamente el viejo.

Isabel reparó en los amarguillos. Seguían sobre la credencia. Qué diferente significado tenían ya. Le recordaron que los había comprado para Flores. Abrió la caja y echó los dulces al perro.

No pudo impedir que Lino la acompañara con un paraguas hasta la cochera. Caminaron sin decirse nada. Al meterse en su coche, Isabel no supo por qué le dijo que volvía a nuestra casa, acaso por un resto de piedad, para no inquietar a su marido. Eran cerca de las doce y media, seguía lloviendo a mares y la tormenta amenazaba convertirse en un ciclón. Cambió de opinión al pasar frente al Hotel Virrey, el mismo en el que nos habíamos alojado Max y yo, el principio de todo. Demasiado tarde para volver con nosotros. No quería asustarnos. Tampoco hablar de ello. Decidió pasar en el hotel la noche más larga de su vida, siendo la más corta. Hacia las seis, cuando empezaba a amanecer, se levantó de la cama y tomó un baño caliente. En su cabeza se mezclaban en vertiginoso desorden, sucesivo y simultáneo, la imagen de la niña desnuda, la conversación con Flores, el dormitorio de La Culebra y todas las decisiones trascendentales que habría de tomar en unas horas.

Hacia las diez de la mañana, más tranquila y con algunas provisiones resueltas, volvió a casa. Nos encontró en el salón, nerviosos y preocupados. Flores llevaba llamando por teléfono desde hacía dos horas. En el centro

de la mesa vio un aparatoso ramo de inmaculados doncenones.

—Los ha enviado Flores para ti.

—No los quiero. Voy a tirarlos ahora mismo a la basura.

Max se lo impidió:

—Son doncenones. ¿Qué culpa tienen ellos?

—Pero son de él... —intervine en ayuda de mi
amiga.

—Los doncenones no son de nadie. Ni tú, Isabel,
tampoco —nos recordó Max con su compasiva lucidez,
tan superior.

Tres

Isabel deshizo sus maletas y se instaló de nuevo en nuestra casa. Ya había ocupado antes el que se suponía dormitorio de Max. Volvió a ocuparlo. No supimos la idea que sacaría Marisol de aquellas trenzas domésticas ni si llegaría a adivinar quién dormía con quién. Nunca nos permitimos delante de ella la menor broma al respecto.

Los casi tres años pasados junto a Flores, dos como casada, se le habían convertido de la noche en la mañana en una sucesión de hechos irreales, más o menos fantásticos.

Como siempre ocurre, la vida generosa había puesto a nuestro lado a Laura, y la presencia de aquel ser inocente nos ayudaba a todos a mirar hacia adelante.

A la semana Isabel telefoneó a Rosa, la mujer de Lino. Le pidió que le trajese algunas ropas y objetos personales de La Culebra.

Rosa se presentó en la plaza del Cañón con los encargos hechos. Era una india grande de unos cuarenta años, mirada marchita, dientes pequeños y manos cuadradas, que Flores había puesto a su servicio cuando Isabel llegó a La Culebra. Isabel le había tomado cariño y Rosa le correspondía con una firme lealtad sólo comprensible en una sociedad precolonial.

Isabel la invitó a tomar asiento. Rosa me miró, buscando una confirmación. Sentarse delante de su señora lo encontraba acaso ya excesivo, cuánto más hacerlo delante de las dos.

—Vuelva a casa, doña. —Su voz, descolorida y apagada, apenas se entendió.

—¿Tú lo sabías?

Rosa me escrutó una vez más. Isabel miró sus manos aguardando la respuesta.

Rosa bajó la cabeza.

—Ya no me importa —confesó Isabel, animándola a la franqueza.

—No está bien que hablemos de esas cosas.

El rostro de Rosa resultaba impenetrable, era el semblante de la tristeza y de la resignación donde habían cristalizado los mil años de derrotas de su raza.

—Pero era una niña, Rosa…

—Como todas, señora…

—¿Qué has querido decir…?

—Nada, señora.

La intensidad de la mirada de su criada contradijo abiertamente esa contestación

—¿Tú también…? —preguntó Isabel.

Rosa parecía una figura de cera. Sus ojos de un negro ardiente se llenaron de destellos, como los de algunos felinos disecados. Isabel esperó de ellos una explicación que no llegó. Extraña raza la de estas indígenas, pensé. Nunca he llegado a comprenderla, misteriosa, taciturna, esquiva y silenciosa.

Rosa se puso en pie. Daba por terminada aquella conversación.

En la puerta, se volvió hacia su señora, y a pesar de su hermetismo añadió suplicante y asustada:

—Yo no le he dicho nada.

El miedo no había desaparecido de su voz.

Ese mismo día, Isabel nos sorprendió con algo nuevo:

—Voy a denunciar a Flores. Después de haber hablado con Rosa, me he decidido. En el trópico estas cosas serán de otra manera, como me dijo Flores, pero aquí son también delito.

Flores era un hombre poderoso y respetado. Nadie lo dudaba. Probablemente no encontraría una sola persona dispuesta a testificar. Le preguntarían por la niña. ¿Cómo, dónde encontrarla? ¿Se tomaría nadie en serio el testimonio de alguien que probablemente se dedicaba a la prostitución? Solían ser ellas, conminadas por sus familiares, las primeras en negarlo. ¿Cuántos años tenía ahora? Ella aseguró que catorce. Quizá fuesen menos.

Max le dijo:

—Si estás resuelta, mañana yo mismo te acompañaré a presentar esa denuncia.

La opinión de Max, que era casi siempre modelo de ecuanimidad, resultó decisiva.

La estación de policía en la que entraron a las ocho de la mañana era como todas las comisarías del mundo: sucia, inquietante y deprimente, uno de esos lugares en los que hasta los inocentes temen no declararse culpables de algo.

Avisado por el policía de la entrada, se personó un sargento, un hombre de facciones angulosas y ojos torvos. El nombre de Amaro Flores le había hecho comprender al subalterno que aquel asunto pedía ser tratado por persona de mayor rango. Este tombo de novelucha negra ni siquiera se tomó la molestia de saludarlos, y les invitó a seguirle a su despacho, un angosto zaquizamí presidido por una fotografía del presidente de la nación y otra del Papa, en su visita al Santuario de la Virgen de las Nieves en los años ochenta.

—¿Han hablado ustedes con alguien de esto? —preguntó manoseándose la barba.

Isabel negó con la cabeza.

—Bien. ¿Y usted quién es? —preguntó a Max.

Max dijo su nombre.

—Ah, ya recuerdo. A usted le secuestraron hace dos

años, ¿no es así? ¿Por qué no denunció aquel hecho? ¿Sabía que eso es un delito? La policía sabe más de lo que ustedes creen. Tuvo suerte. Mucha suerte. Aquella noche la pasó usted en Tamagusca, en la casa de una hermana del chófer de Colsecurity que le hacía también de guardaespaldas. Amenazó con denunciarles si no lo soltaban. No quería perder aquel trabajo. No le sirvió de mucho. Lo mataron cuatro meses después. En fin, sigamos...

Max no supo qué responder, impresionado.

—Son acusaciones muy graves, ¿lo sabe? —dijo dirigiéndose de nuevo a Isabel—. Dígame, señora: ¿cómo se llama la niña con la que, según usted, estaba su marido?

Isabel admitió desconocerlo, pero no sería difícil dar con su paradero. Como Lino no quiso despertar a uno de los muchachos que podrían haberla llevado de vuelta, quizá porque no quiso otro testigo incómodo, había pedido un taxi para ella, y un taxi la había devuelto a Constanza. Alguien podría comprobar eso. Quedaría registro de esa carrera, si Lino o su mujer Rosa o los muchos que estarían al corriente en La Culebra de esa visita, no quisieran hablar.

—Les aconsejo que no conversen con nadie de todo esto. Y por cierto, tampoco hagan caso de las porquerías que van contando de ustedes dos, de usted y de su hermana —dijo dirigiéndose a Max, con expresión candorosa—; ni las que últimamente circulan de los tres en el mismo sentido —y viró la mirada hacia Isabel—. Ustedes me entienden. En fin, no nos desviemos de nuestro asunto. Yo les mantendré al corriente.

Isabel, furiosa, no pudo contenerse:

—¿A qué se refiere? ¿Qué está usted insinuando?

Max posó su mano sobre la de Isabel, sin dejar de mirar a aquel hombre a los ojos.

—Déjalo. En efecto, no nos desviemos de nuestro asunto. ¿Y la denuncia? ¿No va a cursarla? —preguntó Max como se le hablaría a un cochero.

—¿Qué quiere que hagamos, señor? La señora no sabe el nombre de la niña, no sabe dónde vive, ni aporta ningún testigo.

—Puedo describirla —dijo Isabel rehaciéndose.

—Será como todas —dijo el policía, mientras empezó a sacarle punta a un lápiz con una navaja—. Ni siquiera sabemos si tiene catorce años. Pudo mentir. Mienten siempre. Si les conviene se ponen años, y otras se los quitan. En los puteaderos de Constanza no encontrará a nadie que admita que tienen trabajando a ninguna niña. Las llaman directamente los clientes o sus chulos, que suelen ser de su propia familia, a veces sus padres, sus tías, sus abuelas, y acuden a la casa del cliente o al hotel, y desaparecen para siempre. O las agarras *in fraganti* o no hay nada que hacer. Además, usted me ha reconocido que la niña consentía en aquella relación. En ese caso, ¿la policía qué puede hacer?

—Que se cumpla la ley —respondió Isabel.

El sargento no prestó la menor atención a esa frase, y sopló sobre la punta de grafito.

¿Que tiene menos edad que la que exigen las leyes? Eso era algo que sucedía a diario sin escándalo. ¿A quién iba a preocuparle la reparación de los derechos de una prostituta?

—De acuerdo. Tiene usted razón. Pero voy a presentar la denuncia. Y puedo describirla porque no era como todas las niñas. En La Culebra tiene que haber muchos que la conozcan. No era la primera vez que iba a aquella casa, eso se lo aseguro.

El sargento salió de mala gana y trajo consigo a un cabo que empezó a teclear en un prehistórico ordenador de carcasa mugrienta. Su tecleo, lento y cerril, exasperaba. Sus dedos sobre el teclado, cortos y gordos, lo congestionaban de continuo presionando dos y tres teclas al mismo tiempo, y sembrando de faltas un escrito que era preciso corregir sobre la marcha. Cuando hubo terminado con los preliminares, pidió la descripción de la niña.

Isabel la describió como de un metro cincuenta de estatura, delgada, bien formada, con las uñas de las manos pintadas de blanco. Piel oscura y pelo largo, color castaño y lacio, con flequillo. Al hablar se lo soplaba hacia arriba para despejárselo de los ojos, unos ojos verdes que llamaban la atención.

Cuando salieron de la comisaría, Max dijo a Isabel:

—Yo conozco a esa niña.

Esa tarde encontró en su archivo, entre las fotos de Constanza, las que hizo en el restaurante el día que llegamos para la boda Carmen, Beatriz y yo. Qué lejos nos pareció aquel día, como de una vida anterior.

Isabel confirmó que era la misma que había visto hacía unos días en La Culebra y yo la reconocí también: «Max, la vimos en casa de Flores el día de su boda». Sin embargo Max no recordaba este último detalle.

Antes de volver a la estación de policía Max decidió buscar el restaurante por su cuenta.

«¿No será arriesgado?», preguntó asustada Isabel. Max prometió, si de ese modo nos quedábamos más tranquilas, hacerse acompañar por Apolo Salvador, un compañero de trabajo.

Flores, que había estado enviando doncenones cada día, ése dejó de hacerlo para siempre.

La mañana del domingo Max efectuó sus primeras pesquisas y subió solo hasta el barrio de Quijano.

Se sorprendió al ver una foto de la niña, en fotocopias, por todas partes, pegada en paredes, escaparates, puertas, mamparas...

No le costó llegar a Margarita, la modesta casa de comidas que había encontrado la primera vez por azar.

El restaurante estaba vacío. Al oír la puerta, una vieja mulata con el pelo cano, recogido en un moño, asomó la cabeza por una cortinilla de macarrones de plástico ensartados que separaba el comedor de la cocina.

La abuela le contó que la niña había desaparecido hacía tres semanas sin dejar el menor rastro. Habían denunciado el hecho a la policía al día siguiente de su desaparición. Los vecinos se habían volcado en su búsqueda, como había podido comprobar.

—Incluso el papá de Yéssica le habló a don Amaro.

—¿Y quién es don Amaro? —preguntó Max.

Su padrino, explicó la abuela, como lo era de todos los que nacían en la hacienda. La niña vivía con ella desde los siete años, desde que la madre de Yéssica murió. El padre, que trabajaba de tractorista en La Culebra, volvió a casarse a los pocos meses, y la niña prefirió irse con los abuelos a vivir con la madrastra, que le pegaba. Hacía años que no sabían de él. ¿Estaba su abuela al corriente de las relaciones de su nieta con Flores? ¿Lo estaba su padre? ¿Era comprensible que una niña de once años se ofreciera al primer desconocido, como una buscona, sin haber sido iniciada antes por alguien?

—Ha sido su perdición lo linda que es. Es que no parece una niña de desarrollada que está... —dijo la abuela.

En un primer momento, cuando denunciaron la desaparición de Yéssica, siguió contando su abuela, los policías se los quitaron de encima: sólo en una ciudad como Constanza, de novecientos mil habitantes, se denunciaban dos mil doscientos casos de desapariciones al año, de los que sólo acababa resolviéndose una pequeña parte. Al ver algunas de las fotografías que les mostraron, el mismo policía que no había tenido el respeto hacia el dolor de los suyos, tampoco tuvo el decoro de guardar para sí sus pensamientos, y exclamó, según la abuela, con una salacidad intolerable «que la muchacha era un bizcocho y que seguramente habría volado ya lejos».

Los abuelos acudieron a la estación de policía al día

siguiente de la denuncia y al otro para interesarse por la búsqueda. Al tercero se les prohibió que volvieran mientras ellos no les avisaran: ¿en qué se convertirían las estaciones de policía de Constanza si los familiares de los dos mil desaparecidos decidieran presentarse a diario para ponerse al corriente de las investigaciones?

Isabel y yo supimos de inmediato, en cuanto le vimos entrar, que las noticias que Max traía no eran buenas.

—No habéis encontrado el restaurante… —aventuré.

—Peor… Lo he encontrado.

Contó lo que sabía.

Al cabo de unos días hubo importantes novedades en el caso. La belleza de la niña y la movilización de los vecinos sirvieron para que su desaparición no cayera en el olvido, y una semana después su fotografía estaba en todos los periódicos nacionales y en todas las televisiones. El país se enamoró de aquel rostro que todos encontraban virginal. Vino a representar a los cientos de niños cuya desaparición jamás trascendía a los periódicos.

Aquella publicidad del caso nos asustó a los tres. Intuimos que podía empezar algo en verdad peligroso, y dejamos pasar el tiempo, hasta que del mismo modo súbito que emergió, la noticia de la desaparición de Yéssica se evaporó de los periódicos nacionales, volviendo al ámbito vecinal del barrio de Quijano.

El hecho de que la niña fuese tan conocida, quizá beneficiaría los trámites de su denuncia.

—Has de pensar muy bien lo que vayas a hacer, porque no estamos hablando de una denuncia de hurto —le advirtió Max a Isabel—. Si das ese paso, probablemente ya no podamos volvernos atrás. Te enfrentarás a un hombre poderoso.

—Mi familia también lo es.

—Seguramente contarán de ti cosas horribles de las que ni siquiera podrás defenderte.

—Y de vosotros. Conforme. He de pensarlo. Sola.

—No creas que nos asusta lo que puedan decir de nosotros. Si tú te decides, te secundaremos.

—Lo sé. ¿Y vuestros trabajos? Se los debéis a Flores.

—Te digo lo mismo que de los doncenones —dijo Max—. Los trabajos son de quien los trabaja. Por eso son trabajos.

El mar se encontraba de Constanza a una hora, por una carretera que había sido un suplicio recorrer justamente hasta que se hizo aquella otra en la que Max había contribuido con su famoso puente de La Quebrada.

De joven Isabel se refugiaba en la casa que sus padres tenían en la playa siempre que necesitaba estar sola, pensar sobre su vida, recomponerse tras algún tropiezo sentimental…

—Necesito ver el mar. Estar sola. Quizá llegue tarde.

A las cuatro y media estaba paseando por una de las playas de Sacramento. Apenas quedaban bañistas, que empezaban su retirada hacia los hoteles. Al contrario de lo que a menudo le aconsejaron las olas en las inabarcables playas de su niñez, en las sacramentinas le parecieron palabras ininteligibles, como si el mar hablara dos lenguas diferentes a uno y otro lado del Atlántico.

Como había anunciado, llegó de vuelta tarde. Nosotros estábamos ya acostados, la niña dormía profundamente como siempre después del baño y su toma. A la mañana siguiente, cuando Max se levantó para preparar el desayuno, encontró a Isabel en la cocina.

—¿Te has decidido? —preguntó.

Durante la cena volvimos a hablar de ello. En realidad ése fue el centro de nuestras vidas entonces.

—Seguiré adelante —nos reiteró—. ¿Podría hacer otra cosa? Mañana iré a un juzgado, y presentaré además una denuncia nueva. Ayer me siguieron. Estaban esperándome abajo. En cuanto saqué el coche del parqueadero, se pusieron detrás. Me di cuenta antes de salir de Constanza, y luego tuve ochenta kilómetros para cerciorarme. Creo que querían que supiera que me estaban siguiendo. Hasta llegar a Sacramento. A la vuelta ya no les vi. He llamado a Flores. Se ha indignado sólo con la sospecha. Me ha pedido perdón de nuevo. Quiere que vuelva a La Culebra. O es un cínico o quiere jugar conmigo.

—Flores sabe que estuvisteis en comisaría —dije yo. Para mí era algo evidente, como atar los cabos sueltos de una novela.

—Yo también lo creo —confirmó Isabel—. En cualquier caso, no quiero volver a verlo.

—Si Flores es como has contado, eso es lo que más asusta, su frialdad. Seguramente la desaparición de Yéssica no tiene nada que ver, pero da que pensar. Cuídate. Quizá debieras pensar en volver de nuevo a España con tus padres, y dejar tu país una temporada.

Max intentaba todo el tiempo frenarnos a Isabel y a mí.

—No. Parece mentira que seas tú, Max, quien diga esto, cuando habéis tenido las agallas de enfrentaros a algo mucho más peligroso. Me he preguntado cómo no supe darme cuenta antes de quién era Flores. Esa Yéssica me pareció con catorce años más corrompida que otras con cincuenta. No sé cómo empezaría en eso, si primero fue un viejo que la miraba pensando escribir un *bestseller* o su propio padre, y os aseguro que no me cabe la menor duda de que ella, por interés o por lo que fuese, consentía, incluso deseaba esa relación con Flores. Sí, lo he pensado bien. A cada persona se le presentan en la vida muy pocas ocasiones en las que puede reparar un daño inmenso y hacer algo para que este mundo no sea un lodazal. Vosotros habéis hecho ya ese algo. No sé si Flores está detrás de la desaparición de Yéssica; no sé si fue él el que mandó seguirme, pero no tengo la menor duda de que le vi en una cama con una niña. De modo que ya lo sabéis. Buscaré un trabajo en Constanza de abogada, de profesora, de economista, de lo que sea, y me mudaré a una casa hasta que todo haya acabado…

Max pidió disculpas por si alguien había entendido que quería abandonarla en aquellas circunstancias.

—No vas a quedarte sola —añadió Max—. Me gusta Constanza, para mí estará siempre unida a Clau y a Laura. Jamás hubiera pensado que terminaríamos viviendo en este fin del mundo ni de esta manera. Me gusta la gente de aquí, mi trabajo en las obras, puedo hacer las fotografías que siempre he querido hacer, tengo aquí una hija que es ya de este país... Pero pienso en ti, Isabel, y sé que un lugar como éste acabará haciéndosete odioso, porque es el lugar donde has sufrido el mayor engaño y el mayor desengaño...

—¿O sea, que todos de acuerdo? Yo sólo tengo que limitarme a poner en funcionamiento los oxidados engranajes de la famosa maquinaria de la Justicia. Después funcionará sola, aunque chirríe, y lo hará de forma inexorable. Espero.

—Debes de ser la única abogada que cree en la Ley —concluyó con ironía Max.

Al día siguiente, de paso hacia su trabajo, Max dejó a Isabel en el juzgado. Al juez no le impresionó en absoluto la tarjeta que le hizo pasar, donde figuraba la dirección de La Culebra. Al contrario, se habría dicho que le molestó, a juzgar por el tiempo que le hizo esperar sentada en una salita.

Era un hombre amorfo y de abdomen pronunciado. Le dijo que tomaba nota de todo, y prometió enviar a la policía judicial a investigar; cuando tuviese una resolución, se la haría saber. Isabel firmó la denuncia y salió de allí con el ánimo ligero. Tranquila por el deber cumplido.

Esa misma semana Isabel empezó a trabajar en el dispensario de Trago Alto donde yo lo hacía como pediatra. Decía divertida: «Quién me iba a decir que acabaría trabajando de misionera». Necesitaba emplearse en algo mientras llegaba la resolución judicial, y aunque era un trabajo de cooperante sin remunerar, la tenía ocupada. «A mi cabeza le conviene distraerse.»

A las cuatro semanas decidió, aconsejada por un colega suyo, volver a presentarse ante el juez.

Yo tampoco la dejé que se buscara un apartamento, como quería. Me ayudaba además con Laura y me hacía mucha compañía, porque Max se pasaba trabajando fuera hasta la noche.

En el juzgado le informaron de que había habido un cambio de jueces, y la recibió otro. El nuevo tendría unos cincuenta años, y era moreno, flaco y de aspecto enfermizo, con las puntas de los dedos y el bigote teñidos de nicotina, lo mismo que el cuello de su camisa lo estaba de un uso abusivo. Sus ojos grandes y saltones de pez parecían eternamente soñolientos bajo los párpados caídos. Se disculpó por no haberse puesto al tanto en el proceso, desempolvando toda clase de cortesías. Le confirmó que su predecesor había sido destinado a otro juzgado. El nuevo parecía un hombre atento y hablador, que Isabel catalogó de ineficiente y rollista. Le pareció uno de esos depredadores que antes de devorar a su víctima la anestesian. El efecto de la cháchara de aquel hombre parecía no conducir a ningún sitio.

—Ya veo —dijo Isabel poniéndose de pie para salir de su despacho—, no me deja usted otro camino. Si todo resulta tan complicado, haremos trabajar a los periódicos…

Y aquel hombre que se había mostrado hasta el momento florido y oficioso, cerró con un golpe seco la carpeta que tenía delante, dio un puñetazo sobre la mesa y rompió a gritar como un energúmeno. Al hacerlo enseñaba detrás del bigote canoso y amarillo un diente de oro.

¿Lo estaba amenazando, le estaba diciendo cómo debía hacer su trabajo? ¿Qué sabía de leyes una mujer?

—Soy abogada —le cortó Isabel.

—Ah —replicó desconcertado—. En ese caso haga lo que le parezca, y salga de mi despacho. Sepa que voy a desestimar la denuncia.

—¿Por qué? Recurriré.

—Recurra. En La Culebra nadie la vio la noche que usted dice. Ni su criado —y el juez buscó un nombre en los papeles—, Adelino Molina, ni su mujer ni por supuesto don Amaro. Hay incluso una declaración de su secretario en la que aseguró que ese día estuvo trabajando con él hasta las doce y media de la noche. A todos ellos se les ha tomado ya declaración. En cuanto a la niña, dicen que hace cuatro años que no se la ha visto por allí, después de que despidieran a su padre por ladrón. Recurra usted, si quiere. En esta ciudad no le servirá de nada.

—No es verdad. Hace dos años estuvo en mi boda —gritó desesperada Isabel—. Todo el mundo la vio. Pregunten a más gente.

En la calle de San Felipe, la calle comercial de Constanza, la animación a esas horas de la mañana era grande. Isabel recorrió aturdida unos metros entre los azacaneados transeúntes, sin comprender lo que había sucedido exactamente con el juez. Empezaba a asustarse. Sabía que el primer paso hacia la locura es siempre creer que todo obedece a una conspiración universal. La desaparición de Yéssica, el modo en que trataron a su familia en el puesto de policía, el seguimiento que le hicieron en coche cuando fue a Sacramento, el modo en que habían atendido sus primeras denuncias, la conversación con el sargento primero al que expusieron los hechos, el cambio de juez, y hacía unos minutos la noticia de que su sucesor, un hombre desequilibrado y violento, desestimaría la denuncia…

Caminó durante media hora sin rumbo fijo, entre la gente. Iba ofuscada. Estuvo a punto de arrollar a un niño vagabundo que pedía limosna, y al que dio, distraída, unas monedas.

La ciudad cada vez le resultaba más extraña. Cuando decidió casarse tenía sentido vivir con su marido en La Culebra, romper con su vida pasada, con su trabajo. Separada, ¿qué hacía allí? La mayor parte de los amigos nuevos que había hecho en Constanza y en la capital, y que tanto la lisonjeaban cuando los recibía en la hacienda o en su casa de la ciudad, dejaron de llamarla al enterarse de su separación. Por la incomodidad y el apuro que algunos mostraron cuando ella los llamó, comprendió que daban por enterrados los testimonios de afecto sincero que hacía sólo unos meses le mostraron como si fuesen a ser eternos. ¿Qué les habría contado Flores de las verdaderas razones de su separación? La propia familia de Isabel trataba ya abiertamente de disuadirla para que retirara la denuncia. Por su parte, ella, excepto a nosotros, a sus padres y sus hermanas, a la policía y a dos jueces, no contó a nadie la razón de la ruptura. ¿Habría trascendido? Probablemente, tratándose de quien se trataba. Se sentía sola y desarraigada, a pesar de nuestro apoyo. Asistir a nuestra felicidad, por otro lado, venía a ensombrecerla aún más y a subrayar su desdicha. No acababa de comprender cómo Flores podía haber hecho una cosa así; cómo no había sabido descubrir a tiempo lo que era su marido. ¿Hubiera sido posible?

No habían vuelto a tener noticias suyas en aquellas semanas, y eso lo agradecía. Hasta sus doncenones, por mucho que dijera Max que no le pertenecían, le habían hecho daño.

Volvió a casa a la hora del almuerzo. Desde luego nunca había pensado hablar con ningún periodista, pero se vio de pronto presa de su propio envite. «No conozco a ninguno. Si me decido, nada de periódicos locales. A Flores le irritaba *El Siglo*. Sin la menor duda habrá que hablar con el director.»

Pero no se decidió a dar ese paso. «Será nuestra última baza.»

Isabel parecía abatida por primera vez en aquellos meses, desde que abandonó La Culebra.

Max y yo tratamos de ponerle remedio y animarla: «Has hecho cuanto estaba en tu mano».

Isabel, como esos jugadores que han tenido una mala racha, pensaba que su suerte podía cambiar de un momento a otro, y nos pedía ya sólo un poco de paciencia, temiendo que empezáramos a cansarnos: «Encontraremos un juez justo. Incluso con un periodista nos bastaría. Y que sigan ellos. Dadme dos o tres meses más. Si para entonces no se ha avanzado nada, podremos volver a Madrid».

—Ningún problema —concedimos pensando sobre todo en ella—. Dos o tres meses más. O más, si los necesitas.

La vida, por suerte, tenía otros alicientes. Laura, por ejemplo. Siempre ella. Sin saberlo, cómo nos ayudó a recordar que en la vida no todo era basura.

Isabel empezó a trabajar en una consultora, propiedad de uno de los pocos amigos que aún le quedaban de La Culebra. A Max le acababan de proponer, entre otros trabajos, uno en las nuevas esclusas del canal de Panamá y otro en Brasil, y yo había ampliado mis horas de consulta. Y si Isabel encontraba el país cada día más ajeno a su vida, siendo el suyo, para Max y para mí se había convertido en un pequeño paraíso indestructible.

El verano trajo a nuestras vidas un poco de sosiego y el saludable recuerdo de treguas infantiles. Alquilamos una casa en la playa, en Playa Esmeralda, cerca de Sacramento. Isabel nos acompañó unos días.

Ella estaba cada vez más lejos de Constanza y, sin ella, ¿qué sentido habría tenido para nosotros seguir allí? De modo que Max empezó a considerar la oferta de Panamá.

Pero sucedió algo inesperado, tras las vacaciones.

Mientras se ultimaba el contrato de Panamá, Max tuvo que volver a su antiguo trabajo. Quizá fuese cuestión de cinco o seis meses.

El primer día le aguardaba en la oficina, encima de la mesa como era costumbre, un ejemplar de *El Siglo*. De nuevo la foto de Yéssica. En esa ocasión no la que había circulado por todos los rincones de Quijano, la que salió en periódicos y televisiones, sino la que él le había hecho hacía ya casi tres años. En la primera página. Unos niños habían encontrado su cadáver mientras jugaban en un barranco de la ciudad de Ñutacá, en el departamento occidental de Tenegüé, a setecientos kilómetros de Constanza. Max entró a continuación en internet. La noticia aparecía en todos los periódicos nacionales, y la estaban difundiendo radios y cadenas de televisión. ¿Cómo había llegado la niña hasta allí? ¿Viva, muerta? Para ir por carretera a Ñutacá desde Constanza había que atravesar necesariamente territorios peligrosos, controlados por la guerrilla, cuando no por narcos y bandoleros de toda laya. Telefoneó Max a casa y habló conmigo. Isabel estaba a mi lado. Nos acabábamos de enterar por Marisol, que trabajaba en sus labores con un transistor pegado a la oreja. Hubo un detalle que a Max no se le pasó por alto. En *El Siglo* se aludía de pasada a «la vinculación» de Yéssica con La Culebra, «la conocida propiedad de don Amaro Flores». Era la primera vez que sus nombres aparecían públicamente relacionados.

Esa misma mañana Isabel y yo acudimos juntas al dispensario, contra la opinión de Max, que de pronto se volvió exageradamente precavido. Pretendió incluso que no saliéramos de casa.

—Cuanto antes te vayas del país, mejor —aconsejó Max esa noche a Isabel—. Y lo mismo nosotros. Tenemos que salir de aquí.

La fragilidad de Isabel era engañosa, la delgadez de sus brazos y sus piernas no eran sino la rotunda confirmación de que los caracteres enérgicos a menudo se refugian estratégicamente en apariencias vulnerables. Su fortaleza mental se asomaba al mundo en unos ojos pequeños de color miel, que eran la representación misma del espíritu combativo, irreductible, de las aves de cetrería. La noticia de la muerte de Yéssica parecía haberle dado nuevos bríos, del mismo modo que una corriente de aire impulsa al pequeño cernícalo a lo más alto, desde donde divisa y señorea el territorio de la astuta rata. Al fin tenía a Flores a su alcance.

—Max, no hay que exagerar. Todo a su tiempo. Claudia te lo puede decir. Todo está bien. Presiento que Flores está muy cerca de sentarse en el banquillo. Será una advertencia a todos los que se han creído por encima de la ley, con o sin *bestseller*.

Isabel fue a la cocina a buscar un refresco, y yo aproveché para decirle a Max que me preocupaba nuestra amiga:

—No es consciente de los riesgos que corre —me dijo Max—. Hemos de convencerla para que se vaya, y si no quiere, la forzaremos yéndonos nosotros con ella.

Isabel lo oyó, pero fingió y no dijo nada entonces.

Por esos mismos días aparecieron de nuevo los seguimientos en el coche, cuando íbamos juntas a Trago Alto. Isabel me pidió que no le dijera nada a Max, y por desgracia le hice caso. Me había convencido de que la denuncia prosperaría al fin, aunque no tuviese ningún indicio de que ello fuese a suceder. Y yo, por otro lado, le debía tanto a Isabel, que no le dije nada a Max. Al menos nos siguieron en tres ocasiones, siempre dentro de la ciudad. Si la siguieron a ella sola, no me lo dijo. Y cuando se lo pregunté una vez, lo negó. Pero no tenía miedo. Elegante como era, hubiese podido decir que por delicadeza perdería su vida, pero también por delicadeza un domingo por la tarde, tomando un jugo en una de las terrazas de la plaza, nos anunció su decisión.

—Tenéis razón. No quiero preocuparos. Me marcho de Constanza, me voy de este país, vuelvo a España.

Fue para mí una de las mayores alegrías, porque yo no era tan valiente como ella y empezaba a estar inquieta de verdad.

El contrato de Max para ir a Panamá estaba listo también.

La determinación de partir nos puso de inmejorable humor a los tres. Nos sentíamos asilados, a salvo, en la íntima decisión de dejar Constanza.

—Pondré de todos modos mi recurso —dijo Isabel—. Es lo último que puedo hacer aquí. ¿Cómo me sentiría el resto de mi vida si no lo hiciera? Y después, allá ellos con sus leyes, allá Flores y sus menores, y allá cuentos.

—Yo que tú ni siquiera recurriría. Ya has hecho cuanto podías hacer.

Era Max el que insistía.

Aunque Isabel no replicó, parecía estar de acuerdo, como demostró el hecho de que a partir de ese momento ya no volviéramos a ocuparnos de Flores ni de la denuncia. Dejamos de hablar de todo aquello. Sólo pensábamos en los preparativos y en la partida. Y como siempre en Laura.

Cuatro

Max, Isabel y yo misma anunciamos nuestra marcha en nuestros trabajos respectivos.

En el vestíbulo de los juzgados, adonde Isabel volvió atraída por una fuerza extraña, se cruzó con el juez que había desestimado su denuncia por un defecto de forma.

Isabel interceptó su paso. Le expuso lo que acababa de sucederle.

—¿Y a mí qué me cuenta?

Isabel adoptó paradójicamente el papel de la mujer del hombre influyente que era Flores y al que ella pretendía denunciar, y amenazó al funcionario de nuevo con hablar con los periódicos. Gran error. Isabel había contravenido tres reglas de oro en una: nunca hay que amenazar, porque una amenaza es siempre ponerse al descubierto innecesariamente; si alguien ha tenido la debilidad de amenazar ha de tener al menos el coraje de llevar a efecto la amenaza, y, por último, no hay nada tan patético como amenazar por segunda vez; es la demostración a un tiempo de la debilidad y de la inconsecuencia.

El juez, que naturalmente no había visto que sus amenazas se hubieran cumplido, le replicó sarcástico:

—¿Los periódicos? Esto no es Europa. Aquí lo que sobran son historias en los periódicos. Haga usted lo que le dé la gana, señora, y déjeme en paz.

La apartó con un aspaviento aparatoso, y siguió su camino.

Desde luego tampoco en esta ocasión nos dijo nada. Creo que no lo hizo porque pensaba íntimamente que aquel episodio en los juzgados había sido un punto final. Ahora sí, se olvidaría. Flores era ya una historia cuyo remate siniestro volvía tenebroso todo lo que no lo había sido en absoluto, sus viajes a París y Venecia, sus vacaciones en la Toscana, el verano que pudieron consagrar enteramente a Wagner y a Rossini por deseo de Flores, pese a que no le gustaba especialmente la ópera, incluso las primaverales estancias en La Culebra.

Al mediodía Isabel nos encontró a Max y a mí de excelente humor. Antes de partir hacia Panamá, habíamos resuelto pasar quince días en Madrid. Nos alojaríamos unos días en casa de Cathy.

—Se diría que en el mundo se dan los dos extremos —observó Max—. Lo mejor y lo peor, los Flores y los Agustines, y las Cathys y las Isabeles.

—Hombres malos, mujeres buenas… Pareces un feminista radical —bromeó Isabel.

Los últimos detalles llenaron todos nuestros momentos libres. Isabel pidió a Max que se ocupara también de la venta de su coche. Había sido un regalo de Flores al llegar a La Culebra.

El mismo compañero de oficina al que Max había vendido ya el suyo, le dio la dirección de un comprador para el de Isabel, a las afueras de la ciudad.

A la mañana siguiente Max e Isabel tenían planeado llevar el coche al vendedor. Se levantaron temprano. Iban a irse, cuando a mí se me ocurrió acompañar a Max. Le pedí a Isabel que se quedara en casa. Después haríamos algunas compras en Constanza. Isabel no tuvo inconveniente.

El coche de Isabel era un híbrido de importación, a medio camino entre un utilitario y una miniatura de todoterreno, con los cristales ahumados. Los escasos momentos en que Max y yo nos veíamos solos fuera de casa, los vivíamos con la avidez adolescente de los recién casados. La idea de volver a España y ver a los niños y a Cathy nos había activado lo indecible.

El tráfico esa mañana era oclusivo y estridente y de una lentitud exasperante.

—No me importa —le dije a Max. Yo estaba especialmente locuaz esa mañana y saltaba de uno a otro tema como un caballo de ajedrez—. Tendremos tiempo para nosotros solos. Como cuando éramos novios. ¿Te parece bien llevarle a Cathy de regalo un collar de carey? Siento más que nunca que mi ex me impidiera adoptar a la niña hindú. Pero adoptaremos otra, ¿verdad? ¿Cómo será Panamá? ¿Eras tan feliz con Cathy?

Aprovechaba esos momentos de euforia para hacer las preguntas cuyas respuestas podían contrariarme un poco. Un modo de contrarrestar las respuestas, sabiendo que a Max no le gustaba en absoluto que fuese tan directa.

—¿Por qué harás esas preguntas? —me respondió molesto—. Si te digo que sí no es mentira, y si te digo que no, no es verdad del todo. Yo siempre pensé, desde antes incluso de ir a Clarendon Hills, que la felicidad les sucedía a los otros. Me decía: «Cualquiera puede ser feliz, si no es yo». De modo que decidí ser otro: un ingeniero, un fotógrafo. Ser un puente, ser una foto. Ser nadie, como tú dices. Ahora me da un poco de vértigo pensar dónde hemos llegado. Tú representas para mí todo lo que yo pensaba que tenía que ser el amor. Lo extraño es que no lo reconociera antes, teniéndote al lado. Tenía que suceder algo, y eso sucedió. Fue un verdadero acontecimiento. Era una posibilidad entre diez millones que sucediera, y una entre cien que además resultase bien.

Yo, como he dicho, no le había contado a Max nada de las veces que nos habían seguido a Isabel y a mí. Como esos niños que creen ponerse a salvo de los monstruos que ven, cerrando los ojos, porque creen que al no verlos dejan de existir. Teníamos algo mucho mejor en que pensar: hablábamos de nuestro amor. ¿Hay algo que guste más a dos amantes?

—No hay día —le dije— que no piense en ti cien veces, cuando estás fuera, en el trabajo. Pero me sucede lo mismo si te tengo al lado. No me canso nunca de saber que estás conmigo, y estoy segura de que si recordara mis sueños al despertarme, serían sueños contigo.

—Para mí —dijo Max— eres algo desconocido que siempre me resulta familiar.

—Para mí es lo contrario —le dije—. Eres algo muy familiar que nunca acabo de conocer del todo, que siempre me sorprende.

—Son dos maneras de decir lo mismo. Has hecho con mi vida como yo imaginaba que sería la vida de los otros. No sé si los demás son yo, lo que siento es que al fin he llegado a ser como ellos, como esos otros que envidiaba. Tú eres todo lo demás, y yo lo tengo cada mañana, durmiendo a mi lado, comiendo conmigo, viajando conmigo. Sé que nunca me separaré de ti y eso me da un vértigo especial. Creo que los niños sienten ese vértigo al estar junto a sus padres, porque saben que nada malo puede pasarles.

—Max, tú crees que Laura será feliz, ¿verdad? —dije de pronto—. ¿Que nunca se avergonzará de nosotros? Sería horrible, sería más de lo que podría soportar. Creo que si sucediese algo así, me moriría de pena.

—Será feliz, porque crecerá entre gentes que tratan de serlo. Pero probablemente nunca podremos decirle la verdad, porque quizá sólo pueda ser feliz si no la sabe. Es un dilema irresoluble. Espero que no nos culpe por ello.

Me quedé pensando estas palabras, y guardamos silencio. Fue entonces cuando Max descubrió por primera vez aquel poderoso todoterreno, avasallador, descomunal, disuasorio como un dinosaurio, detrás de nosotros. Tenía también los cristales ahumados. Vivíamos en un país en que la mayoría de los coches de los ricos los tenían. Era un signo de la magnificencia de sus dueños, que parecían declarar de ese modo la impenetrable manifestación de su poder tanto como la fuente tenebrosa de donde procedía.

—Creo que nos están siguiendo —me advirtió Max sin perder la calma, pero como si sus perseguidores pudiesen oírle.

A mí me costó entender de qué hablaba Max. El coche mantenía con el nuestro una distancia prudencial. Circulábamos ya por la carretera general, bastante concurrida a esas horas. Vimos a lo lejos el puente de La Quebrada que le había traído a Max hasta Constanza por primera vez. Antes de cruzarlo, debíamos tomar el desvío.

—Tu puente es precioso, parece una libélula —dije fingiendo despreocupación—. ¿De verdad nos siguen?

El puente se había construido para salvar unas quebradas considerables de aquella parte de la sierra tapizada de espesa vegetación. El desvío hacia el establecimiento de los coches usados conectaba con un tramo de carretera vieja, estrecha y serpentina que ya nadie utilizaba.

—Sabremos si nos siguen al tomar el desvío —dijo Max.

—Max, sigue recto, no lo tomes —le dije con angustia. Tuve un presentimiento horrible. O fue sólo miedo.

—Ya no les veo.

Entramos en la carretera vieja.

El firme irregular y las vueltas y revueltas obligaban a circular con una marcha corta. No se veía a nadie por ningún lado.

—Creo que no es éste el desvío —receló Max.

Entonces acusamos la primera embestida en la trasera de nuestro coche, seca, inesperada, suicida. La segunda nos arrojó al vacío.

A menos de veinte metros, un niño, que llevaba su

cabra a pastar por aquellos arcenes, lo vio todo. Él y su abuelo corrieron a dar parte del accidente.

A mediodía Isabel me telefoneó.

Le habló una voz desconocida que le puso al corriente. Isabel sintió que el corazón dejaba de latirle, y aquel dolor agudo le impidió respirar. Quiso gritar. No se lo estorbó Laura, que dormía a su lado, sino su propio espanto. Se sentía culpable: aquél era su coche, ella era quien debería haber ido a venderlo, ella la única que debería haber estado en él.

Corrió al hospital donde me habían llevado a mí. Pese a que las posibilidades de que saliera con vida, según le informaron, eran escasas, las palabras de esperanza pusieron una pequeña luz al final de aquel túnel profundo que acababa de horadarle a un tiempo el pecho y la cabeza, sentimientos, pensamientos.

Ni siquiera le permitieron verme. Max estaba en el depósito, a la espera de la autopsia.

Isabel permaneció todo el tiempo sola. No supo a quién pedir ayuda. Ni siquiera pensaba. A media tarde vinieron a buscarla al hospital dos policías que querían hacerle unas preguntas.

Se la llevaron a la estación de la calle Cortiles. Allí la aguardaba un superior, que la atendió con suma corrección. Un hombre joven de uniforme y ademanes corteses. La pena que aseguró le había producido el accidente parecía ser más que una formalidad social.

—Sus amigos, ¿habían recibido alguna amenaza últimamente?

Cuando encontró fuerzas para hablar, le contó, del modo más ordenado que pudo, todo lo que sabía, sin olvidar detalle, su ruptura con Flores, las razones, Yéssica, su desaparición y muerte, sus denuncias fallidas, los seguimientos de que habíamos sido objeto, la descripción del coche que nos siguió al menos en diez o doce ocasiones. No recordaba.

Aquel joven de uniforme y facciones indígenas, que hacía unos minutos no sabía quién era Isabel ni Max ni yo, impresionado por su relato, ni siquiera se había acordado de tomar notas. Aquella fabulosa historia, en la que parecían estar implicadas personas señaladas y respetables de la comunidad no sólo constanzana sino nacional, había llegado a su modesto despacho, después de que instancias mas altas la hubiesen desestimado, si no obstruido deliberadamente su circulación, de ser cierto cuanto sostenía aquella mujer. Prometió hacer todo lo que estuviera de su mano, y mantenerla informada. Las esperanzas de encontrar a los culpables, en un país donde morían al año violentamente por ajustes de cuentas y delincuencia dieciocho mil personas, eran escasas.

Un coche de la propia policía dejó a Isabel de vuelta en el hospital. Entre extraños, ni siquiera podía encontrar el consuelo de las lágrimas. El alud de la vida la había sepultado, pero al mismo tiempo la naturaleza despertaba su instinto de supervivencia cuando ella sólo quería dejarse morir: tenía que ocuparse del entierro de Max, de mí, por supuesto de la pequeña Laura, al cuidado de una Marisol que a esas horas terminaba su jornada laboral…

Del hospital la enviaron a casa; mi estado era, dentro de la extrema gravedad, estacionario. En unos riñones como los míos, los problemas no iban a tardar en aparecer.

En el trayecto hacia casa sonó su móvil. Flores la llamaba desde la capital. Quería manifestarle su pesar. Oír su voz la trastornó. No pudo contenerse y a los insultos añadió las acusaciones más graves en un desordenado y tumultuoso desahogo que quería devolver al responsable de la muerte de Max y acaso de la mía todo el daño que habíamos recibido de su parte.

En el espejo retrovisor del taxi un hombre asustado miraba a la mujer bien vestida que le gritaba asesino a alguien hasta quedarse afónica, hasta que comprendió que ya nadie le escuchaba al otro lado.

Encontró la casa llena de extraños. A esa hora ya todos nuestros vecinos estaban al tanto. En los telediarios y boletines de radio venían repitiendo la noticia cada hora. El joven ingeniero autor del puente de La Quebrada había muerto trágicamente, cuando viajaba con su hermana. Los detalles del accidente se estaban divulgando con algunas distorsiones o cuando menos interpretaciones interesadas, atribuyéndolo en principio a una fatal equivocación de quienes, en un ajuste de cuentas, nos habrían confundido con otras personas. La ciudad estaba conmocionada. Nos presentaron a los hermanos Fernández-Leal como dos enamorados de Constanza; a mí como una médica ejemplar que trabajaba de cooperante en uno de los barrios más degradados de la ciudad, y a Max como el profesional que había desestimado otros destinos acaso más brillantes para vivir en un país que según sus amigos le fascinaba.

En la casa todos hablaban en voz baja, como si el cuerpo sin vida de Max se velase allí mismo, como si yo estuviese en una de aquellas habitaciones y no en el hospital.

Marisol, la cuidadora de Laura, se excusó por marcharse en aquellas circunstancias y prometió pasar todo el día siguiente con la niña.

Una de las vecinas se ofreció a ayudar a Isabel con ella. Era una joven meridiana y resolutiva que dijo tener también dos hijos pequeños. Su marido, un joven de su edad, de aspecto funcionarial, parecía garantizar con su presencia la seriedad de aquel ofrecimiento desinteresado.

Prometió llamar a su vecina si la necesitaba, y agradeció a los presentes sus atenciones y desvelos. Poco a poco se fueron retirando. Laura dormía. Isabel se había olvidado de llamar a Cathy. Con todo, habría que darle la noticia a nuestros hermanos… Sólo una hora después Isabel tuvo la sensación de que le habían echado encima treinta años. Tomó un baño, no porque sintiese esa necesidad, sino para ocupar su tiempo, y pensar. Se dio cuenta de que llevaba pensando desde hacía diez horas, y no sabía sin embargo dónde estaban ahora esos pensamientos. Se encontraba vacía, no había resuelto nada, seguía sin saber nada del entierro, de mi verdadero estado, del porqué de todo aquello. Sintió de una manera física que sus cabellos se habían vuelto blancos de repente. Al mirarse en el espejo vio su cara desencajada, su tez pálida, su boca contraída en un gesto de espanto. Advirtió por primera vez en el estómago un dolor agudo, difícil de soportar. Quizá le llevara doliendo horas y no se había dado cuenta. La úlcera de los adioses definitivos.

Al rato llamaron a la puerta de nuestra casa. Apareció la vecina servicial con una bandeja con un mantelito de lino y un plato donde había una tortilla francesa. Su marido la escoltaba con una botella de gaseosa y un cestito con pan, cubierto por una servilleta.

—Tiene que cenar algo.

Era uno de esos ruegos con matices autoritariamente maternales y persuasivos que los adultos desvalidos agradecen.

Cuando se quedó de nuevo sola, Isabel buscó el número de teléfono de Cathy. No lo encontró. Ése fue el momento en que hubo de admitir la devastación que viene con la muerte. Advirtió espantada que la desaparición de un ser querido trae consigo la desaparición de todo cuanto lo rodeaba. Mirar entre nuestras cosas personales, en nuestros armarios, cajones y carpetas, le produjo un insalvable malestar, una invencible repulsión, como si profanase a escondidas una intimidad descerrajada. Nuestros teléfonos móviles estarían, quiso suponer, con nosotros dos en el momento del accidente. Recordó que un policía había respondido desde el mío, cuando ella me llamó al mediodía. Encendió el ordenador de Max. No le fue difícil encontrar allí la dirección electrónica de Cathy. Escribió un correo. Eligió las palabras con cuidado. Ninguna le pareció adecuada, en todas había un germen de dolor y de desesperación. Pensó en sus hijos. Le rogaba que la telefonease a cualquier hora al teléfono de casa o a su móvil.

Del mismo modo que había tomado un baño con desgana, se metió en la cama sin sueño, después de trasladar la cuna de Laura de nuestro dormitorio al suyo. Al rozar su carita con las yemas de los dedos, pensó en mí. Aquella caricia la hizo en mi nombre.

Resultó la más extraña y afligida noche de su vida. No sabía qué estaba sucediendo. Se despertaba sin estar dormida con la angustia que nace de la incredulidad, y volvía a dormirse con los ojos abiertos, atribulada y pesarosa, con tósigos amargos que parecían colapsarle el corazón. Lloró hasta dejar la almohada empapada y fría. Sus amigos seguirían vivos de no haber sido por la obsesión que mostró ella desde el principio, o de haberles advertido que a ella la seguían, o si hubiese dejado aquella ciudad odiosa cuando se marchó de La Culebra. En efecto, la muerte de Max y lo que a mí me había sucedido había sido accidental: era a ella a la que iban buscando, como a Yéssica.

A las cinco de la mañana, el estallido del móvil la despertó.

La voz de Cathy, que oía por primera vez desde hacía seis o siete años, le sonó a Isabel infantil y cristalina. Le pareció tenerla al lado y no a miles de kilómetros.

Se levantó de la cama y salió del cuarto. Los timbrazos causaron el lloro de Laura. Volvió a su lado para mecer la cuna. No halló en ninguna parte de sí misma el modo de eludir la verdad, y acabó dándole la noticia de la única manera que hubiese querido evitar:

—Max ha tenido un accidente, y ha muerto. Clau

está muy grave. La niña se encuentra bien, a mi lado, ¿la oyes llorar?

Se hizo un profundo silencio, como si el Atlántico que separaba sus voces hubiera hecho desaparecer a uno y otro lado los dos continentes bajo una misma ola de desolación y de fatalidad. Sólo la respiración rota de Cathy parecía hacer más hondo aún aquel abismo abierto al borde mismo de sus pobres corazones. Al cabo de un rato, Cathy empezó a hablar deprisa. No eran más que pensamientos desordenados a los que el dolor ponía una voz, y esta voz no era precisamente la suya, sino otra, caótica y angustiada que mezclaba preguntas (cómo había sucedido, cómo estaba yo, cuándo era el entierro de Max) y anunciaba propósitos:

—Yo llamaré a sus hermanos. Trataré de viajar a Constanza mañana mismo. Hoy. Hoy ya es ayer. Hoy es mañana. Quizá me quiera acompañar alguno…

Cathy parecía desquiciada, sin saber lo que decía, oraciones gramaticales en las que únicamente se reconocían reiterados «Dios mío».

Isabel se preparó un café al tiempo que calentaba el biberón de Laura. No había amanecido todavía, pero ya empezaban a sentirse junto a los soportales y entre los árboles los tempranos afanes de los placeros más madrugadores, mezclados con el alegre despertar de los pájaros.

Después, Isabel se puso a esperar la llegada de Marisol. Encendió el televisor, pero lo apagó al momento. La voz jovial y colorista de los locutores le resultaba insoportable. Hacia las ocho recibió la llamada de Néstor Sanguino.

Isabel lo conocía bien. Néstor Sanguino era uno de los amigos más antiguos de Flores y su notario. Era un anciano de aspecto distinguido que vestía parecidos trajes a los que vistieron su padre y su abuelo, notarios también en su día del clan Flores. Los secretos de su profesión y su reconocida inclinación a las prácticas de iglesia parecían haberle dado un aire circunspecto y el habla de los hombres prudentes que tienen en san Pablo un guía tanto o más fiable que el mismo Jesucristo. Al contrario que tantos otros, incluidos los hijos del propio Flores, Sanguino se había conducido con ella siempre con la mayor delicadeza, acaso porque la pasión compartida por la música le había hecho reconocerse de la misma cofradía de melancólicos. En nombre de Flores quería asegurarle que su todavía marido no tenía nada que ver con aquel accidente. No disculpaba «sus pecados», fueron sus palabras textuales, pero nadie tenía derecho a imputarle delitos que nunca había cometido ni a ir contando por ahí fantasías sólo concebidas por el resentimiento.

Isabel le oyó sin interrumpirle porque no quería discutir con él ni sobre Flores ni sobre la muerte de Max.

Después de aquel exordio, Sanguino expuso la verdadera razón de su llamada. Quería hacerle saber que él, Sanguino, en su propio nombre y sin conocimiento de Flores, quería estar a su lado en ese momento tan doloroso y ayudarla en lo que fuese menester, teniendo en cuenta su presumible estado de ánimo y que vivía en una ciudad en la que no le quedaban parientes ni amigos.

Isabel lo creía un viejo honrado y vio improbable que quisiera jugarse la vida eterna a esas alturas, dada su avanzada edad, amparando a un criminal si hubiese creído que lo era, así que aceptó su ofrecimiento. Qué ingenua. Pero ¿quién puede adivinar el corazón podrido de una manzana de aspecto lozano? Al fin y al cabo Sanguino era uno más a los que Flores pagaba para dar honorabilidad a sus negocios y a su vida, igual que habían hecho su padre y sus abuelos con el padre y los abuelos de aquel hombre. Sanguino se comprometió a ocuparse del entierro de Max y de mi hospitalización.

En cuanto se presentó Marisol, Isabel corrió a mi lado.

Allí le recibió al menos una noticia esperanzadora: yo había recobrado la consciencia.

El personal hospitalario, desde el director al más modesto de los camilleros, estaba al corriente de lo sucedido y de la especial significación de la paciente. Todos sabían también que tenían allí a la mujer del hombre más importante de la provincia de Santa Rosa. Bien por estas circunstancias, bien por la directa intervención de Sanguino con la dirección del hospital, bien por la suma de las tres, el trato cambió ostensiblemente. El director invitó a Isabel a hacer uso de su despacho mientras permaneciese en el hospital, y allí se encontraban ambos cuando les comunicaron que yo había recobrado la consciencia.

Era sin duda una manera eufemística de hablar. Isabel esperaba encontrarme conectada a las máquinas, entubada, vendada, desfigurada por los hematomas e hinchada, teniendo en cuenta que el coche quedó para el desguace, y me halló en cambio tal y como la víspera me había visto saliendo de casa. La morfina me había dejado en el semblante una expresión de beatitud.

—Clau…

Al oír mi nombre esbocé una sonrisa que al punto se borró para siempre. Me dolía todo el cuerpo. Se estaba pasando el efecto de los analgésicos. Ni siquiera me molesté en abrir los ojos, creo que no tenía fuerzas para hacerlo.

—Hola, Clau —insistió Isabel.

Después de un esfuerzo sobrehumano, pregunté:

—Laura…

—Está bien. En casa —oí que me decía desde muy lejos.

—Max…

—Max está bien, también. No te preocupes por nada. Te pondrás buena.

Aquella noticia me hizo más bien que la morfina.

Toda la preocupación de Isabel se centró en fingir, en disimular la emoción, en hacer desaparecer el temblor de una voz mortecina que amenazaba con quebrarse en cualquier momento.

No dije más. Me quedé dormida.

Se dispusieron todos a salir del cuarto. Isabel pidió permiso para quedarse a mi lado.

—Pero no le hable —ordenó mi médico.

De haberlo sabido, yo le habría dicho que se fuera a casa con Laura.

A las dos horas, abrí los ojos y la vi a mi lado. Me asustó, estaba llorando. Volví a preguntar por Laura. Isabel me aseguró que estaba bien, disimulando como pudo su desolación.

—¿Dónde está Max?

Ni siquiera tuve tiempo de oír la respuesta. Caí de nuevo en aquel sopor invertebrado que los opiáceos volvían impenetrable a la consciencia.

A media mañana se presentaron en el hospital dos policías con el propósito de interrogarme. Al ser informados sobre mi estado, desistieron.

A media mañana telefoneó Sanguino a Isabel cuando estaba junto a mí. El entierro iba a tener lugar a primera hora de la tarde. Se hubiera creído que la gravedad de mi estado le había hecho olvidarse de Max, pues ya nada podía hacerse por él. Eso significaba aquel enigmático «Ah, sí» que salió de sus labios cuando Sanguino le comunicó hora exacta y lugar. Temió que yo pudiera descubrir la verdad por sus palabras, no sé cómo, a través de mis desvanecimientos.

Pasó Isabel por casa. Buscó ropa apropiada. No tenía. Revolvió en mi armario y encontró una blusa negra. Se dijo: «Habrá algo de ella junto a Max». Es una mujer maravillosa, finísima. Una princesa inca. Me conmovió que se le ocurriera eso, porque era una blusa que le gustaba mucho a Max.

El entierro tuvo lugar en el cementerio de El Apogeo. La multitud congregada allí resultó una sorpresa para todo el mundo, creo, también para Isabel. ¿De dónde había salido aquel gentío? ¿De dónde tantas coronas de flores? Las había de CCP, de sus compañeros, del Ayuntamiento de Constanza, del Departamento de Santa Rosa, del Colegio de Ingenieros. En una de las filacterias Isabel leyó: «Claudia y Laura». En otra: «Tu esposa e hijos». En otra: «Tus hermanos, cuñadas, sobrinos y demás familia». En una incluso: «Amaro e Isabel». Vio detrás la mano de Sanguino, si no la del propio Flores.

El viejo notario permaneció junto a Isabel mientras duró la ceremonia, con su aire cansado y triste de hombre que ya lo ha visto todo en esta vida. La gravedad y el silencio con que se siguieron los responsos del cura y los trabajos de los enterradores fueron sin duda consecuencia del sentimiento general de los presentes, anonadados por lo irracional de una tragedia que se había cebado en dos personas jóvenes, a las que la vida tenía reservados sin duda los mejores dones. Y ese misterio es el que allí acaso había congregado y conmovido a tantos. La gente abandonó el lugar con la cabeza baja, sin atreverse a hablar. Algunos pocos se acercaron y estrecharon la mano de Isabel. Entre ellos Lino y Rosa, su mujer. Y algunos empleados de La Culebra. En otras circunstancias, les habría dado la espalda. Jamás he visto a ninguna persona a la que repugnen tanto esos contubernios, a nadie más recto que ella. Isabel notó anulada su voluntad ante la amarga indiferencia que sintió, y recibió las condolencias del cachicán de Flores y su mujer sin oponerse, igual que las de muchos que le habían retirado el saludo desde que se había separado. Se habría dicho que habían cursado la consigna de que estuvieran todos allí.

A continuación llevaron otra vez a Isabel a la estación de policía. La vertiginosa sucesión de acontecimientos y tareas, incrementada por las llamadas recibidas de Cathy anunciando su llegada, hizo el efecto de un poderoso anestesiante. Mientras tuviera cosas que hacer, Isabel evitaría pensar.

El mismo policía de la víspera le trajo la noticia: esa

misma mañana habían detenido en la carretera de Pulque, a cien kilómetros de Constanza, a los culpables del crimen. Eran tres delincuentes comunes, con antecedentes. Los estaban interrogando. La tendrían informada. El policía le dio su palabra de llegar hasta las últimas consecuencias y esclarecerlo todo. Dio a *todo* una significativa y especial entonación. Acto seguido le hizo entrega de una caja de cartón con las pertenencias que llevábamos encima Max y yo o que se encontraban en el coche, billeteras, llaves, relojes, móviles. Algunos de estos objetos eran de la propia Isabel, un jersey, una manta de viaje, media docena de cedés… Saber que en éstos aguardaba una música que tantas veces nos había acompañado y nos había hecho felices, le resultó insoportable, al igual que nuestros móviles. A través de ellos habían pasado nuestras conversaciones de amor, nuestra intimidad más absoluta, probablemente en su buzón de voz hubiese guardados todavía algunos mensajes nuestros… Cayó en la cuenta: nunca volvería a oír algo tan familiar como la voz de aquel hombre al que hacía unos meses apenas conocía y que ahora era parte tan importante en su vida, aquella voz aterciopelada, de oficial bolchevique, como solía decir ella pensando en los coros del ejército soviético, que causaba tanta admiración en todos. Pensó que tampoco quedaría rastro de mi voz, si moría. Se preguntó por qué razón conservamos las fotografías de los seres queridos y sin embargo casi nunca sus voces, como no sea en frases banales de un vídeo, entre risas, acaso en la nebulosa multitud de otras voces, nunca palabras importantes, de amor, de sentimientos, de ideas, de recuerdos, de ilusiones. Al cabo de un tiempo también el débil rastro de esas voces desaparecerá para siempre, como lo que fueron, el perfume del alma.

Sintió deseos de deshacerse de todos aquellos objetos inanimados que no eran ya sino el testimonio cruel de la muerte de Max, y el frío recordatorio del estado en el que me encontraba.

Después de acercarse a ver cómo estaba Laura, Isabel volvió al hospital. Los médicos trataron de persuadirla de nuevo de que pasara la noche en casa. Mi estado estacionario lo permitía. Isabel no obstante quiso quedarse, y dormitó a mi lado, en una silla, hasta el amanecer. En todo ese tiempo no recobré la consciencia ni por un breve momento.

Al día siguiente, en el avión de la tarde, el mismo en el que volamos hacía casi tres años a Constanza, Beatriz, Carmen y yo, llegó Cathy. En el aeropuerto estaba esperándola Isabel.

Sólo se habían visto en una ocasión, precisamente en mi boda. Había pasado mucho tiempo. Al tenerse una frente a la otra se reconocieron, no porque se recordasen de un momento feliz ya lejano, sino porque se adivinaron en el dolor que las reunía.

Cathy era tal cual la describía Max: una ardilla pelirroja. Isabel, para Cathy, tal y como yo se la había pintado en un correo reciente: como una pintura japonesa, con esos ademanes tan elegantes y aristocráticos que tenía al andar.

A todos los efectos Cathy seguía siendo la mujer de Max y madre de sus hijos, lo que sin duda facilitaría las cosas en lo concerniente a los trámites legales que se barruntaban en el horizonte cercano. Como familia más cercana, si yo moría o no pudiese hacerme cargo de la niña, Cathy era quien había de disponer lo que se hiciera con ella y con el resto de los asuntos.

Le contó a Isabel también que había llamado a nuestros cinco hermanos, uno por uno; habló con todos ellos. No, ninguno había querido acompañarla.

A las huellas del cansancio por un viaje tan largo se sumaban en el rostro de Cathy los estigmas del dolor sostenido y la extrañeza que le causaba cuanto la rodeaba. Parecía decirse: «De modo que aquí empezó todo». Eran las siete de la tarde e Isabel se ofreció a llevarla a casa.

Antes Cathy quiso pasarse por el hospital. Isabel le dijo que yo había recobrado la consciencia, aunque se olvidó a propósito de aclararle que eso había ocurrido hacía ya dos días, porque sabía que había vuelto a recaer en un coma profundo. Quiso saber Cathy si yo había podido contar algo de lo ocurrido. Isabel, desprevenida por el cansancio, dijo: «No, sólo preguntó por Max y Laura». Cathy sintió aquella frase como el agudo y frío corte que puede producir el filo de una hoja de papel, e Isabel, tan perspicaz, lo advirtió al momento y lamentó su torpeza, su indiscreción. Llegaron allí en la hora de la mayor desolación, esa en que las visitas y familiares de los enfermos los abandonan, y quedan quirófanos, consultorios, salas y corredores bajo un silencio lastimoso, a merced de la noche y de la muerte, como si éstas hubiesen estado esperando todo el día para recaudar al fin su tributo.

El propio director, que seguía en su despacho esperando la evolución de mi estado, seguramente en atención a Flores y a Sanguino, quizá también por solidaridad corporativa, les dio la pésima noticia: la doctora Fernández-Leal agonizaba. Acompañó a las dos amigas a la nueva habitación donde me habían trasladado.

El ambiente que se respiraba en aquel lugar era opresivo. Dos camas más lo hacían aún más angosto. En una, la cabeza angulosa de una anciana medio calva se hundía en la almohada como si estuviera tallada en piedra volcánica. En la otra, una adolescente amarrada al sueño por un gotero parecía dormir tranquilamente. Mi dificultosa respiración bajo la mascarilla subrayaba con el vaho el exánime vestigio de una vida que se extinguía sin remedio. Al respirar sólo se oía el áspero gemido de mis pulmones exhaustos.

Cathy se acercó a mí con el pecho encogido.

No hubo palabras. No hubo lágrimas. No hubo gestos. Sólo espera.

Media hora más tarde me morí.

Mentiría si dijera que no estaba asustada. Lo que peor llevé de la carrera fue todo ese asunto de las clases de anatomía, y por eso escogí como especialidad la pediatría.

En ese instante todo se volvió claro, comprendí cuanto en mi vida había quedado sin explicación, del pasado remoto o reciente. Sentí que papá y mamá y mami no estaban lejos, como tampoco Max. Que me estaban esperando. Decía al principio de esta historia que los seres humanos sufren porque no pueden llegar a ser personajes de su propia novela, ya que la vida no es una novela, al contrario que los personajes de las novelas, los cuales muchas veces logran ser incluso más reales que sus propios autores. Ahora sé también algo mucho más importante incluso: los hechos son un aspecto secundario de la realidad. Max, los primeros días después de que sucediera lo nuestro en Constanza, lo hubiese estorbado si con ello hubiese evitado enfrentarse a su destino. Yo misma tuve mis dudas al respecto. Ahora, con mi muerte, soy al fin un ente puro, un ente de ficción; Max y yo somos los personajes de nuestra historia. Eso le debemos a la muerte, más generosa de lo que solemos creer mientras vivimos. Nada me hace daño ya, ni siquiera el haber conocido el desamor y la traición. Todo ha hallado su lugar, y lo que no encajaba en mi mente mortal encuentra ahora dónde hacerlo con suavidad, como las piezas del gigantesco reloj del universo. Siento que he entrado a formar parte de él como un minúsculo volante, sin detener mi marcha. Y conocer la verdad de los acontecimientos y hasta de los pensamientos de aquellos con los que compartimos la vida, ni siquiera me ha causado asombro. En un solo segundo tuve ante mí toda mi vida con una claridad para la que habrían hecho falta tres vidas como la mía. Ha sido el triunfo de la última armonía. Me dije: «Claro, esto, aquello, lo de más allá, ¿cómo iba a ser de otro modo?». Ni siquiera conocer el nombre de quien envió el anónimo que desencadenó nuestra desgracia, me ha hecho daño. Ya estoy a salvo del miedo y del dolor. ¿En qué pensaba Carmen cuando lo escribió? Estaba ciega de amor por Max. No la disculpo, pero ¿cómo no voy a entenderla, precisamente yo? Lo siguió un día a la salida de la oficina, y nos descubrió besándonos en el coche, y luego metiéndonos en el hotel. Y así durante dos meses. ¿Habría enviado aquel anónimo a Agustín de haber sabido todo lo que sobrevino después? No lo sé, pero no es una mala persona. Estoy convencida de que cuando se entere de nuestra muerte llorará amargamente, y si estuviese en su mano, lo daría todo por obtener de nosotros un perdón sin el que va a tener que vivir el resto de su vida, y aunque se crea a salvo en su secreto, éste la destruirá más rápido que la droga. No sólo no conocerá como nosotros el paraíso, sino que acaba de empezar su propio infierno.

Cuanto acabo de contar, todo aquello a lo que me he referido y lo que aquí se ha quedado fuera, mi pasado completo, un relato para el que hubiese precisado, como he dicho, tres vidas como la mía, sucedió en un solo segundo, el que siguió a mi muerte, confirmando con ello lo que ya había oído algunas veces a propósito del tránsito de aquella vida a ésta.

Acto seguido me llevaron al depósito, y Cathy e Isabel se fueron a casa.

En el trayecto, ya entrada la noche, Isabel le dijo a Cathy, como si eso sirviese de consuelo:

—¡Qué extraño es todo! Se hubiera dicho que te estaba esperando para morirse.

El encuentro con Laura trajo un poco de luz a aquella jornada tenebrosa. Cathy tomó en brazos a la niña. Apenas tenía fuerzas para sonreírle. Una mezcla de ternura y desolación le hizo decir:

—Ranita…

Y rompió a llorar. Lloró por primera vez desde que

había llegado a Constanza. Su propia voz le recordó que aquélla era la manera en la que Max llamaba a Clodín, incluso cuando dejó de ser un bebé. Lo había olvidado. ¿De dónde emergía ese recuerdo? ¿Tenía razón lo que acababa de decirle Isabel en el taxi? ¿No éramos más que vasos comunicantes obstruidos la mayor parte de nuestra vida? ¿Sólo el dolor habla mejor de nosotros que nosotros mismos?

Yo misma me acababa de enterar, en cuanto me morí, de que los nombres con los que me había estado dirigiendo a mi pequeña Laura, y que creía sólo de mi invención, únicos y originalísimos, como un lenguaje secreto entre las dos, esos «croqueta», «duende», «granito de anís», «tortuguita», «tirana», «confitura» o «primadonna», eran los mismos «crocchetina», «folletto», «anicettino», «tartarughina», «tirana», «confettura» o «primadonna», que me había regalado a mí, treinta y seis años años antes, mi propia madre en su lengua nativa y en un tiempo del que yo ni siquiera tenía memoria.

Cuando Laura se durmió y después de que Marisol se marchara a su casa, Isabel y Cathy pudieron reponer fuerzas. Tras la cena, que les habían dejado preparada, empezaron a hablar, delante de unos gintónics. El cansancio de un día que para las dos había sido eterno, parecía ralentizar sus pensamientos, tanto como el ser unas desconocidas la una para la otra las obligaba a dejar sus sentimientos a prudente distancia. Ninguna de las dos quiso irse a dormir. «Tengo miedo de cerrar los ojos», le confesó Isabel, «y al despertar mañana encontrarme de nuevo con que nunca más volveremos a verlos. No podré soportarlo».

No había pasado media hora cuando aquellas dos mujeres que jamás hasta aquel día habían cruzado una palabra, se hacían confidencias que amigas íntimas no logran hacerse en toda una vida. Max y yo fuimos el centro de sus recuerdos, el común homenaje que parecía devolvernos a la vida. «Mientras sigan en nuestra memoria», parecían decirse, «los tendremos al lado». «Al principio de todo», dijo Cathy, «no podía entenderlo. Me cegaron los celos y los tabúes. Pensaba en mis hijos, el daño que recibirían cuando se enteraran de todo lo ocurrido. Me avergonzaba salir a la calle y que me preguntaran. Me recriminé, como si yo no hubiera podido retener a Max y lo hubiese lanzado a los brazos de su hermana. Pero al ir pasando el tiempo y por la actitud de Max conmigo, con los niños, con el dinero, con todo, comprendí que lo que había entre ellos era algo diferente a todo lo que habíamos conocido cualquiera de nosotros. Lo entendí cuando empecé otra vez a ver y a hablar con Max, y sobre todo cuando empecé a tratarlos juntos. Sentías a su lado algo increíble. Eran dos seres resplandecientes, sin culpa, como niños que no crecieron nunca. Se miraban a hurtadillas, no te haces idea con cuánto amor, se necesitaban a todas horas, cuánta complicidad, no tenían ni que decirse las cosas. Después de que volvimos a tratarnos, Claudia me llamaba a diario, estaba pendiente de mis hijos, nos llenaba a todos de regalos. Siempre alegre, siempre riéndose. Jamás les reprochó a sus hermanos que no quisieran volver a hablarles; decía: "Se les pasará; y lo nuestro, la verdad, es difícil de entender". Max era distinto. Más especial. Más orgulloso. Nunca se llevó demasiado bien con ninguno de ellos. Y creo que en el fondo tenía razón. No sabes lo que ha sido llamarles para esto. Las cosas que he tenido que escuchar. Cuánto veneno, cuánta envidia. Nunca soportaron que fuesen cien veces más inteligentes que ellos, que hicieran sus carreras con tanta brillantez y que les fuera tan bien en el trabajo. Al menor he tenido que colgarle el teléfono, y a otro le tuve que recordar que Max era el padre de mis hijos. Sólo el mayor no estuvo odioso, y eso sólo porque no los insultó; se limitó a decirme: "Para mí son menos que nada". Creo que no los soportaban, no porque fuesen hermanos, sino porque se amaban de esa manera. No necesitaban besarse ni abrazarse en público.

Nunca le hes visto besarse, jamás les oí ni una palabra de amor, ni yo ni nadie. Eran todo lo contrario de esas parejas melosas que dan grima; si has vivido con ellos tienes que saberlo. Pero se percibía a su lado que lo que compartían era indestructible. Y eso es lo que sus hermanos no han podido soportar. El mayor se ha pasado la vida cerrando negocios y yendo en secreto a las tres de la tarde a clubes gays; otro es alcohólico; otro está casado con una arpía; el menor con novias que no le duran dos meses… Cuando llamé a Agustín, ya se había enterado por Alfredo. Ni siquiera sabía que ellos dos se trataran, y lo que me dijo no sonó mejor que lo que me había dicho el otro. Si hubiesen podido evitar el escándalo, lo habrían hecho. Max era la discreción en persona, con todos sus sentimientos encerrados bajo llave. Odiaba las escenas, llamar la atención, hacer gestos con las manos cuando hablaba, levantar la voz. No le hacía falta. Había conseguido no acomplejarse cuando estaba entre la gente en una fiesta o en una reunión. Me lo dijo muchas veces: si no constara que mi cociente es superior al de la media, no podría dar un paso en la vida. Vivía la suya y dejaba vivir la de los demás. Nunca he estado enamorada de nadie como de él, ni creo que lo vaya a estar jamás, y sé que hasta que sucedió lo suyo con Claudia, fui la única persona a la que quiso de verdad; y creo que a su modo me seguía queriendo…».

Así se lo confirmó Isabel. Le contó todas las cosas buenas que Max y yo decíamos de ella, el afecto y la admiración que le teníamos, los planes que hacíamos para Laura y nuestra idea de volver a Madrid, pasado un año o dos, para reunirnos con ella y juntar a los hermanos, a Clodín, a Antón, a Laura. Sólo siento no haberle dicho a Cathy más veces cuánto nos gustaba, cuánto la queríamos. Creo que a Max le hubiese gustado decírselo también, y si no lo hizo, fue en consideración a mí, por si despertaba mis celos.

Isabel admitió que también había experimentado en aquellos meses que había vivido con nosotros lo que Cathy acababa de decir. Todo parecía fácil a nuestro lado. Hizo un relato de los primeros meses en Constanza, la puesta de la casa, nuestro trabajo en el dispensario de Trago Alto, y lo demás, hasta llegar a su separación de Flores y la razón que le movió a ello, y sus sospechas sobre las cosas que venían ocurriendo, sin omitir ninguna: la muerte de Yéssica, sus denuncias, el último seguimiento que ocultó a sus amigos.

—Me siento horriblemente mal —le dijo—. No quería preocuparles. Creí que no podría pasarme nada, porque ya había decidido irme de aquí. Como un niño que piensa que por cerrar los ojos desaparece lo que le asusta…

Fui yo quien le inspiré esa imagen que se me había ocurrido unos días antes.

—Ha sido por mi culpa —siguió diciéndole a Cathy—. Era mi coche, iban a venderlo porque yo se lo pedí, tenía que estar yo en él, me buscaban a mí, no a ellos.

Se prepararon otro gintónic. Isabel encendió uno de los cigarrillos de Cathy. Hacía lo menos quince años que no fumaba. Esa noche empezó a hacerlo de nuevo.

Ebria de humo, Isabel siguió hablando como en un monólogo de teatro, en el que parecía flotar entre sus propias palabras:

—Es extraño lo que me ocurre ahora. No me cuesta nada hablar contigo de detalles que no he contado ni a mis propias hermanas. Ha sido la experiencia más espantosa de mi vida. Primero lo mío, y ahora esto. Aquello fue caer del infinito al cero. Si no hubiese sido por Max y por Claudia, que me ayudaron a recoger los pedazos de mí que quedaron sobre el suelo… Y esto ha sido la puntilla, caer del cero al menos infinito.

Parecían hablar en sueños. Dos mujeres solas, rotas, pedazos de dos vasijas que nadie parecía se fuese a molestar en recomponer. Amanecía. «Laura se despertará dentro de un rato», dijo Isabel. «Deberíamos descansar un poco, va a ser también un día muy largo».

En nuestra habitación todo seguía igual que lo habíamos dejado la mañana que salimos de casa por última vez. En nuestra cama se enfriaba la ceniza de los sueños. Ninguna de las dos quiso acostarse, y se quedaron dormidas donde estaban, hasta que Marisol las despertó.

Si para el entierro de Max Isabel se puso mi blusa negra, para el mío se vistió con colores alegres.

Me velaron en la funeraria El Amparo toda la mañana. Como había ocurrido con el entierro de Max, la capilla ardiente estaba abarrotada de coronas, con sus cintas, del Colegio de Médicos, del Hospital, del Colegio de Ingenieros, de mis compañeros en el Sanatorio del Niño Jesús… La presencia de Cathy centró toda la atención. Tuvo que saludar a personas a las que no conocía, extraños y desconocidos que ni Max ni yo habíamos visto en toda nuestra vida.

El entierro fue a las dos de la tarde. A Isabel, que vivía esa misma escena dos veces en menos de tres días, le resultó inusualmente familiar. La concurrencia se había duplicado con respecto al entierro de Max. Había incluso un buen número de niños, a cuyas madres les costaba lo indecible que no correteasen entre las sepulturas en juegos improvisados. Me alegró ver entre ellos a Jeremy, el niño a quien traté de una encefalitis. Eran pacientes agradecidos del Niño Jesús y de Trago Alto, y curiosos imantados por una tragedia que los periódicos, radios y cadenas de televisión locales habían explotado con tintes y desgarros wagnerianos.

Para Cathy aquello era sólo un escenario sonámbulo donde, cansada y aturdida, era traída y llevada como una pobre hoja seca a la que arrastran bruscos, asincopados golpes de viento. Se mezclaban en ella sentimientos confusos. Estaba en una ciudad que le había arrebatado a Max dos veces: la primera, de su lado, y la segunda, definitiva, del de sus hijos. Todo lo que pasaba ante sus ojos le pareció irreal.

Al acabar la ceremonia, uno de los pasantes de Sanguino quiso hablar con Cathy. Aquel hombre venía acompañado de un obrero en ropa de trabajo, el marmolista. El polvo blanco le había encanecido el cabello. Al saludar a Cathy le tendió una mano en la que faltaban las primeras falanges de tres dedos. Quería saber qué debía poner en la lápida, las fechas de nacimiento, nuestros apellidos.

—Max y Clau —dijo Cathy.

—¿Cómo?

Aquel hombre de brazos cortos y musculosos con una vieja y sucia camiseta de baloncesto, no entendió nuestros nombres. Cathy se los repitió.

—¿Nada más?

—Nada más. Con eso basta.

El marmolista extrajo del pantalón un trozo de papel y un lápiz grueso de punta roma. Cathy escribió: «Max y Clau».

—¿En una línea? —preguntó con prurito artesanal el marmolista.

Cathy lo pensó, y corrigió:

—No. Primero Max y debajo Clau.

Caminando hacia la puerta del cementerio, con la desolación que se apodera del ánimo de aquellos que acaban de dejar allí a un ser querido, Cathy le dijo a Isabel:

—¿Es así como acaban las vidas? ¿Nos vamos y todo se olvidará? ¿Quién cuidará de estas tumbas? ¿Quién se acordará de venir hasta aquí?

Cuando llegaron a la puerta, Sanguino se ofreció a devolverlas a la ciudad. Isabel rehusó con viveza, aunque agradeció todas las molestias que se había tomado con nosotros, con ella misma. Seguía siendo el notario de Flores en Constanza, su amigo, seguramente quien había ordenado y calculado aquellas atenciones.

Cuando ya no quedó nadie en El Apogeo, Cathy pidió a Isabel que la esperase, desanduvo el camino hasta nuestra tumba y regresó con unas rosas. A continuación preguntó al taxista que esperaba para llevarlas a la plaza del Cañón, si sabía dónde había ocurrido el accidente. Se lo confirmaron por la emisora, y partieron hacia allí.

Dejaron aquel ramo improvisado junto a un árbol, en la cuneta. No muy lejos de allí vieron a un niño sentado junto a una cabra que se comía indiscriminadamente el pasto vicioso que crecía por todas partes, y las bolsas de plástico y las basuras que convertían aquel paraje en un desolado basurero.

«¿Cómo sabían que Max y Claudia iban a venir por esta carretera?», preguntó Cathy. Isabel no supo responder. «Improvisarían», ironizó, «en mi país es lo corriente».

No tenían ya más obligaciones en Constanza. La noche anterior lo habían decidido las dos: cerrarían la casa, empaquetarían aquello que Cathy quisiera conservar para sus hijos y para Laura, y se volverían las tres a Madrid.

Al día siguiente se presentó en su casa el mismo pasante de Sanguino con los papeles que permitían a Cathy sacar del país a la niña, y otros concernientes a los bancos donde Max y Claudia guardaban su dinero.

El tiempo restante lo emplearon, ayudadas por Marisol y su marido, en levantar la casa. Tuvieron que enfrentarse a la ingrata tarea de allanar nuestra intimidad en armarios, carpetas y cajones. Cada objeto personal, nuestros pasaportes, nuestras camisas y nuestra ropa, nuestros zapatos y bolsos, nuestros relojes, aquel Breguet parado para siempre en una hora constanzana y que Cathy encontró junto a las cartas que le había enviado en el último año su hija Clodín a Max, y cuya historia al menos Cathy conocía para poder contársela ella misma algún día a su hijo Antón, las fotografías que en su felicidad parecían subrayar la elegía de todo lo fugaz, nuestras gafas de sol en las que ya sólo se abría una noche insondable, las máquinas de fotos de Max, sus ordenadores con todos sus correos y sus fotos... Cathy lanzó una mirada desolada sobre las dos cajas en las que había ido poniendo aquellos objetos:

—Esto es todo lo que les quedará a sus hijos de su padre, todo lo que tendrán de Claudia...

Cuanto más avanzaban, más parecía quedarles todavía por hacer, y de los mismos armarios y cajones en los que habían hecho ya el expurgo parecía surgir un misterio inacabable.

—Cuando estás en el final, nunca se ve el final —dijo Isabel—. No me perdonaré lo que ha pasado mientras viva. Tendría que haber salido de La Culebra y haberme resignado, no haber dicho nada a nadie. He cometido el mayor error de mi vida y lo han pagado mis mejores amigos. De no haber sido por mí, estarían vivos. Ahora, marchándome de Constanza, voy a cometer otro error igual de grave, y ése lo pagarán sus hijos. Debería quedarme aquí y no descansar hasta ver en la cárcel a Flores. Pero no tengo fuerzas.

El desorden que reinaba en la casa, los montones de ropa metidos en bolsas negras de basura, como fúnebres despojos, los papeles que rotos en pedazos erraban por el suelo, las cajas de cartón con su elocuente metáfora de poquedad e irrelevancia, orlaron de patetismo aquella confesión.

Le pidió perdón a Cathy. Ésta le dijo: «No tengo nada que perdonarte, y Max y Clau te habrían dicho lo mismo. Vete de aquí. No puedes hacer más de lo que has hecho».

«Acaso una cosa más», se corrigió Cathy.

Era su última tarde en Constanza. Cathy pidió a Isabel que telefonease al policía que llevaba la investigación del accidente, para darle las gracias por todas las molestias que se había tomado con ellas.

—Mejor vamos a verle. No está lejos.

Las recibió en cuanto llegaron. Las puso al corriente de los interrogatorios. Dos de los sicarios ni siquiera eran de Constanza, y el otro, constancero, había venido de Madrid una semana antes. Según éste, lo habían contratado allí a través de alguien a quien él debía un favor. El sicario creía que el trabajo lo había encargado un empresario de Madrid. La policía de Madrid corroboró su identidad y la de quien, según aquél, lo había contratado para acabar con nosotros. Le habían baleado hacía sólo un par de días en un polígono de Arganda.

—No puede ser —dijo Isabel con indignación, la boca seca—. Ha sido Flores.

Lo creyese o no, eran casos distintos, les informó. En cuanto a Yéssica, todos a los que interrogaron en La Culebra testificaron que Amaro Flores pasó aquella noche en compañía de su secretario, y no de Yéssica como sostenía Isabel. Tampoco la policía de Ñutacá había averiguado nada nuevo sobre la muerte de la niña.

Esa noche, ya en su casa, Isabel le confesó amargamente a Cathy:

—Si tuviera valor iría al puente de La Quebrada y me tiraría desde allí. Han pasado tantas cosas, y para el mundo parece que ninguna haya sucedido.

—Hemos tenido a Max y a Clau. Y nos han dejado a Laura. ¿Te parece poco?

—¿Saben tus hijos todo esto?

—¿Todo? Unas cosas sí y otras no.

—¿Se las vas a contar alguna vez?

—Unas sí y otras no. Unas las adivinarán, seguro, y otras no tienen por qué saberlas. Nadie necesita toda la verdad, y la verdad tampoco nos ayuda a comprender. De algunas se irán enterando cuando vayan creciendo, y otras no las sabrán jamás… Como nosotras… —añadió amargamente.

El viento abrió la ventana del salón. En aquel golpe de aire notaron las dos al mismo tiempo nuestra presencia. Se sobresaltaron. Volvíamos a despedirnos. Enredadas en las copas de los altos y negros dragos de la plaza del Cañón distinguieron trenzadas la voz profunda de Max, la mía jovial. Les conté en la lengua de los vientos cómo había sido el encuentro entre Max y yo por la mañana, cuando todos nos dejaron solos. Yo llegué con mucho miedo. Lo malo de la muerte, me decía para darme ánimo, no ha de ser más que la primera noche, y al principio acostumbrarse. Max me preguntó en voz baja: «¿De qué has muerto?». Me acordé de un poema muy célebre de Emily Dickinson, y por quitarle gravedad a ese momento, le respondí socarrona, aunque en el fondo yo iba en serio: «Por la Belleza». Entonces se produjo lo que yo llamaría mi primera sorpresa en este mundo, ya que él, que no creo que haya leído en su vida a Emily Dickinson y dudo incluso que conozca su existencia, me respondió con los versos que le siguen: «Pues yo por la Verdad. Y son lo mismo», y añadió con una voz de terciopelo negro todavía más bonita que la que tuvo en el otro mundo: *We, brethren are*. Qué palabra tan arcaica, es preciosa. «Somos hermanos.»

Y así, como parientes que se encuentran de noche, seguiremos conversando. Hasta que la tierra selle nuestros labios, hasta que el musgo cubra nuestros nombres.